宝くじで40億当たったんだけど異世界に移住する 11

すずの木くろ
Suzunoki Kuro
ill 黒獅子
Kurojishi

モンスター文庫

「……バレッタさん？」
「!?」
バレッタ
グリセア村 村長の娘
志野一良
宝くじで億万長者となった青年

ニィナと村娘たち
バレッタと同郷の友人

「おやおやぁ？　少し顔が赤くなってるんじゃないですかねぇ？」

「き、気のせいです！
夕日の色でそう見えるだけですよ！」
ジルコニア・イステール
ナルソンの後妻

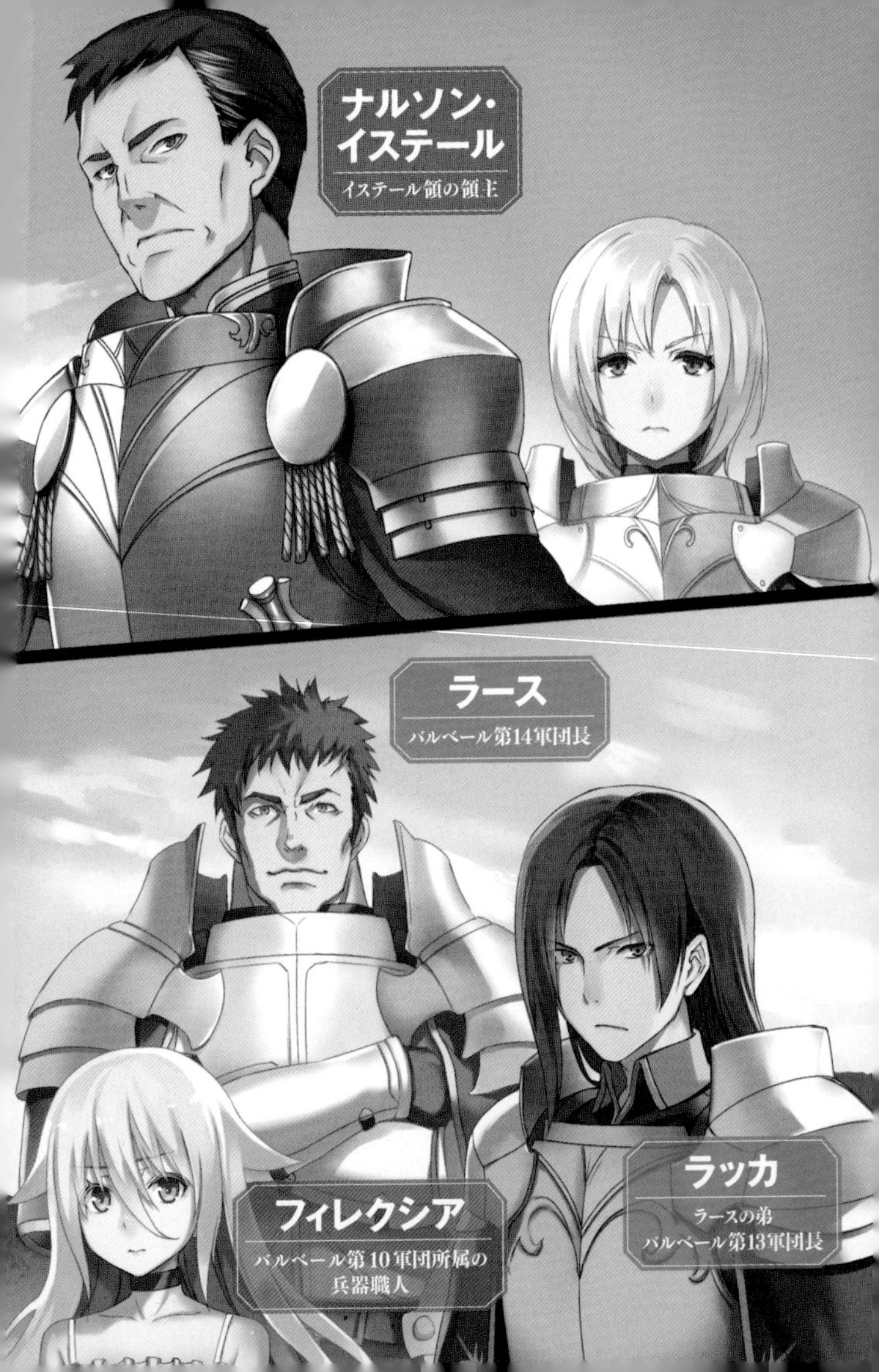
ナルソン・イステール
イステール領の領主
ラース
バルベール第14軍団長
フィレクシア
バルベール第10軍団所属の兵器職人
ラッカ
ラースの弟
バルベール第13軍団長

リーゼ・
イステール
ナルソンの娘
ティティス
バルベール第10軍団所属の秘書官
カイレン・グリプス
バルベール第10軍団長

部族支配地域
アルカディア王国 周辺地図
バルベール共和国
Valvert
クレイラッツ
都市同盟
Craylutz
アルカディア王国
Arcadia
プロティア
王国
Protea
エルタイル
王国
Altair
アルカディア王国 国内地図
バルベール共和国
Valvert
砦
グレゴリア
グリセア村
イステリア
クレイラッツ
都市同盟
Craylutz
アルカディア王国
Arcadia
フライシア
王都アルカディア

宝くじで40億当たったんだけど
異世界に移住する⑪

すずの木くろ

MONSTER
bunko

Contents

序章

ある晴れた日の昼下がり。

バルベール国内のムディアの街の郊外で、フィレクシアとティティスは煙の立ち上る小さな柵を眺めていた。

煙の中からはミャギの悲痛な鳴き声が響き、外へ出ようと柵に体当たりしている姿が薄っすらと見える。

鳴き声は徐々に弱くなり、ミャギの影がゆっくりと地面に伏せた。

「動かなくなりましたね」

ティティスがそう言った時、わずかに吹いていた風の向きが変わり、フィレクシアたちのもとに卵の腐ったような異臭が漂《ただよ》ってきた。

「うっ、酷《ひど》い臭いです……」

「あわわ、危ないのですよ！　そっちに移動しましょう！」

フィレクシアがティティスの手を引き、慌てて反対側へと移動する。

しばらくして煙が止まり、柵の中に横たわっているミャギがはっきりと視認できた。

「もう大丈夫です。ミャギを引っ張り出しましょう」

フィレクシアが柵に歩み寄る。

留め具を外して扉を開け、ミャギの体に巻かれて外にまで延びていた縄《なわ》を2人で引っ張った。

「よいしょ……ミャギ、まったく動きませんが、死んでいるのでしょうか?」

「どうでしょう。意識を失っているだけという可能性もありますね……けほ、けほ」

フィレクシアが小さく咳をしながら言う。

ムディアの街に来てから、フィレクシアは熱が出たり下がったりの繰り返しだったのだが、ここ何日かは幾分か持ち直したので、こうして外で実験を行っているのだ。

とはいえ、事は急を要するので、フィレクシアは熱が出てふらふらになっていても、『毒の煙の兵器』を作るためにティティスに手伝ってもらいながら試行錯誤《しこうさくご》していた。

今まで数回、動物実験を行っていたのだが、アルカディア軍が使ってきたような強烈な効果を発揮するものは作れずにいた。

ふうふうと2人で息を荒らげながら縄《なわ》を引き、近くにまでミャギが引きずられてきた。

フィレクシアがしゃがみ込み、ミャギの顔を見る。

その目からは、血の混じった涙が大量に出た痕跡があった。

「むむ、目元がぐちゃぐちゃです。前回よりも、かなり酷《ひど》いですね」

瞼《まぶた》を指で開いてみる。

眼球は真っ赤に充血しており、わずかに出血していた。

「死んでますね。口の中は……」

フィレクシアがミヤギの口を掴み、開いて中をのぞき込む。

その様子に、ティティスがほっと息をついた。

「では、実験は成功ですね。これなら実戦でも使えそうです」

「いえ、材料に使う毒草の必要量が多すぎて、たくさん作ることは無理なのですよ。けほっ、けほっ」

フィレクシアが時折咳込みながら、ミヤギの喉奥をのぞき込んで言う。

「毒草ですか……クラボ草でしたっけ」

「正しくは、クラボ草の根っこです。あまりたくさん見かける草でもないですし、大量生産はちょっと難しいのですよ」

クラボ草とは、バルベール北部の乾燥地帯で見られる多年草だ。

葉には毒性がないのだが、根が混じったまま家畜の餌《えさ》にすると家畜が食中毒を起こすことで知られている。

最初の実験では効果が薄かったため、2回目となる今回の実験では配合量を大幅に増やしていた。

「クラボ草は根が短いですからね……しかし、他の物を今から探すというのも、時間が……」

すでにバルベール首都の軍勢が出立の準備を始めているという報告が入っており、あまり実験に時間をかけることはできない。

早急に毒の兵器を完成させ、アルカディア軍との交渉に使えるよう準備を整える必要がある。

「数をそろえる必要はありません。とりあえずは、これで大丈夫なのです。目的は交渉に用いることで、こちらもお返しに使うということではありませんので」

「ですが、もし相手が使ってきたら、こちらも対抗して使えるように準備はしておくべきではないですか？」

ティティスとしては、これほどの強力な兵器を使わない手はない、と考えている。

天候によっては使えないという制約はあるが、実戦では大いに役立つだろう。

「それはダメなのです。あの兵器は、どんな理由があろうとも乱用するべきではありません」

フィレクシアが顔をしかめて言う。

「あれを使って後遺症患者を大量に出してしまったら、アルカディアを併合した後に大問題になるのですよ。何十年も恨まれることになるはずです」

フィレクシアは毒の煙の兵器を開発している当初から、実戦での使用には頑として反対していた。

それほど、砦《とりで》での戦いで大量に出た後遺症患者の様子に衝撃を受けていたのだ。

フィレクシア自身が病弱であり、病人の苦しみというものを痛いほどに理解しているというのも大きな理由だ。

「なので、これの作り方は外に絶対に漏らしてはダメです。毒の煙の乱打戦だなんて、考えただけでも恐ろしいのですよ」

「フィレクシアさんの言っていることは分かりますが、もし相手が交渉を突っぱねたら――」

ティティスがそう言った時、街の方向から複数の蹄の音が響いてきた。

カイレン、マルケス、そしてマルケスの孫娘のアーシャだ。

3人はフィレクシアたちの前で止まると、ラタを降りた。

「よう、2人とも。実験の結果はどうだ？」

「上々なのですよ。試作品は完成させることができました」

フィレクシアがカイレンに明るい笑顔を向ける。

「そうか！　なら、急いでたくさん作ってくれ。次の戦いでは、絶対に必要になるからな」

ほっとした様子で言うカイレンに、フィレクシアが首を振る。

「いえ、作るのは試作品を含めて、数個だけなのですよ。量産はしません」

「それはダメだ。あいつら、それと同じようなものを大量に持ってるんだろ？　こっちも数をそろえないと、話にならないぞ」

「いけません。この兵器を大量使用するようなことになったら、たくさんの人たちが長く苦しむことになります。試作品を相手に見せて、敵も味方も、今後は使わない方向に持っていく必要があるのですよ」

断言するフィレクシアに、カイレンが顔をしかめる。

「あのな、フィレクシア。俺たちは戦争をしてるんだぞ？　そんな生ぬるいことを言ってたら、出さなくてもいい犠牲を無駄に出すことになるんだ。アルカディアの連中を屈服させるには、その毒の兵器が必要なんだよ」

「ダメです。それだけは、カイレン様のお願いでも聞けないのですよ」

フィレクシアが真剣な表情でカイレンを見る。

「戦いを有利に進めることは確かに大切ですが、戦争が終わった後のことはもっと重要です。自殺したほうがマシだと思うような苦痛を何年も味わうような後遺症をもたらす兵器を乱用するなんて、人間のしていいことではありません」

「そうは言ってもだな……それに、お前が作ったバリスタとか、この間新しく作った散弾投射機だって似たようなもんだろ。目的は敵兵を殺すことなんだから」

「全然違います。あれらは戦場で用いればそれでおしまいですが、毒の兵器は戦いの後にも尾を引きます。私が作ってきた他の兵器は敵を打倒するためのものであって、人々を苦しませるためのものではないのですよ」

「いや、だから、敵を打ち倒すためにはだな……ああ、なんて言ったら分かってくれるんだ？」

カイレンが困り顔で頭をかく。

何日も前から2人の議論は平行線をたどっており、カイレンがどう説得してもフィレクシアは頑として自身の主張を曲げなかった。

いつもならば、フィレクシアはカイレンの言うことならたいていのことは素直に聞き入れる。

だが、今回ばかりは折れそうにもない。

「お話を聞く限りですと、その兵器は人でなしの使うものですわね」

そんな2人を見ていたアーシャが、話に割って入った。

「戦いとは、正々堂々と真正面から立ち向かうものだと私は思いますわ。ですよね、おじい様？」

「ん？　……まあ、確かにそうだな」

彼女の隣に立つマルケスが頷《うなず》く。

アーシャは街に来てからというもの、首都に帰れというマルケスの言葉を跳ねのけて、四六時中彼に付いて回っていた。

フィレクシアやティティスとも年が近いということもあり、一緒に食事をしたり雑談をすることもあるのだが、その時はいつもマルケスも一緒だった。

「カイレン様！　そのような非道な兵器を使ったり、後ろ暗い行為をしての勝利に価値などありませんわ！　軍人たるもの、堂々と真正面からぶつかり合うべきです！　そうですよね、おじい様？」

「う、うむ」

「卑怯な手段や道具を使った勝利など、恥ずべき行いですわ！　ましてや、相手ははるかに格下のアルカディア軍なのでしょう？　なにを恐れることがありましょうか！」

マルケスの同意に気をよくしたのか、アーシャが鼻息も荒く捲し立てる。

思わぬところから援護射撃を貰い、フィレクシアも「そうだそうだ！」と声をあげた。

「あー……マルケス殿？」

カイレンが迷惑そうな顔をマルケスに向ける。

「い、いや、そのだな……そ、そうだ！　フィレクシア技師、この間言っていた新しい釘はどうなったのだ？」

「釘ですか？　あれなら、木製のものをいくつか……けほっ、けほっ」

フィレクシアが口を押さえ、苦しそうに咳をする。

「む、まだ体調が優れないのか。アーシャ、彼女を宿に連れて行ってあげなさい。ティティス秘書官、2人に付いて行ってやってくれるか？　あとの片づけは我らでやっておく」

「かしこまりました」

「おじい様は、一緒に来ないのですか？」

アーシャが不満そうにマルケスを見る。

「私はカイレン殿と話があるのだ。少し話したら、すぐに行く。フィレクシア技師を頼んだぞ」

「……分かりました。フィレクシアさん、私のラタへ乗ってくださいまし」

「はい……けほっ、けほっ」

フィレクシアが苦しそうに咳込む。

「あらあら、大丈夫ですか？　一ヵ月近く経ちますのに、なかなか良くならないのですね」

「私はもともと、こんななのですよ。いつものことです。けほっ、けほっ」

フィレクシアがアーシャに手伝ってもらい、ラタに跨る。

アーシャは慣れた様子で、フィレクシアの前に飛び乗った。

「ティティス、フィレクシアに風呂を沸《わ》かしてやってくれ。んで、今日はもう休ませろ」

ラタに飛び乗ったティティスに、カイレンが声をかける。

「そうですね、それがいいでしょう。フィレクシアさん、いいですね？」

「はい……けほっ、けほっ。うう、なんだか寒気がするのですよ……」

「それはいけません。アーシャさん、行きましょう」

「はい。フィレクシアさん、しっかり私に掴まってくださいね！」

蹄の音を響かせて、アーシャたちが街へと駆けて行く。

マルケスはそれを見送り、カイレンに向き直った。

「……すまん。あの娘は曲がったことが大嫌いでな。それに、この間の我が第6軍団の敗北も、貴君のせいだと考えているようなのだ」

「まあ、俺たちが砦《とりで》を奪ったりしなければ、マルケス殿の軍が戦うこともなかったはずだからな。お互い様だろ」

バツが悪そうに言うマルケスに、カイレンがため息交じりに返す。

実際に、カイレンの第10軍団が休戦協定破りという卑怯な行為をしてしまったのは確かだ。

だが、第6軍団が大損害を被ったのは、マルケスが功名心を抑えられずに先走ったことが原因である。

マルケスもそれは理解しているので、今さらカイレンにどうこう言うつもりはなかった。

今は互いに協力し、アルカディア軍に対抗するべきだとマルケスは考えていた。

「それよりも、マルケス殿。毒の煙の兵器についてだが……」

「うむ。相手が使ってきた場合のことも考えれば、こちらもそれなりの数は用意しておきたいところだな」

「だよな……はあ、困ったな」

「ティティス秘書官も一緒に実験をしていることだし、彼女から作り方を聞き出してしまうというのはどうだ？」

「そんなことをしたら、いくらフィレクシアでもブチギレるだろ。何とかあいつの同意を得たうえで、量産に持っていきたいんだ」

カイレンが言うと、マルケスは意外そうな顔になった。

「それほどにまで、彼女のご機嫌を取らねばならんのか？」

「ああ。1人の天才は万の軍勢にも勝る。あいつは、この先も絶対に必要な人材だ」

「ふむ。確かにそうかもしれんな」

倒れているミャギに目を向け、マルケスが頷《うなず》く。

「ならば、彼女にヘソを曲げられるのは避けたいところだな。どうにか説得して、あの兵器の数をそろえさせてくれ」

「簡単に言わないでくれよ……それを言うなら、マルケス殿の孫娘もなんとかしてくれないか？」

アーシャたちが走り去っていった方を眺め、カイレンがぼやく。

「砦《とりで》を攻めたのは、アルカディアの連中の蛮行に堪忍袋の緒が切れて、仕方なくやったことなんだ。それに、あのまま放っておいたら、国内で民が暴動を起こしていたはずだぞ」

「……首都への凱旋では、市民たちから大歓迎を受けたと聞いているが」

「ああ。街の連中は、もろ手を挙げて歓迎してくれた。元老院の弱腰には、ほとほと嫌気がさしていたみたいだ」

「元老院とて、国のために必死で動いているのだ。そう悪く……いや、それはいい。1つ、聞きたいことがあるのだが」

「ん、なんだ？」

マルケスにカイレンが目を向ける。

「国境沿いの我が国の村や隊商が襲われた件について、アルカディア側がやったという証拠は、何か見つかったのか？」

「ああ。村が襲われた時、隠れてやり過ごした奴が1人いて、襲ってきた連中がアルカディアの方に去って行くのを見たって言ってたんだ」

「ふむ。他には目撃者はいないのか？　もしくは、奴らの使っていた武具などの証拠はどうだ？」

「残念だが、他に証拠はないな。目撃者も、その1人だけだ。他の村や隊商が襲われたのとやり口は同じだし、アルカディアの連中の仕業だとみて間違いない」

「……そうか」

「なんだ？　何か思うところでもあるのか？」

カイレンが鋭い目つきでマルケスを見る。

「いや、なんでもない。証拠があるのならよいのだ」

マルケスが倒れているミヤギに目を向ける。

「我らは正当な理由のもと、国のためにすべてを捧げて敵を打倒する。貴君も同じ思いだろう？」

「……ああ」

マルケスの問いかけに、カイレンは顔をしかめながらも頷《うなず》くのだった。

第1章　余計なもんはかなぐり捨てて

地獄動画の上映会を終え、一良《かずら》たちは一良《かずら》の部屋へと戻ってきた。

扉を閉めた途端、一良《かずら》はそれまで引き締めていた表情を崩して大きく息を吐いた。

「はあ、緊張した……今までの人生で、間違いなく一番緊張した……」

ぼすん、と自室のソファーに腰掛け、一良《かずら》が疲れ切った声を漏らす。

リーゼはその隣に座り、よしよし、と彼の頭を撫《な》でた。

「上手くできてたじゃん。威厳たっぷりだったよ。お疲れ様」

「俺の声、震えてなかったかな？　内心、冷や汗ダラダラだったんだけど」

「全然そんなことなかったよ。だよね、バレッタ？」

「はい。すごく堂々としてました。完璧《かんぺき》でしたよ」

バレッタが冷蔵庫から麦茶を取り出し、ガラスのコップに注いでおぼんで運んできた。

コップは、以前一良《かずら》が皆にプレゼントした、江戸切子のタンブラーだ。

皆、ガラスのコップはこの部屋か隣の作業部屋でしか使うことがないので、すべて一良《かずら》の部屋に置きっぱなしになっている。

ナルソンだけは例外で、執務室で一人で酒を飲む時に使っているとのことだ。

一良《かずら》の手にしているコップは、バレッタのペアグラスの1つを借りて使っているものだ。

「皆さん、信じてくれたでしょうか？　ものすごく驚いてはいたみたいですけど」

少し心配そうに言うバレッタ。

リーゼが、「平気、平気」と笑う。

「あんなものを見せられたら、信じるしかないでしょ。何も知らない人たちからすれば、目の前に地獄と天国をのぞける窓がいきなり現れたみたいなものなんだしさ。陛下たち、驚きすぎて目が点になってたじゃない」

「なるほど。確かにそうかもしれないですね」

「あ、そういえば、今日の夕飯、カズラは皆と一緒に食べるの？」

リーゼが、麦茶を飲んでいる一良《かずら》に顔を向ける。

「皆って、国王陛下とか他の領主さんたちとってことか？」

「うん」

「いや、やめておくよ。俺がいたら、皆、食事どころじゃなくなっちゃいそうだし」

「そっか。じゃあ、今夜は私とは別々だね」

リーゼが残念そうに言う。

「リーゼは顔を出さないわけにはいかないもんな。まあ、大変だと思うけど頑張ってくれ」

「さっきの動画の話で長引きそうだし、あんまり気乗りしないんだよね……はあ、面倒くさいなぁ」

　そんな話をしていると、コンコン、と扉がノックされた。

　一良《かずら》が返事をすると、失礼します、とマリーが入ってきた。

「カズラ様、ルグロ殿下が、カズラ様とバレッタ様と夕食をご一緒したいとおっしゃっているのですが……」

「えっ、ルグロさんがですか？」

「はい。街に食べに行きたいとおっしゃっていて。カズラ様の部屋まで自分で出向くと言って出て行こうとなされたので、私が確認してくると――」

『殿下！　お待ちください！　この先はお通しすることはできません！』

　言いかけたマリーの言葉をさえぎるように、少し遠くから警備兵の声が響いた。

　ばたばたと、慌てているような足音が近づいてくる。

『あ？　なんでだよ。カズラの部屋って、そこなんだろ？　今、侍女《じじょ》が入って行っただろ』

『申し訳ございません。関係者以外は誰も通すなという指示が、ナルソン様から出ています』

『関係者？　……ああ、あれのことか！　それなら大丈夫だ。俺も、もう関係者になってるからよ。ちゃんと全部話してもらってるから、心配すんな』

『そう申されましても、あらかじめ許可の下りている者しか通してはいけない決まりになっているのです。殿下のことは、まだ私は伝え聞いておりませんので』

『なら、俺から後でナルソンさんに伝えておいてやるよ。おーい、カズラ！　ルグロだ！』

徐々に話し声が部屋に近づき、扉を叩く音とともにルグロの声が響いた。

どうやら、警備兵の制止を聞かずに、部屋の前まで来てしまっているようだ。

『殿下！　いけません！　おやめください！』

警備兵の声に交じって、軽い足音が部屋に近づいてくる。

『とうさま！　精霊様の道具を忘れていますよ！』

『うわっ⁉　ロン、それは持ってきちゃダメだって！　しまえしまえ！』

『ロン、待ちなさい！　ルグロ、あなたも何やってるのよ！』

『ルティ？　いや、俺はただ――』

聞こえてくる騒ぎ声に、一良《かずら》とバレッタが唖然《あぜん》とした顔になる。

「と、とりあえず部屋に入れたほうがよさそうだな」

「あわわ……サイリウムを持ち出しちゃってるみたいですね」

バレッタが扉へと駆け寄り、一良《かずら》がソファーから立ち上がる。

リーゼは顔をしかめ、不快そうに眉根を寄せた。

「あの人は……はあ、どうしてあんなのが次期国王なんだろ」

「こらこら、そんなことを言うもんじゃないぞ。あの人ほど、損得勘定抜きで国と国民のことを考えてる人はいないんだからな」

「ええ……あの人が？　嘘でしょ？」

「嘘じゃないって。だから、あんまりルグロさんのことを目の敵にするのはやめとけ。な？」

「カズラがそう言うなら……」

あまり納得していない表情ながらも、リーゼが頷《うなず》く。

そう言っている間に、バレッタが扉を開けた。

扉を叩こうと拳を振り上げていたルグロと目が合う。

「おっ、嬢ちゃん！　悪い、部屋に入れてもらってもいいか？」

少しバツの悪そうな顔で、ルグロが頭をかく。

彼の足元には、サイリウムを手にしたロンがいた。

「は、はい。どうぞ」

「おし、皆、部屋に入れ。ほら、ルティ」

「ああもう……バレッタさん、ごめんなさいね」

「い、いえ」

バレッタがルグロたちを招き入れる。

家族全員来てしまっていたようで、ルティーナと4人の子供たちも部屋に入ってきた。

マリーは退出するタイミングを逃してしまい、緊張した様子で扉の前に立っている。

リーゼはソファーから立ち上がり、深々と腰を折った。

「カズラ！　すまん、こんな騒ぎにするつもりはなかったんだよ。あの警備兵が頭が固くってさ……うわ、なんだこりゃ⁉」

部屋に置かれている冷蔵庫や電子レンジ、そして天井で輝いているＬＥＤライトに、ルグロが目を丸くする。

ルティーナと子供たちも、部屋のあちこちに置かれている物珍しい品々に、きょろきょろと視線を動かしていた。

「カズラ、天井のあれも光の精霊の道具なのか？」

「ええ、そんなところです。まあ、座ってください。マリーさん、ルグロさんたちに麦茶を氷入りで。お子さんにはカルピスで」

「は、はいっ！」

マリーが冷蔵庫に向かう。

ルグロとルティーナが下の子のロンとリーネをそれぞれ膝に乗せて座り、その両脇に双子の姉妹のルルーナとロローナがちょこんと座った。

「す、すげえな。こんな道具……って、なんだこれ⁉　色付き黒曜石《こくようせき》のコップか⁉」

テーブルに置いてあるガラスコップを見て、再びルグロがぎょっとする。

「ええ、そうです。普段使いにしているやつでして」

「普段使いってお前……いや、カズラの持ち物なら、別におかしくはないか。触ってもいいか？」

「どうぞ」

ルグロがコップを手に取り、しげしげと眺める。

子供たちも、「おー」とキラキラした目でコップを見つめている。

「宝石でできたコップがあるなんてな……この中に入ってるの、氷だよな？　夏なのに氷があるのか？」

「はい、そこの冷蔵庫っていう道具で作った氷です」

一良《かずら》が、ルグロの背後に目を向ける。

ちょうど、マリーがカルピスの原液のボトルを中に戻しているところだった。

「とうさま、箱の中が光っています！」

「わあ……すごく綺麗《きれい》ですよ！　かあさまも見てください！」

「ロン、お行儀が悪いですよ」

「リーネ、人様の前で騒いではいけません」

ルルーナとロローナが、両親の膝の上で立ち上がろうとしているロンとリーネを窘める。

ロンとリーネは、しまった、といった顔になると、すぐに両親の膝の上に座り直した。

「あの箱で氷を作るのか？」

ルグロが背後の冷蔵庫に目を向ける。

「はい。箱の中は真冬みたいな寒さになっていて、食べ物を保存しておけるようになっているんです。凍《こお》らせることもできますよ」

「へえ、氷が作れる道具か！　王都の連中が見たら……っと、そんな話をしに来たんじゃないんだった」

とん、とルグロがコップをテーブルに置く。

「外に飯を食いに行こうって誘いにきたんだが……騒ぎにしちまって悪かったな。警備兵があんなに騒ぐなんて思ってなくてさ」

「ルグロさん、警備兵さんも勤めを果たしているだけなんですから、言うことは聞かないとダメですよ。何かあったら、彼が責任を取らされることになるんですから」

「う……す、すまん。でもさ、ちょっと飯食いに行こうって誘いに来ただけなんだぜ？」

「でも、じゃありません。ダメなものはダメです。自分の立場を考えて行動してください」

一良《かずら》がぴしゃりと言うと、ルグロは一瞬きょとんとした顔になった。

そしてすぐ、にっと嬉しそうな笑顔になった。

「……そうだな！　俺が悪かった。うん、カズラの言うとおりだな！」

それを見て、ルティーナがため息をついた。

「謝るなら謝るで、少しは申し訳なさそうにしなよ。なんで笑顔になってるのよ」

「はは、そうだな！　いや、本当に悪かった！」

がはは、と、とても嬉しそうに笑うルグロ。

マリーがそっと、横から麦茶とカルピスの入った銀のコップをルグロたちの前に置く。

「どうぞ、飲んでください。冷たくて美味《おい》しいですよ」

「お、ありがとな。ほら、いただこうぜ」

子供たちが「いただきます」とコップを手にし、口に運ぶ。

その途端、驚きに目を見開いた。

「とうさま、これすごく美味《おい》しいですよ！」

「甘くて冷たくて……こんな美味《おい》しいもの、初めて飲みます……」

ロンとリーネが、はしゃいだ声を上げる。

ルルーナとロローナも、それぞれカルピスを一口飲んで目をぱちくりさせていた。

「お、そうか。よかったな！　ほら、ルティ、俺たちもいただこうぜ」

「う、うん」

ルグロたちも氷入りの冷たい麦茶を口にし、「おお」と感心した顔になっている。

一良《かずら》は隣で微笑《ほほえ》んでいるリーゼから伝わってくる憤怒の空気に、内心ガクブルである。

それを察しているのは、この部屋の中では一良《かずら》とバレッタだけだ。

「えっと、カズラさ……グレイシオール様。ご迷惑をおかけしてしまって、本当に申し訳ございません。ルグロったら、いつもこんな調子で」

ルティーナがコップを置き、一良《かずら》に申し訳なさそうな顔を向ける。

「いえ、分かってもらえればいいんですよ。それと、俺のことは前みたいにカズラって呼んでください。様付けもしなくていいですから」

「えっ。で、でも」

「そのほうが俺も気が楽なんで。お願いします」

「は、はい」

戸惑《とまど》いながらも、ルティーナが頷《うなず》く。

「カズラ。あの警備兵が叱られないように、カズラから口添えしておいてもらえるか？　俺も後で、ナルソンさんに言っておくからさ」

「はい、大丈夫ですよ。ちゃんと言っておきます」

「ありがとう、恩に着るよ。えっと、夕食の話だけどさ――」

「外食なんて、ダメに決まってるでしょ。今、カズラさんに叱られたばかりじゃないの」

ルティーナが呆れ顔で言う。

年越しの宴の時は勝手に外出していたようだが、あれはよかったのだろうかと一良《かずら》は内心首を傾げる。

「分かってるって。そんなこと言うわけないだろ」

「……さっきは、私がいくら言っても聞かなかったのに」

ぷうっと頬《ほほ》を膨らませるルティーナ。

途端に、ルグロは慌て顔になった。

「え、ええ？　なんで怒るんだよ？」

「知らない」

「いや、俺は別に――」

「ま、まあまあ。ルティーナさん、それくらいにしておいてあげてください。ルグロさんも反省しているみたいですし」

痴話喧嘩を始めてしまったルグロたちを見かねて、一良《かずら》が口を挟む。

ルティーナは、はっとした様子で「すみません」と言うと恥ずかしそうに口をつぐんだ。

「す、すまん。ええとだな……どこかその辺の部屋で、父上たちとは別に飯を食わないか？」

「別に、ですか？　ルグロさんは陛下たちと一緒に食べないとダメなんじゃないですか？　ナルソンさんたちも、そのつもりでいると思いますけど」

「いや、それはそうなんだけど……なんだか、ものすごく辛気臭い食卓になりそうなんだよ」

「どうしてです？」

「ほら、さっき地獄と天国を見せてもらっただろ。部屋に戻ってから、父上はずっと泥《どろ》みたいな顔色になっててさ。一言も口をきかねえんだよ」

「ああ……」

ルグロの話に、一良《かずら》が何とも言えないといったように苦笑する。

一国の主ともなれば、後ろ暗いことの1つや2つはあるのだろう。

自分はもはや地獄行きだと、思い詰めてしまっているのかもしれない。

「何を言っても黙って頭を抱えてるだけだし、もうしばらくは放っておくしかないと思ってさ。飯食う時だって、きっとあんな感じだぞ。こっちが息が詰まっちまうよ」

「う、うーん。そんなにいろいろやらかしちゃってるんですかね……ルグロさんは、慰めてあげたりはしないんですか？」

「慰めるっていったって、何も話さないんじゃ慰めようがないだろ。ダイアスさんもゲロ吐きそうな顔になってたし、皆ろくなもんじゃねえな。嬉しそうにしてたのは、ヘイシェルさんだけだぞ」

ルグロが面白くなさそうに吐き捨てる。

その様子からして、ルグロもルティーナも、地獄行きになるようなことはしていないようだ。

「それにさ、たぶん食事の席にはカズラがいないほうが、父上たちもあれこれナルソンさんに聞きやすいと思うしさ。俺なんていてもいなくても同じだし。な？　いいだろ？」

「う、うーん……」

一良《かずら》がリーゼを見る。

——どうしよう？

——どうしようも何も、仕方がないじゃない。付きあってあげなよ。

——そうしたほうがよさそうだよな……。

視線でそんなやり取りをし、リーゼがルグロに目を向ける。

表情は笑顔のままだ。

「では、お父様には私から伝えておきますね。皆様の夕食は、別室に用意させますので」

「おっ、さすがリーゼ殿！　噂《うわさ》どおり、見た目も性格もいい女だな！　ありがとな！」

「い、いえ」

リーゼが頬《ほほ》を引きつらせながらも微笑《ほほえ》む。

ルグロの隣では、ルティーナが疲れたようにため息をついていた。

「せっかくだし、リーゼ殿も一緒に食べないか？　あっちで食べるのは、きっとかなりしんどいぞ」

「いえ、私はそういうわけには」

「大丈夫だって。それに、リーゼ殿がいると、皆いろいろと話しにくいこともあるだろうしさ」

話しているルグロの目を、リーゼはじっと見つめる。

これはどうやら本心で話しているようだ、と判断し、頷《うなず》いた。

「……では、私もご一緒させていただきます。お気遣いいただき、ありがとうございます」

ぺこりと頭を下げるリーゼに、ルグロがにっと微笑《ほほえ》む。

「いいんだって。よし、お礼がてら、夕食は俺とルティで作るか！」

「「え!?」」

一良《かずら》たちとルティーナが、驚いた声を上げる。

「美味《うま》いもん食わしてやるから、期待しててくれ。ルティはパンをお願いな！」

「う、うん……って、本気でやるつもりなの？」

「調理場を借りるくらいは別にいいだろ？　久しぶりにやろうぜ」

「あの、殿下と妃殿下にそんなことをしていただくわけには。料理人に作らせますので」

リーゼが失礼にならないように、控えめに窘める。

「いいって、いいって。それに俺、王都の下町の食堂で下働きしてたから、料理はそこそこできるんだ」

「し、下働き……ですか？」

「おう。大衆食堂とパン屋で、小遣い稼ぎでちょこちょこやってたんだ。そんなわけだから、心配しないでくれ」

「は、はい」

「えっと、そこの侍女《じじょ》さん。名前聞いてなかったな」

ルグロに顔を向けられ、マリーがびくっと肩を跳ね上げる。

「マリーと申します！」

「マリー、調理場を使わせてもらいたいんだ。案内と手伝いを頼む」

「かしこまりました！」

勝手に話をまとめ、ソファーから立ち上がるルグロ。

──ど、どうすんのこれ？

──付いて行かないわけにいかないでしょ……。

──一緒に行ったほうがよさそうですね……。

一良《かずら》たち３人は視線で会話をすると、仕方がない、といったふうに一緒に席を立つのだった。

一良《かずら》たちが調理場に向かっている頃。

邸内の会議室では、ナルソンがダイアスから質問攻めにあっていた。

内容は、先ほど見せられた動画についてと、一良《かずら》が話していた内容、そして一良《かずら》についてだ。

ナルソンの隣にはジルコニアも控えており、２人のやり取りを黙って聞いている。

「だから、何度も言っているじゃないか。あのおかたは、本物のグレイシオール様なのだよ」

やれやれといった様子で、ナルソンがため息交じりに言う。

「しかし、どう見てもただの人間にしか見えないぞ。あの男がグレイシオール様だという証拠はあるのか⁉」

必死の形相で言うダイアス。

よほど切羽詰まっているのか、額には汗が浮かんでいた。

「今手にしている、それがあるではないか」

ナルソンが、ダイアスが手にしている黄色のサイリウムに目を向ける。

ダイアスの手の中で、それは強く光り輝いていた。

「む……だ、だが、これは何かこう……そう！　ただの道具ではないか！　彼自身が神であるという証拠はないのかと聞いているのだよ！」

「そうは言ってもだな……ダイアス殿は、いったい何を見れば信じてくれるのだ？　先ほど見た天国と地獄の様子だけでは足りないのか？　あんなものを見せることができるなんて、神以外にあり得ないではないか」

「いや、しかし……」

ダイアスが膝に目を落とし、口ごもる。

それに追い打ちをかけるように、ナルソンが口を開いた。

「ダイアス殿。いろいろと思うところもあるだろうが、納得するしかないのだ。私とて、このままだと地獄行きだと、グレイシオール様に言い渡されているのだからな」

「っ⁉　ナ、ナルソン殿もか⁉」

「うむ」

ナルソンが険しい表情で頷《うなず》く。

もちろん、ナルソンは一良《かずら》にそんなことは言われていない。

ダイアスを落ち着かせるための方便である。

「領地を統治するためとはいえ、口に出すことすらはばかられるようなことを、私もいろいろしたよ。地獄行きと言われても、当然の結果だと納得もしている」

「諦《あきら》めたというのか⁉　そんな――」

「まあ聞け」

取り乱すダイアスを、ナルソンが制する。

「カズラ殿が……グレイシオール様が言っていただろう。『将来、死後の扱いは、今後の行動一つで変わります。そのことをお忘れなきよう』と。これがどういうことか分かるか？」

「……過去に過ちを犯していても、これから善行を積めば地獄行きを回避できるということか？」

「うむ、そのとおりだ」

ナルソンがしっかりと頷《うなず》く。

「そ、それは本当なのか⁉　間違いないのだな⁉」

「ああ。グレイシオール様に確認を取ったから間違いない。でなければ、こうして冷静にしてなどいられるものか」

「そ、そうか……しかし、善行とはいっても、何をすればいいのだ？　民に金をばら撒けばいいのか？」

さっぱり分からない、といったふうにダイアスが言う。

ナルソンは内心呆れながらも、顔には出さずに「そうだな……」と考えるそぶりをする。

「ダイアス殿。失礼な問いかもしれないが、貴君はいったいどんな過ちを犯してしまったのだ？　もしよければ、話して聞かせてはくれないだろうか」

「む……」

ぐっと、ダイアスが表情を歪《ゆが》める。

「過ちの内容を教えてくれれば、私としても何か助けになれるかもしれん。これでも一応、1年近くグレイシオール様とともに過ごしているのでな」

「……グレイシオール様に、口利きをしてくれるというのか？」

ダイアスがいぶかしんだ顔でナルソンを見る。

「口利きとまではいかないが、何とかしてやれないだろうかという相談くらいはできるだろう。ダイアス殿が地獄の亡者どもに未来永劫責め苦を味わわされないよう、手を回してやることができるやもしれん」

「み、未来永劫……」

「うむ、未来永劫だ。地獄に落ちるということは、そういうことらしいからな」

重々しく言うナルソン。

ごくり、とダイアスが生唾を飲む。

ジルコニアは顔を伏せ、髪で顔を隠してプルプルと震えている。

今にも吹き出しそうなのを必死で堪《こら》えているのだが、ダイアスの目には、それが彼女が怯《おび》えているように映った。

「……本当に、口利きをしてくれるのか？」

「貴君は私の盟友だ。できる限りのことはしよう。約束する」

ナルソンが即答する。

「もっとも、グレイシオール様もあの世行きの沙汰を取り仕切っているわけではない。私が相談させていただいて、グレイシオール様が納得してくだされば、今度はグレイシオール様がリブラシオール様のような神に口利きをしてくれるかもしれないという話だ。もちろん、ダイアス殿が今から善行を積むことが大前提だがな」

「そ、そうか……確かに、そういうツテがあるならば、なんとかなるかもしれんな」

ダイアスが納得したように頷《うなず》く。

リブラシオールとは、すべての神を統括する元締めのような存在である。

グレイシオールやオルマシオールのように特定の役割を持たず、神同士がいざこざを起こさないように間を取り持ったり、太陽と月が交互に天に上るのをサボらないように見張っていたりしていると考えられている。

直接人々に手を下さないが、絶対的な存在とされている神だ。

「うむ。カズラ殿なら、それが可能だ。正直に過ちを告白し償えば、きっと救いの手を差し伸べてくれるだろう。何しろ、カズラ殿は慈悲と豊穣の神なのだからな」

「……分かった」

ダイアスが重々しく言い、ナルソンを見る。

「貴君に洗いざらい話そう。だが……」

ちらりと、ダイアスがジルコニアを見る。

ナルソンはそれで察し、ジルコニアに顔を向けた。

「ジル。すまないが、席を外してくれ」

「……ええ、分かったわ」

ジルコニアが、うつむいたまま席を立つ。

そのまま顔を上げずに扉に向かい、静かに退出した。

「ルグロさん、食堂で下働きをしてたって言ってましたけど、どういう経緯があってそんなことをしてたんですか？」

ルグロと並んで廊下を歩きながら、一良《かずら》が彼に話しかける。

「えっとだな……俺、王城での生活が窮屈《きゅうくつ》で嫌いでさ。14、15歳くらいの頃から、よく王城を抜け出して城下町に遊びに行ってたんだよ」

苦笑しながら、ルグロが言う。

「初めて城下町に行った時に、たまたま知り合った奴がいてさ。あちこち街を案内してくれたんだ。それで、そいつの友達とも仲良くなって、毎日遊び回ってたんだ」

「ま、毎日ですか。その知り合った人って、平民のかたってことですよね？」

「いや、案内してくれた奴は貴族の息子だ。そこら一帯のガキ大将だった奴だ」

「ガキ大将ですか。見慣れない奴が来たから、声をかけられたってことですかね？」

「ああ、そんな感じだな。で、いろんな場所に遊びに連れて行ってもらったり、店で飯を奢ってもらったりしてたんだけど、奢られっぱなしってのはさすがに悪いだろ？　でも俺、金なんて1アルも持ってなかったし、かといって王城を抜け出してるのに、親にせびるってのはさすがに無理だし。どうしたらいいかなって考えたけど何も思いつかなくて、そいつらに『金を手に入れるにはどうすればいいんだ』って聞いたんだよ」

昔を懐かしんでいるように、ルグロが言う。

後ろで話を聞いているリーゼは内心ドン引きで、笑顔が引きつっていた。

隣を歩くバレッタが、ちらちらと横目で心配そうに彼女を見ている。

「そしたら、そいつらが『金が欲しいなら働くしかないだろ』って教えてくれてさ。いつも飯を食ってる下町の大衆食堂に頼み込んで、通《かよ》いで働かせてもらえることになったんだ」

「す、すごい話ですね……でも、王城を抜け出したりして、大騒ぎにならなかったんですか?」

「んー、まあ、なってたみたいだな。近衛兵とか教育係が追っかけて来るから、毎回それを撒くのが楽しかった記憶がある。1年くらいしたら、誰も何も言わなくなったぞ」

「そ、そうですか」

一良《かずら》がそう言った時、廊下の先から、ジルコニアがすごい勢いで走ってきた。

彼女は一良《かずら》たちに気づくと、慌てて急ブレーキをかけた。

「あ、ジルコニアさん。どうしたんです? そんなに急いで」

「す、すみません! 時間がなくて! 通してください!」

ジルコニアは一良《かずら》たちの脇をすり抜け、奥にある作業部屋へと飛び込んで行った。

「なんだ? ずいぶん慌ててたな」

ルグロが怪訝《けげん》な顔で、遠目に見える作業部屋の扉を見つめる。

「ですね。ジルコニアさんがあんなに慌てるなんて珍しいな……俺、ちょっと様子を見てくるんで、先に行っててもらってもいいですか?」

「おう。早く来いよ。料理は作るのも食べるのも、皆でやったほうが楽しいからな」

「了解です。部屋に戻ったついでに、なにか珍しい食材を持って行きますね」

「カズラ様、私も行きます」

歩き出そうとする一良《かずら》に、リーゼが声をかける。

「ん、そうか。バレッタさん、マリーさん、ルグロさんたちのこと、お願いしますね」

「はい」

「かしこまりました」

一良《かずら》とリーゼがルグロたちと分かれ、来た道を引き返す。

一良《かずら》は歩きながら、隣のリーゼに目を向けた。

リーゼは目が据わっており、小さく肩で息をしている。

「リーゼ、深呼吸しろ。落ち着け」

「はあ、はあ……うう、こんなに我慢するの、久しぶりだわ」

「そんなに、ルグロさんのことダメか？」

「ダメっていうか、話を聞いてるだけで、毎日我慢のしっぱなしだった頃の自分を思い出しちゃって、なんだか無性に腹が立つのよ。力いっぱい頬《ほほ》を引っ叩いてやりたくなるわ。ふふ……」

謎のどす黒い笑みを浮かべるリーゼ。

そんな彼女に、一良《かずら》が苦笑する。

「そうだよな。リーゼは今までずっと我慢ばっかりしてきたんだもんな。ほんと、よく頑張ってきたよ」

「えっ。……あ、ありがと」

てっきり窘められると思っていたところに予想外の言葉を貰い、リーゼがたじろぐ。

「でもほら、今はもう、昔みたいに我慢しないといけないことなんてないしさ。ルグロさんみたいな人を見ても、『ああ、こういう人もいるんだな』くらいに考えて、どーんと構えていればいいんじゃないか？」

「う、うん。分かった」

「よしよし。偉いぞ。さすがリーゼだ」

ぽんぽんと一良《かずら》がリーゼの頭を撫《な》でる。

そうこうしているうちに作業部屋に到着し、一良《かずら》が扉を開いた。

中では、ジルコニアがソファーに座り、テーブルに置かれた小さな機械を凝視していた。

「ジルコニアさん、何してるんです？」

「カズラさん！　早くこっちに！　始まっちゃいますよ！」

ジルコニアの目の前にある機械、監視カメラのモニターから、ぼそぼそとした話し声が響く。

一良《かずら》とリーゼは顔を見合わせると、ジルコニアの下へと歩み寄った。

『ナルソン殿、もう一度聞くが……過ちを正し、善行を積めば、本当に地獄行きは免れるのだな？』

『うむ。グレイシオール様がそうおっしゃっていたのだ。間違いないだろう』

『ううむ……ううむ……』

「……ナルソンさんとダイアスさん？　もしかして、盗み聞きしてるんですか？」

モニターには、窓が締め切られた薄暗い会議室内でテーブルに向かい合って座る、ナルソンとダイアスが映っていた。

2人とも、酷《ひど》く深刻そうな顔をしている。

ダイアスは膝に目を落とし、顔に大量の汗をかいている。

ナルソンはそんな彼を、じっと見つめている。

「ええ。すごく面白いものが見られそうなんです。2人とも座って」

ジルコニアがわくわくした表情でそんなことを言う。

一良《かずら》とリーゼがソファーに座り、モニターを見る。

ダイアスは「ううむ」と唸《うな》るばかりで、いっこうに話し出さない。

ナルソンは埒が明かないと見たのか、やれやれといったように口を開いた。

『ダイアス殿、まずは、比較的小さいと思われる過ちから話してみてはどうだ？　1つ1つ、しっかりと過ちを認めることから、贖罪は始まると思うのだが』

『小さなものから1つ1つだと？　例えばどんなものだ？』

ダイアスが顔を上げ、困惑したように問い返す。

『そうだな……強制的に女を連れてきて相手をさせたとか、反抗的な市民を縛り首にしたとか、そんなところではどうだ？』

『そんな細かい話、いちいち覚えていないぞ。第一、そんなものは我ら為政者の権利ではないか』

さも当然といったように、ダイアスは憮然とした表情で言い放った。

「……マジか」

ダイアスから出たあまりにも酷《ひど》い言葉に、一良《かずら》がドン引きした声を漏らす。

リーゼは唖然《あぜん》とした表情になっており、ジルコニアは先ほどまでのわくわくした表情を消して真顔になっていた。

『そんなことまで過ちと数えられてしまっては、たまらんぞ。我らのような高貴な血筋の人間は、ほかの木っ端貴族はもちろん、民草などとは一線を画す存在だろうが。ナルソン殿も、そう思うだろう？』

『う、うむ。そうだな。ダイアス殿の言うとおりだ』

「……クズね。反吐が出るわ」

今まで聞いたことのないような底冷えのする声で吐き捨てるジルコニアに、一良《かずら》がびくっとして顔を向ける。

「まさか、領民を人間扱いしていないなんて。何が高貴な血筋よ。今すぐ首をはねてやりたいわ」

「そ、そうですね……俺が聞いた噂話《うわさ》より、はるかに酷《ひど》いですよ。租税を納《おさ》められないことに対する罰《ばつ》で、みたいな話だったのに」

「カズラさんは、どんな噂《うわさ》を聞いていたのですか？」

ジルコニアが一良《かずら》に目を向ける。

モニター内では、ダイアスがぶつぶつと自分たち大貴族がいかに特別な存在であるかを語り続けている。

「ええと……租税の取り立てがとても厳しくて、もし払えなければ罰《ばつ》として奴隷《どれい》商に売られてしまったり、器量のいい女性は夜の相手をさせるために召し上げられる、とかだったかと。バレッタさんから聞いた噂《うわさ》話ですね」

「巷では そんな噂《うわさ》が流れているんですか。私が知っているものとは、だいぶ違いますね」

「そうなんですか。まあ、噂《うわさ》話ですし、全部同じってこともないんでしょうね……ちなみにですけど、ジルコニアさんはどんな話を聞いたことがあるんです？」

「臣下の妻に手を出しまくっているという話を聞きました。他人の妻を寝取るのが大好きなんだとか」

「そ、それもすごい話ですね。でも、俺が聞いたような話は聞いたことはなかったんですか？」

「私は一度も。というより、私はそういう噂話《うわさ》には疎いもので。他人の妻に手を出すという話も、彼の妻から聞いた話ですし」

「奥さんから直接聞いたんですか⁉」

ぎょっとした声を上げる一良《かずら》に、ジルコニアが頷《うなず》く。

「はい。以前、グレゴルン領を訪れた時に、『ジルコニアさんも気を付けてくださいね』と念押しされました。領主間で不貞があっては洒落《しゃれ》にならないから、くれぐれも注意してくれと。そういう話がたくさん出るのかと思っていたら……まさか、こんな話を聞かされるとは思いませんでした」

ジルコニアはもともと、貴族同士の付き合いというものに一切関心がない。

そのため、年越しの宴のようなイベント事や、普段自領や他領の貴族が何らかの理由で訪問してきても、自分から親交を深めようとしたことは一度もなかった。

むしろ、面倒だと避けて回っていたくらいなのだ。

ダイアスの妻につかまって忠告を受けたのは、夫人が本気で「何かあっては洒落《しゃれ》にならない」と思っていたからである。

もちろん、誰にでも触れ回っていたわけではなく、領主夫人であるジルコニアにだけ、特別にぶっちゃけて話したのだ。

その夫人も、実は男をとっかえひっかえして遊びまくっているのだが、ジルコニアは知らない話である。

「なるほど、不倫話をてんこ盛りで聞けると思ってたわけですか。それで、あんなにわくわくしていたと」

「ええ。でもまさか、こんな話を……って」

ジルコニアが、はっとした顔で一良《かずら》を見る。

「あの、私は別に不倫話とかが好きなわけじゃないですからね？　噂《うわさ》好きってわけでもないですし」

「はいはい、分かってますよ。分かってますって」

「な、何ですかその目は。私は本当に……リーゼ、大丈夫？」

あからさまに顔色が悪くなっているリーゼにジルコニアが気づき、声をかける。

「いえ……なんだか、すごく気持ち悪くて」

モニターから視線を逸らしながら、リーゼがぽつりと言う。

リーゼもダイアスとは何度か話したことはあるのだが、そういった雰囲気はまったく感じたことはなかった。

言葉を交わしたことのある人間が、領民をまるで物のように扱う鬼畜だと知って衝撃を受けているのだ。

リーゼの感性とは、まったく相容れない種類の人間である。

「どうしよう。もう私、ダイアス様の顔をまともに見れないや……見るだけで吐くかもしれない」

「そ、そうか。とりあえず、これを見るのはやめておこうな。ルグロさんたちのところに行こう」

「うん……」

リーゼが力なく頷《うなず》く。

「ジルコニアさんも行きませんか？　これから、ルグロさんたちと一緒に夕食を作ることになってるんです」

「えっ、殿下が作るんですか？」

「ええ。ぜひ作らせてくれって。料理は得意らしいですよ。ダイアスさんの話は録画してあるんですし、また後で見ればいいんじゃないですか？」

一良《かずら》が言うと、ジルコニアはモニターに目を向け、はあ、とため息をついた。

モニターの中では、ダイアスが縛り首にした領民のなかでも記憶にあるものについて、その領民がいかに無礼であったかを、ナルソンに切々と説いている。

飢饉《ききん》の際に税を軽くしてくれと直談判に来たといった領民を片っ端から縛り首にしたとか、妻を連れて行こうとした際に私兵に立てついた村人を晒《さら》し首にしたといったことを話しているのだが、一良《かずら》たちからしてみれば酷《ひど》い話ばかりだ。

「……そうですね。このまま見ていたら、怒りで頭がおかしくなりそうです。後でナルソンから話を聞くことにします」

「それがいいです。それじゃ、行きましょうか。……リーゼ、ほら、行こう」

「うん。あと、食材も持って行かないと」

「あ、そうだったな。お子さんもいるし、ポップコーンのキットを持っていくか」

そうして皆で席を立ち、部屋を出るのだった。


「バレッタは、普段は料理をするのか？」

調理場の流しで手を洗いながら、ルグロがバレッタに聞く。

ルグロはエプロンを着けて腕まくりをしており、準備万端といったいで立ちだ。

着慣れている雰囲気で、とてもエプロン姿が様になっている。

近くの調理台では侍女《じじょ》や料理人たちが料理をしているのだが、ルグロたちが気になるようで、ちらちらと視線を向けていた。

ルグロがバレッタのことを「嬢ちゃん」ではなく名前で呼んでいるのは、先ほどルティーナに「失礼だ」と窘められたからだ。

「はい。カズラさんの食事は、私とマリーちゃんで毎食作っているので」

「お、そうなのか。パンはよく作るのか？」

「パンは時々ですね。３日に一度くらいです」

「ふーん。どんなパンを作るんだ？」

「灰焼きパンが多いです。カズラさんが、あの風味と歯ごたえがすごく好きみたいなんで」

「灰焼きパンか。あれも確かに美味《うま》いよな。かまどで焼くパンは作ったりはしないのか？」

「それも時々やります。でも、あまり作り慣れていないので、上手に焼けなくて」

バレッタが言うと、ルグロが、にっと笑った。

「なら、ルティに教わるといいぞ。ルティのパン作りの腕は超一流なんだ。めちゃくちゃ美味《うま》いから、腰を抜かさないようにな！」

「ちょ、ちょっと！　そんな大げさなこと言わないでよ！」

慌て顔で言うルティーナに、ルグロがきょとんとした顔を向ける。

「本当のことじゃねえか。なあ？」

ルグロがルルーナとロローナを見る。

「はい。お母様の焼くパンは世界一美味《おい》しいのです」

「王家の料理人が作ったパンより美味《おい》しいのですよ」

ルルーナとロローナが言うと、ロンとリーネもそうだそうだと合いの手を入れた。

ルルーナとロローナはエプロンをしており、彼女たちも料理を手伝うようだ。

「そうなんですね。ルティーナ様、ご教授よろしくお願いします」

「うう、そんなふうに言われると緊張しちゃって……あ、バレッタさん、私に様付けはしなくていいのよ？　ルティって呼んでくれればいいから」

「い、いえ。さすがに、そういうわけには」

「別にいいじゃない。ルグロじゃないけど、私も堅苦しいのは苦手だから……あ、カズラさん、リーゼさん」

　調理場に入ってきた一良《かずら》たちに気づき、ルティーナがにっこりと微笑《ほほえ》む。

　ルグロも一良《かずら》に顔を向け、にっと笑った。

「お、ジルコニア殿も来てくれたのか！　ちょうど今から始めるところ……どうした？　3人とも、なんだか顔色が悪いな」

　あからさまにどんよりとした空気を背負っている3人に、ルグロが怪訝《けげん》な顔になる。

「いや、何でもないです……」

「そうか？　まあ、なにかあったら相談してくれていいんだからな。俺で力になれるかは分からないけどさ」

「ありがとうございます。気を使ってもらって」

　ルグロたちに歩み寄りながら、一良《かずら》が言う。

　すると、ルグロは少し渋い顔になった。

「あー……あのさ。やっぱりそれ、やめてくれねえかな？」

「え？　それって？」

「敬語だよ。ダチなんだから、そんなかしこまった態度を取るなって。タメ口でいいんだからさ」

「い、いや、さすがに、そういうわけには」

「なんだよ。カズラもバレッタと同じことを言うんだな」

「あの、ルグロさん。周りの目っていうものがあってですね」

一良《かずら》が周囲に目を向ける。

侍女《じじょ》や料理人たちは皆、作業に没頭しているように見えて、一良《かずら》たちの話に聞き耳を立てている。

彼らは一良《かずら》がグレイシオールだとは知らないはずなので、王族にタメ口というのはさすがに無理がある。

「む……そうか、それもそうだな。悪い、無理を言っちまったな」

「いえいえ、いいんですよ」

「……でも、周りに人がいない時はタメ口で頼むわ。堅苦しいのは、本当に苦手なんだよ。な？」

声量を落とし、一良《かずら》に耳打ちするルグロ。

「は、はい」

「よろしくな！」

一良《かずら》が頷《うなず》いたのを見て、ルグロが満足そうに笑う。

そして、よし、と調理場を見渡した。

チラチラと盗み見していた侍女《じじょ》たちが、さっと視線を逸らす。

「マリー。鳥肉を使いたいんだが、取り置きはあるか？　あと、ミトの葉も欲しいな」

「はい！　すぐに持ってまいります！」

マリーが調理場の壁際に走り、氷式冷蔵庫を開ける。

中には大量の肉の切り身が収まっていて、どれも色は新鮮そのものだ。

氷式冷蔵庫は屋敷にも多数導入されており、こうしてあらかじめ解体しておいた肉を保管しているのだ。

魚もいくらか保管しており、新鮮な食品を手間なく使えるということで、調理場では非常に重宝していた。

「うお、すげえな！　カズラの部屋にあったやつとは別物か！　ちょっと、よく見せてくれ！」

ルグロがマリーの下へと駆け寄り、冷蔵庫の中をのぞいて「はー」と感心した声を漏らす。

子供たちも駆け寄り、「おー」と父と同じように声を上げていた。

「す、すみません。これじゃあ、料理どころか皆さんの邪魔をしに来ちゃったみたいですよね

「……」

並んでいる冷蔵庫を片っ端から開けてわいわいやっているルグロたちに、ルティーナが恥ずかしそうにため息をつく。

そんな彼女に、一良《かずら》は微笑《ほほえ》んだ。

「いえいえ、そんなことないですよ。むしろ、感謝したいくらいです」

「え？　感謝ですか？」

「ええ。なんか、皆さんと一緒にいるとほっとします。見ていると元気が出るっていうか……本当に、いいご家族ですよね」

そう言いながら、一良《かずら》がリーゼとジルコニアをちらりと見る。

冷蔵庫を囲んで楽しそうに騒いでいるルグロたちの姿を見て、2人とも先ほどまでの陰鬱な表情が消えていた。

どこかほっとしたような、穏やかな表情になっている。

「さて、料理を始めましょうか。早くしないと、夕食に間に合わなくなっちゃいます」

「……はい！」

ルティーナはとても嬉しそうに頷《うなず》き、ルグロたちを呼ぶのだった。

数十分後。

バレッタとリーゼが見守るなか、ルティーナは見事な手さばきで、くりくりとパン生地をこねていた。

調理台に押し付けるようにして生地を転がし、ある程度それが済むと、生地を手に取って調理台に叩きつけ、再び手早く丸めてから叩きつける。

ぱたんぱたんとリズミカルにこなす姿は、まるで本職のパン職人のように手慣れたものだ。

「はい、バレッタさん。これもお願いね」

「はい！」

バレッタが生地を受け取り、深めの銀のボウルに生地を入れた。

フタをし、お湯を張った木のボウルにそれを載せる。

「でも、本当にこれですぐに膨らむの？　普通はすごく時間がかかるんだけど……」

「大丈夫ですよ。半刻（約1時間）もかからないで、ちゃんと発酵しますから」

「ふーん……ドライイースト、だっけ？　そんな便利なものがあったのね」

当初、ルティーナは調理場にある発酵済みの生地を分けてもらうつもりでいたのだが、バレッタの提案で1から生地を作ることにしたのだ。

材料は、日本産の小麦粉、砂糖、水、そしてドライイーストだ。

屋敷の料理人たちは、パン作りには果実酒の樽から取り出した天然酵母を使っているのだが、それでは発酵に少々時間がかかる。

なので、バレッタは普段食事を作る際、あまり時間に余裕がない時はドライイーストを使っていた。

「全部、カズラさんが持ってきてくれたものです。他にも、いろいろな調味料があるんですよ」

「へえ、そうなんだ。後で使わせてもらっても大丈夫かしら？」

「はい、もちろんです」

ルティーナたちは屋敷に滞在するのは数日の予定なので、毎日日本産の食品を食べさせても肉体が強化されることはない。

すこぶる体調が良くなった、と感じる程度で済むはずだ。

肉体強化についてバレる心配はないので、日本産の食材は好きに使わせても構わないだろう。

「ルティーナ様は、普段からパン作りをなさっているのですか？」

続けて生地をこねているルティーナに、リーゼが聞く。

リーゼも料理はそこそこやるのだが、まさかルティーナがここまでの腕を持っているとは思ってもみなかった。

「ううん。時々しかやらないよ。……結婚する前は、実家のお店の手伝いで毎日やっていたけれど」

後半は小声で、ルティーナが言う。

「えっ？　実家のお店、ですか？」

リーゼが驚いた声を上げる。

そんな彼女に、ルティーナはにっこりと微笑《ほほえ》んだ。

「うん。私の実家、パン屋なの。小さい頃から、毎日両親を手伝ってたんだ」

「そ、そうなのですか……」

「ふふ、驚いたでしょ？　あ、このことは秘密にしておいてね。誰にも言うなって、目付の文官に言われてるから」

「は、はい」

ならどうして自分に言った、と内心突っ込みながらも、リーゼが頷《うなず》く。

そもそも、パン屋の娘がなぜ一国の王子に嫁ぐことができたのか。

「あと、できればリーゼさんも、周りに人がいない時はもう少し砕けた感じで話してもらえない？　せっかくこうして会えたんだし、お友達になりたいの」

「えっ？」

「お願い！　私、友達が少なくて。助けると思って、ね？」

ぱちんと手を合わせ、可愛らしく言うルティーナ。

リーゼは断るわけにもいかず、おずおずと頷《うなず》いた。

「わ、分かりました」

「よかった！　バレッタさんも、よろしくね？」

「え、えっと……」

バレッタが答えに窮していると、一良《かずら》たちのいるかまどのほうからパンパンと小さな破裂音が響き始めた。

「うわ！　びっくりした！　なんだこれ⁉」

ルグロの驚いた声が調理場に響く。

「おー」と興味深そうに見ているジルコニアや子供たちに比べ、ルグロのリアクションが一番大きい。

「ポップコーンっていう食べ物です。こうやって火にかけると、破裂する木の実があるんですよ」

一良《かずら》がフライパンを火から上げ、フタを取って中身を見せる。

茶色い乾燥トウモロコシの上に、数個のポップコーンが出来上がっていた。

「おお、こんなもんがあるのか。破裂する木の実なんて、見たことも聞いたこともないんだけどな」

「俺が持ってきたものですから。この国にはないはずですよ」

「そうなのか。道具だけじゃなくて、食べ物までいろいろと珍しいものがあるんだなぁ」

ルグロが手に持つピーラーに目を落とす。

「これなんて、ほんとすごいよな。こんなに簡単に野菜の皮が剥《む》ける道具があったなんて知らなかったよ」

「気に入ったなら、持って帰ってもらってもいいですよ？」

「いや、それはダメだろ。料理人たちの道具を貰うなんて」

ルグロが少し顔をしかめて言う。

「料理人にとっての道具ってのは、素人のそれとは別で特別だからな。一見同じに見えても、それじゃなきゃダメだってのがあるんだよ」

「そ、そうでしたか。失礼しました。なら、後で街の商店から取り寄せますね。イステリアでは、普通に売られているものなんで」

「あ、そうだったのか。カズラが持ってきた道具ってわけじゃないんだな」

「あの、カズラさん。これ、少しつまんでもいいですか？」

ジルコニアがそう言いながら、横からポップコーンを１つつまんで口に入れる。

もぐもぐと口を動かし、「美味《おい》しい」と頬《ほほ》を緩めた。

「あっ、答える前に勝手に食べてるじゃないですか。ほら、ルルーナさんたちもどうぞ。味見だから、１人１つずつにしておきましょうかね」

「ありがとうございます。熱々ですね」

「はふはふ、美味《おい》しいです」

ルルーナとロローナがポップコーンを頬張《ほおば》り、嬉しそうに微笑《ほほえ》む。

ロンとリーネも彼女たちから1つ食べさせてもらい、美味《おい》しい！　と喜んでいる。

フライパンにはあらかじめ有塩バターを落としてあるので、ほんのりした塩味になっていた。

「俺にも食わせ……って、ジルコニア殿⁉　何個食うつもりだよ⁉」

「何個でもいけますよ！」

「そういう意味じゃねえから！」

楽しそうにしているルグロたちの姿に、ルティーナが微笑《ほほえ》む。

「ふふ、あんなに楽しそうにしてるルグロを見るの、ひさしぶりだわ。……さてと、私たちも、もっとたくさん作りましょ。なんだか楽しくなってきちゃった！」

再びパン生地をこね始めるルティーナ。

バレッタとリーゼは顔を見合わせ、少々困惑気味ながらも一緒になって生地に手を伸ばすのだった。


それから数時間後。

一良《かずら》の部屋のテーブルには、皆で作った数々の料理が並んでいた。

メニューは一良《かずら》とルグロが取り仕切ったもので、屋敷の料理人が普段作るような小洒落《こじゃれ》たものではなく、居酒屋や大衆食堂で出るようなメニューばかりだ。

鳥肉とナッツのピリ辛炒め、卵と葉物野菜の炒め物、ナツイモの煮っころがし、クロコ虫の素揚げ、ミャギ肉の串焼きといった、こちらの世界の食材を使ったものが半分。

若鶏の唐揚げ、カニカマのフライ、エビフライ、手ごねハンバーグといった日本産の食材を使ったものが半分だ。

一良《かずら》も調理は手伝ったが、大部分はルグロとマリー、そして調理も終盤になってからやってきたエイラが行った。

さらに、ルティーナが焼いた数種類のパンと、一良《かずら》たちが大騒ぎしながら作ったポップコーンも食卓を飾っている。

飲み物には100％オレンジジュースとカルピス、デザートにはプリンとフルーツゼリーが用意されている。

テーブルの上はすし詰め状態で、どう見ても作りすぎである。

「……やりすぎましたね」

「だ、だな。いくらなんでも張り切りすぎたな……」

対面に座っている一良《かずら》とルグロが、やってしまった、といった顔で言う。

子供たち4人は、珍しい料理の数々にとても楽し気だ。

彼女らの両脇にはエイラとマリーが座っており、給仕がてら一緒に食卓を囲んでいる。

せっかくだから一緒に食おうぜ、とルグロが声をかけてくれたのだ。

「まあ、足りないよりはいいよな。さあ、気合入れて食うか！」

「ですね」

いただきます、と皆で料理に手を付ける。

「……ん!? この唐揚げっての、めちゃくちゃ美味《うま》いな!?」

若鶏の唐揚げを口にしたルグロが目を見開く。

揚げたての唐揚げはカリカリで、噛むたびに香ばしい風味と肉汁が口に広がり、実に美味《うま》い。

アルカディアにも揚げ物料理は多々あるが、ルグロはこのような味のものを食べるのは初めてだ。

「カズラ、この肉にまぶしてた粉のレシピを教えてくれよ。これなら毎日でも食いたいぞ」

「いや、あの粉も俺が持ってきたものでして。こっちでは材料が手に入らないですね」

「なに、そうなのか？ じゃあ、そっちの他の料理も、この国じゃ手に入らない食材なのか？」

「ハンバーグは作れると思いますよ。ええと、あとは……エビって、こっちの世界にもいますか？」

「ああ、エビは王都なら手に入るぞ。ちょいと値は張るけど、でっかくて食い手がある。その皿に乗ってるやつの、倍くらいの大きさはあるな」

「それは美味《おい》しそうですね。王都に行ったら、ぜひ食べさせてください」

「ああ、もちろんだ……って、カズラ。周りに気にする人がいない時は、タメ口って言っただろ」

「あ、そうでしたね。……ええと、ごめん。これでいいかな？」

何ともやりにくそうにしながらも、一良《かずら》が口調を改める。

「そうそう、それでいいんだよ。そっちのほうが気楽でいいだろ？」

「いや、まあ……むう」

「すっごくやりにくいでしょ。カズラも、一年前の私の気持ちが分かったんじゃない？」

一良《かずら》の隣に座るリーゼが、少し意地悪な顔で言う。

彼女もルティーナに砕けて接すると約束してしまったので、もう諦《あきら》めてはっちゃけてしまうことにしたのだ。

ルグロたちに気を使ってお淑やかにしていても、何の意味もないと判断したというのもある。

「いや、あの時は俺だって口調を変えるのは大変だったよ。苦労してたのはリーゼだけじゃないって」

「そうなの？　それにしては、ずいぶんと自然に話してたように感じたけど」

「どうしてもリーゼと仲良くなりたかったから、ものすごく頑張ってたんだよ。あのままぎこちなくなるなんて、絶対に嫌だったからさ」

「そ、そっか……えへへ」

照れ笑いをするリーゼに、ルグロが興味深そうな顔を向ける。

「ん？　なんだなんだ。なにか面白そうな馴れ初めがありそうだな。話して聞かせてくれよ」

「え？　い、いえ。それはちょっと……あはは。ねえ？」

リーゼが困ったように笑いながら、一良《かずら》を見る。

「いや、ねえって言われても。俺は別に話してもいいけど」

「私は絶対にヤダ」

2人のやり取りに、バレッタが目を細める。

「私も聞きたいです。リーゼ様、お願いします」

「バレッタのお願いでも、さすがにこれは話せないよ。ほんと勘弁して」

「聞きたいです」

「そ、そんな目しないでって。これはほんとに無理だから」

「『メロメロばんばん』発言はさすがになー。それまでのリーゼのイメージが、カノン砲の直撃喰らったみたいに粉々に吹き飛ん――痛っ!?　なんで叩くんだよ!?」

ばちんと背中を引っ叩かれ、一良《かずら》が涙目になる。

「人の古傷をえぐるような真似をするからでしょ!?」

「だからって強く叩きすぎだろ！　絶対に痣になってるぞ、これ」

「え？　そ、そんなに強くは――」

「メロメロばんばんって何ですか？　カズラさん、教えてください」

リーゼの言葉をさえぎり、バレッタが一良《かずら》に言う。

声のトーンがマジである。

「え？　え、ええと……あ、ジルコニアさん！　冷蔵庫にマヨネーズが入ってるんで、出してもらえます!?　唐揚げに合うんですよ！」

「は、はい！　ついでにアイスクリームも出しちゃいましょうか！　バレッタは何がいい？」

「バニラでお願いします」

一良《かずら》の顔を見たまま、バレッタがジルコニアに答える。

「むう、気になるな。カズラ、後でこっそり教えてくれな！」

「カズラさん、教えてください」

「カズラさん、絶対にしゃべったらダメだからね！」

「い、いや……はは」

わいわいと騒ぎながら、楽しく食事は進んでいく。

子供たちは唐揚げやハンバーグといった料理がとても気に入ったようで、美味《おい》しい、美味《おい》しいと言いながら一心不乱に頬張《ほおば》っていた。

ゼリーやプリンも大好評で、ルルーナとロローナは特に気に入ったらしく、2人そろって2個目（プリンとゼリー両方）を食べているところだ。

「そういえば、エイラ」

ルグロがフルーツゼリーをスプーンで掬いながら、エイラに顔を向ける。

「あれから、父上の様子はどうだった？　何か言ってたか？」

「はい。ずっと頭を抱えたまま、『いったいどうすれば』とか、『私の代で片付けねば』と独り言を言っておられました」

ルグロたちが客室を出てから、エイラはずっとエルミア国王の傍《そば》に付いていた。

夕食の時間になったため、エイラは彼をナルソンたちの待つ別室へと案内し、調理場で皆と合流したというわけである。

「なんだそりゃ。他には？」

「他には何もおっしゃられておりませんでした」

「ふーん……ま、後で聞いてみるか。ありがとな」

「お父様。私、おじい様にプリンを持って行ってあげたいです」

「私はゼリーを持って行ってあげたいです」

ルルーナとロローナが、それぞれプリンとゼリーを食べながらルグロに顔を向ける。

「ん、そうだな。でも、それはまた後にしておこう。じいちゃんたち、今大事な話をしてるところだからさ」

「そうですか……」

「おじい様が心配です……」

しゅんとした様子で言うルルーナとロローナ。

2人とも、エルミア国王をとても慕《した》っていることがその様子から一良《かずら》には分かった。

ちなみに、子供たちは天国と地獄の動画についてや、死後にどうこうといった話は何も知らない。

「大丈夫だって。後で父ちゃんがちゃんと話して、元気出させるからさ。そんなに心配すんな」

ルグロが娘たちを安心させるように微笑《ほほえ》む。

彼女たちはそれで納得したようで、再びデザートに手を付け始めた。

その後もしばらく雑談を続けながら、夕食は続いたのだった。


夕食後。

一良《かずら》とルグロは2人並んで、調理場の流しで皿洗いをしていた。

ルグロは自分で料理をしたら片付けまでやらないと気が済まない質《たち》だとのことで、一良《かずら》を誘って2人でやっているというわけだ。

ルティーナと子供たちは先に風呂に入っており、バレッタとリーゼも一良《かずら》たちの勧めで入浴中である。

エイラとマリーは、皆の着替えの用意とルティーナの手伝いに行っている。

「はあ、それにしてもさっきの料理はどれを食っても美味《うま》かったな。唐揚げ、俺も王都に戻ってから作れたらいいんだけどな……」

じゃばじゃばと皿を灰汁で洗いながら、ルグロがしみじみと言う。

ルグロが洗った皿を一良《かずら》に渡し、一良《かずら》はそれを水ですすいで水切りカゴへ入れる、というのをひたすら繰り返していた。

余った料理は、すべて冷蔵庫に入れてある。

明日の朝食は、皆でそれを食べることになっていた。

「子供らもさ、あんなに大喜びで料理を食べたのは久しぶりだよ。ハンバーグなんて、なんていうか、こう……子供のために作られた料理って感じがしてさ。食べやすいし、味付けも優しいし、あれはいい料理だな」

「ハンバーグなら、帰ってからでも作れるじゃないですか。肉とパン粉と卵と塩があれば作れるんですから」

一良《かずら》が言うと、ルグロは「そうなんだけどさ」と悩ましい顔になった。

周囲で作業をしている侍女《じじょ》や調理人たちを気にして、一良《かずら》は敬語で話している。

「肉はいいけど、問題はソースなんだよ。同じ味のものを作れるかどうか……」

ハンバーグにかけていたのはケチャップと中濃ソースを混ぜ合わせたものだ。

両方ともこちらの世界には存在しないものなので、似た味のものを作るのには少々時間がかかるだろう。

「それなら、ケチャップとソース、お土産《みやげ》で持って帰りますか？　同じ味のものを作るにしても、見本が必要でしょうし」

一良《かずら》が言うと、ルグロが瞳《ひとみ》を輝かせた。

「えっ、いいのか⁉」

「はい。１回使いきりの小パックのやつがあるんで、たくさん持って行ってください。料理のレシピも、紙に書いて渡しますんで」

「マジか。悪いな、世話になりっぱなしでさ。俺も何か、もっと持ってくればよかったな……」

「いいんですって。友達じゃないですか。このくらい、気にすることないですよ」

「……そうだな！」

ルグロがとても嬉しそうに微笑《ほほえ》む。

「あ、でもよ。その、カズラの仕事……って言っていいのかは分からないが、それ関係で俺や家族のことを贔屓したりするのはやめてくれな？」

横目で周囲を気にしながら、ルグロが小声で言う。

調理場には侍女《じじょ》や料理人がたくさんおり、皿洗いや夜勤者用の食事を作ったりしている。

皆、ルグロがいることを意識してか、雑談もせずに黙々と作業をこなしていた。

「仕事？　……ああ、天国と地獄の話ですか？」

「ああ。友達だってことと、そういうことはまた別だからな。言っておくが、俺はカズラがグレ……アレだから友達になりたいとか、そういう考えはこれっぽっちもないからさ。そこは分かっててほしいんだ」

真剣な表情で言うルグロ。

そんな彼に、一良《かずら》はにこやかに頷《うなず》いた。

もともと、彼とは街の飲食店で知り合って仲良くなったのだ。

彼の言っていることは本心だと、すぐに納得できた。

「分かりました。まあ、それ関係については管轄外なんで、俺の力じゃどうにもなりませんけどね」

「ん、そうか。まあ、そういうことだから、これからもよろしくな」

「はい、よろしくお願いします」

「はあ、こんなに気を許して話せる友達ができたのは久しぶりだよ。どいつもこいつも、俺に取り入ってやろうって連中ばっかりでさ。ずっとうんざりしてたんだ」

やれやれといったふうにため息をつきながら、ルグロが言う。

「ルグロさんの立場だとそうなっちゃいますよね……王都には、気の許せる友達はいるんですか？」

「おう、いるぞ。下町の仲間がそうだな。この前の戦争で何人も死んじまって、残ってるのは5人だけだけどよ」

「えっ、死んだって……お友達も、前線に出たってことですか？」

「ああ。戦死しちまった奴らは、運悪く軍団の前衛部隊に配属された奴ばかりだったな。死体も見つからなかった奴もいてさ……」

　ルグロが悔しそうな表情で言う。

「徴兵が始まった時に、初めて俺が王族だってことをそいつらに明かしたんだけどさ。その時、言われたんだよ。『そんなことはどうでもいい。だけど、徴兵後の配属先をどうこうするような真似をしたら絶交だからな』ってさ」

「ふむ……損得勘定でルグロさんと付きあってるわけじゃない、ってことを、そのお友達は言ってくれたわけですか」

「だと思う。でもさ、普通は友達が実は王族だったなんて知ったら、何とかしてくれって頼みそうなものじゃないか？　平時ならまだしも、その時は生きるか死ぬかだぜ？　それなのにあいつら、自分から突っぱねたんだ」

　ルグロは洗い物の手を止めず、淡々と話す。

「俺さ、そいつらに言われたとおりにしたことが本当に正しかったのか、いまだに分からないんだ。俺が手を回してさえいれば、あいつらは死なずに済んだんだからな。たとえ、絶交されてもさ」

一良《かずら》はどう答えていいのか分からず、ただ黙って洗い物を続ける。

ルグロが一良《かずら》に目を向け、少しバツが悪そうに笑った。

「ま、今さらうだうだ考えても仕方のないことだけどな。ごめんな、湿っぽい話をしちまって」

「いえ……」

ルグロがそう言った時、入口からぱたぱたとエイラが駆けてきた。

「カズラ様、ルグロ様、遅くなってしまい申し訳ございません。後は私がやりますので」

「ん、別にこっちは大丈夫だぞ。全部やっておくからさ」

当然のように答えるルグロに、エイラが慌てた顔になる。

「い、いえ。私が代わりますので、お部屋でお休みになってください。ルティーナ様たちも、そろそろお風呂から上がる頃だと思いますので」

「いいんだって。好きでやってるんだからさ、気にすんな。なあ、カズラ?」

「ですね。そうだ、エイラさんも一緒にやるっていうのはどうです？　ほら、ここに入って」

一良《かずら》がルグロの側に少し寄り、スペースを開ける。

それを見て、エイラがぎょっとした顔になった。

「え、ええっ⁉」

「お、いいなそれ。野郎だけより、綺麗《きれい》な姉ちゃんも一緒のほうが楽しいしな！」

「そのとおり。エイラさん、俺が流したお皿を拭《ふ》いてもらえます？」

「か、かしこまりました」

エイラも加わり、3人で洗い物を続ける。

初めは恐縮《きょうしゅく》していたエイラだったが、気さくに話すルグロのおかげで、普段一良《かずら》と話す時のような朗らかなノリで話すようになった。

「はー、なるほど。上の子より下の子のほうが要領がよくなるのか。確かに、ロンはともかく、リーネは甘えるタイミングが分かってるっていうか、大人を相手にした甘え方が上手い気がするな」

エイラの家族の話を聞き、ルグロが感心した様子で頷《うなず》く。

話の流れでエイラが5人姉弟の長女だと知ったルグロが、子育てについてあれこれ相談しているのだ。

「はい。上の子がお手本になっていますからね。私の末妹なんて、本当に要領がいいですよ。どうすれば可愛がってもらえるかが、分かっている感じで」

「ううむ。俺、一人っ子だからさ。そういうのがさっぱり分からないんだよな。ルティも一人っ子だし、2人して初めてだらけで……カズラ、どうした？　手が止まってるぞ」

いつの間にか洗い物の手を止めている一良《かずら》に、ルグロが小首を傾げる。

「え？　い、いえ、その……エイラさんが一緒だと楽しいなって思って」

突然の一良《かずら》の台詞《せりふ》に、エイラがきょとんとした顔になる。

一拍置いて、わずかにその頬《ほほ》が朱に染まった。

ルグロは一良《かずら》とエイラを交互に見て、小声で「おお」と漏らした。

一良《かずら》はエイラの様子には気づかず、ルグロを見て小首を傾げる。

「……さて！　そろそろ、俺は風呂に入りに行くかな！　２人とも、後は頼んだ！」

「え？　どうしたんです急に」

「いやいや、ははは！」

ぱぱっと手を拭《ふ》き、調理場を出て行くルグロ。

エイラは顔を赤らめたまま、それを見送っている。

「……エイラさん」

ルグロが去って行った出入口に目を向けたまま、一良《かずら》が呼びかける。

「は、はい！」

エイラがびくっと肩を跳ね上げる。

「これから先、俺に何とかしてほしいことがあったら、遠慮なく言ってくださいね。エイラさんのためなら、俺、何でもするんで」

一良《かずら》は先ほどのルグロの話を聞いて、エイラが家族と親族を軍団に編入しないようにしてくれと頼んできた時のことを思い出していた。

あの時、一良《かずら》はエイラの願いを聞き、彼女の家族と親族をすべてがイステリアの防衛部隊に配属されるように手を回した。

だが、他の誰かがその穴を埋めることになったということも、度々考えては陰鬱な気持ちになっていた。

しかし、エイラとルグロが話しているのを聞いていて、正しいかどうかなど考えること自体、無意味だと考えることに決めたのだ。

「え、え……な、何でもって……」

目を白黒させて、あわあわしているエイラ。

一良《かずら》はそんな彼女に、明るい笑顔を向けた。

「そのままの意味ですよ。さて、残りの洗い物も終わらせちゃいましょうか。今夜のお茶会、お茶を淹《い》れるのはエイラさんの番でしたよね。期待してますよ」

「は、はい！」

そうして、2人は再び洗い物に取り掛かった。

その後も一良《かずら》はいつもと同じ調子でエイラに話しかけていたのだが、エイラはなにやら考えごとをしているようで、終始上の空だった。

第2章　取扱注意

次の日の早朝。

朝礼に出るためにエイラが大広間へと向かっていると、廊下の先からルグロがやってきた。

ルグロが片手を挙げ、にこやかに微笑《ほほえ》む。

「エイラ、おはようさん！」

「殿下、おはようございます」

エイラが深々と腰を折って挨拶《あいさつ》する。

ルグロは鞘に収まった長剣を下げており、薄手の上着一枚にズボンという身軽な服装だ。

「ちょいと体を動かしたいんだけどさ、中庭って使っても大丈夫か？」

「はい。中庭でしたら、今ならリーゼ様が……あ」

「ん？　リーゼ殿がいるのか？」

「え、えっと……」

うっかり口を滑らせてしまい、エイラが気まずそうに口ごもる。

ルグロが小首を傾げたのを見て、慌てて口を開いた。

「はい。リーゼ様は日課で、毎朝中庭で訓練をしておられます」

「そうなのか。そんじゃ、俺も混ぜてもらおうかな。エイラ、案内してくれ」

「かしこまりました」

後でリーゼに大目玉を食らうだろうな、とエイラは内心ため息をつきながら、ルグロを先導して歩き始める。

エイラとしては、気さくに話してくれるルグロには好感を持っている。

どことなく、一良《かずら》と似た雰囲気を感じていた。

「それにしても、昨日の夕食は美味《うま》かったな！　カズラたちって、毎日あんな美味《うま》い物食ってるんだろ？　エイラが作ってるのか？」

「いえ、食事を作っているのは、主にバレッタ様とマリーで――」

とりとめのない話をしながら、２人して廊下を進む。

廊下を抜けて中庭へと出ると、キンキン、という甲高い音が聞こえてきた。

リーゼとバレッタが、かなりの速度で剣を打ち合っている。

一定のリズムで繰り返されており、どうやら形を用いた稽古をしているようだ。

「おっ、やってるやってる。木剣じゃなくて、モノホンを使ってるんだな。おーい！」

バレッタとリーゼに、ルグロが呼びかけながら歩み寄る。

手を止めてこちらを振り向いたリーゼの頬《ほほ》が、一瞬引きつったようにエイラには見えた。

「殿下、おはようございます」

リーゼはすぐに表情をとりなし、深々と腰を折った。

バレッタも慌てて頭を下げる。

「そんなかしこまるなって。ちょいと体を動かしたくてさ。稽古に付きあってくれねぇかな？」

「い、いえ。私なんかでは、殿下のお相手なんてとても……」

「何言ってんだよ。ちらっとしか見てないけど、2人ともとんでもない速さで打ち合ってたじゃねえか」

「あ、あれは、その……」

リーゼが困り顔でバレッタを見る。

バレッタは「仕方ないですよ」といったふうに苦笑した。

「ちょっとだけでいいからさ。俺も混ぜてくれよ」

お願い、とルグロが手を合わせる。

そこまで言われてしまっては断るわけにもいかず、リーゼは渋々頷《うなず》いた。

「かしこまりました。では、木剣を――」

「いや、真剣でいいよ。2人とも慣れてるんだろ？」

「いえ、万が一怪我《けが》をしてしまっては大変ですので」

「大丈夫だって。別に決闘しようってわけじゃないんだからさ」

ルグロはそう言いながら、おもむろに上着を脱いだ。

引き締まった上半身があらわになり、リーゼたちがぎょっとする。

「で、殿下！　なんで脱いでるんですか⁉」

あわてふためくリーゼに、ルグロがきょとんとした顔になる。

「ん？　俺はいつもこの格好でやってるんだ。ま、気にすんな」

「は、はあ。では、私がお相手させていただきます」

「お、ありがとな！　エイラ、これ持っててくれ」

「か、かしこまりました」

エイラがルグロから服を受け取り、少し後ろへ下がる。

「俺が受けをやるから、打ち込んできてくれ。あんまり速いのは勘弁な」

「はい」

リーゼが気を取り直し、ルグロに剣を打ち込む。

ルグロはこなれた様子で、それを丁寧に受ける。

「リーゼ殿、太刀筋が綺麗《きれい》だな！」

「ありがとうございます」

「美人なうえに性格もよくて剣まで使えるなんて、完璧《かんぺき》じゃねえか。あとは旦那選びさえ間違えなければ、言うことなしだな！」

「あ、あはは……」

リーゼは空笑いをしながらも、丁寧に剣を打ち込んでいく。

あれこれ話しかけてくるルグロに適当に相槌《あいづち》を打っていると、ルグロが「そういえば」と話し出した。

「俺んとこの奴らがさ、よくリーゼ殿の話をして盛り上がってるんだよ」

「私の、ですか？」

「ああ。『なんとか結婚に持っていければ』って言ってる奴ばっかりだぞ。よく面会にも来てるみたいなんだけど、誰か印象に残ってる奴はいるか？」

「と、特に印象に、というのは……ですが、会いに来てくださるかたは、どなたも素敵なかたばかりだとは思っています」

「ふーん……」

急に何を言い出すんだこいつは、とリーゼは内心思いながらも、話を合わせる。

「あの、何か？」

剣を振るう手は止めずに、リーゼが聞く。

「いや、俺がこんなことを言うのは、ちょっとよくないかもだけどさ。王都の連中は、正直お薦めできなくてな。高飛車な奴ばっかりだし、隙をついて成り上がってやろうってのが多いんだよ」

「は、はあ」

「領主の娘ってなると、地位とか家柄とか気にしちまうだろうけどさ。人柄重視で選んでおいて損はないと俺は思うんだ。少しくらい家柄が悪かったり頭が足りなかったりしても、そこはリーゼ殿が教育してやればいいんだからさ」

「そ、そうですね」

急に以前のジルコニアのようなことを言い出したルグロに、リーゼは内心呆れながらも頷《うなず》く。

たとえそう思っていたとしても、ルグロの立場であれば、自分の臣下を悪く言うのは常識外れだ。

「カズラみたいな奴だったら結婚生活も上手くいくだろうけど、あいつはお手付きだしな。なんなら、俺の友達を紹介――」

「え⁉」

「おわっ⁉」

お手付き、という言葉に驚き、リーゼが手元を狂わせてしまう。

脇腹をかすめるようにして差し込まれた剣を、ルグロが体をよじってギリギリで躱《かわ》した。

「あ、あっぶねえ！　いきなり何を――」

「殿下！　カズラがお手付きって、どういうことですかっ⁉」

掴みかからんばかりの勢いで、リーゼがルグロに迫る。

傍《そば》で話を聞いていたバレッタは、怪訝《けげん》な顔になっていた。

「え？　い、いや……」

リーゼたちの表情に、ルグロが「そういうことか！」といった顔になり、横目でエイラをちらりと見る。

エイラはその視線の意味を悟り、小刻みに首を振った。

「あ、いや！　お手付きってのは語弊があったか！　ほ、ほら、カズラってグレイシオールだろ？　神が人間とくっつくってのは違うのかなってさ。はは」

「あ、そうでしたか……」

リーゼがほっとした様子でルグロから離れる。

バレッタも納得したようで、小さく息をついていた。

「さて！　俺は朝飯の前にひとっ風呂浴びてくるかな！　リーゼ殿、付きあってくれてありがとな！」

「あ、いえ。お役に立ててよかったです」

「バレッタも、邪魔して悪かったな。明日の朝は、バレッタが相手してくれるか？」

「はい。私でよければ」

「それじゃ、また朝食の時にな！」

ルグロがエイラから上着を受け取り、肩にかけて去って行く。

リーゼはそれを見送り、はあ、とため息をついた。

「びっくりした……まあ、もし誰かに手を出してたら、カズラだったら一発で分かるもんね。何やってるんだろ、私」

「あはは……殿下、リーゼ様に迫られて顔が引きつってましたね」

「うう、やっちゃった……バレッタ、今日はもう終わりにしよ。エイラ、タオル持ってきて」

「かしこまりました」

エイラが踵《きびす》を返し、廊下へつながる扉へと向かう。

――殿下、もしかして、私とカズラ様のこと……。

ほんのりと頬《ほほ》を染めながら、エイラは廊下へと入っていくのだった。


それから、約2時間後。

昨夜の残り物でルグロ一家と朝食を済ませた一良《かずら》たちは、昨日と同様に上映会のセッティングをしていた。

部屋にいるのは、一良《かずら》、バレッタ、リーゼ、ジルコニアの4人だ。

今日上映するのは、1カ月半ほど前に行われたバルベールとの戦闘を撮影したものだ。

「カズラさん、会戦の動画ですけど、相手方の軍団長とナルソン様が話しているシーンも映しますか？」

バレッタがノートパソコンを操作しながら、ジルコニアと一緒に巻き上げ式スクリーンの位置を調整している一良《かずら》に目を向ける。

すでにプロジェクタは起動しており、スクリーンにはパソコンのモニターが表示されていた。

「そうですね。さらっと流す程度に、映しておきましょうか」

「分かりました」

バレッタがマウスを操作して動画を再生し、上映開始地点までスクロールバーを移動させた。

動画はすべて、ハベルが撮影したものだ。

「そういえば、バルベールの投石機の映像も撮れればよかったのにね。相手もこんな兵器を持ってるんだぞって、説明しやすいしさ」

それぞれの座席にポップコーン入りの皿を置きながら、リーゼが言う。

「ああ……確かにそうだな」

「カズラさん、どうかしましたか？」

考え込むような表情になった一良《かずら》に、ジルコニアが小首を傾げる。

「いえ……やっぱり、バルベールにも俺みたいな人間がいるんじゃないかって思って」

「カズラさんみたいな人、ですか？　どうしてです？」

「砦《とりで》を攻められた時に敵方が使ってきた大型投石機ですよ。あれのことが、いまだに引っかかってて」

「ああ、あれですか。あれなら、私が砦《とりで》で捕虜にされている時に、設計者と会いましたよ」

さらりと言うジルコニアに、一良《かずら》とバレッタが驚いた顔を向ける。

「えっ、そうなんですか⁉　初耳なんですけど」

「すみません、カズラさんには言ってなかったですね。ナルソンには話してあるのですが」

「ジルコニア様、その人について詳しく教えてください。もし、カズラさんと同じ世界から来た人だとしたら、大変なことです」

バレッタが真剣な表情で言う。

バレッタとしては、その人物が一良《かずら》と同じ世界から来た人間だという可能性はかなり低いと考えている。

もしそんな人物がいるのなら、バルベールもアルカディアと同様に急速な発展が見られているはずだからだ。

可能性があるとするならば、投石機を使ってきた第10軍団がその人物を秘匿して独占している、ということである。

これらのことは、以前に一良《かずら》、アイザック、マリーと一緒におにぎりを食べていた時に話した内容だ。

「それはないと思うけど。砦《とりで》にあった水車とかの機械を『超先進的な道具』って言って、すごく興奮していたし」

「ジルコニア様にそう思わせるための、演技という可能性はありませんか？」

「そんな演技をしてまで、その人が私に身を晒《さら》す必要があると思う？　私を解放することになっていたなら話は別だけど、あの時点じゃ私を解放するメリットなんて皆無《かいむ》じゃない。どう考えても、そこまでする意味はないでしょう？」

「……はい、そうですね」

「でしょう？　気にしすぎよ。カズラさんも、安心して大丈夫ですよ」

その言葉に、一良《かずら》がほっと息をつく。

「そうでしたか。はあ、よかった。できれば、もっと早く知りたかったです」

「ごめんなさい。特に必要な情報でもないかと思って」

「まあ、そうですよね。その人、どんな人でした？」

「17、18歳くらいの女の子でした。その娘が1人で、1から設計したって言ってましたね」

「えっ、17、18歳って、マジですか。そんなに若いのにすごい……って、バレッタさんのほうが若いんでしたね」

一良《かずら》がバレッタを見る。

バレッタは、まだ16歳だ。

彼女がいてくれるおかげで、さまざまな工作機械や新兵器の開発と製造、それに加えて、より効率的な生産ラインの構築と、すべてが順調に推移している。

文句なしに、この国における一番の天才だろう。

「ええ。私も最初は驚きましたけど、バレッタみたいな娘がいるんですし、まあおかしくはないかなって」

「バレッタって、意味が分からないくらい頭がいいもんね。実際会ってみたら、その娘とすごく気が合ったりするんじゃない？」

ジルコニアとリーゼの言葉に、バレッタが苦笑する。

「あ、あはは。なんか、褒《ほ》められてる気がしないんですけど……ジルコニア様、その人って、真っ白な髪で色白の女の人ですか？」

「そうだけど、どうして知ってるの？」

「前に、砦《とりで》の防御塔から景色を眺めていた時に、その人がいたんです。ジルコニア様も見ていたと思うのですが」

「ああ……そういえば、そんなこともあったわね。作業をしている人たちを応援して、踊ってたんだっけ」

「はい。なんか場違い感がすごくて、印象に残ってます」

バレッタがそう言った時、コンコン、と部屋の扉がノックされ、エイラの声が響いた。

首脳陣たちが、部屋にやってきたのだ。

席に着く首脳陣を前に、一良《かずら》がマイクのスイッチを入れる。

一番奥の席にはルティーナが座っており、ルグロ、エルミア国王、ナルソン、ヘイシェル、ダイアスといった順になっていた。

そんな首脳陣のなか、1人だけあからさまに顔色の悪い人物がいた。

——だ、大丈夫か、あの人？

落ち着かない様子で、ちらちらと一良《かずら》に視線を向けてくるダイアス。

ルグロの言葉を借りるならば、「ゲロを吐きそうな顔」といえるほどに顔色が悪い。

それに引き換え、彼の隣に座るヘイシェルは余裕しゃくしゃくといった様子で、席に着いた時に勧められたポップコーンを口にし、ナルソンに「これは美味《うま》いな！」と笑顔を向けている。

一良《かずら》はとりあえずダイアスの視線には気づいていないふりをしつつ、他の皆に目を向けた。

「皆さん、おはようございます。本日は皆さんに、先日行われたバルベール軍との戦いの様子を見ていただこうと思います」

一良《かずら》の指示で、バレッタが動画を再生する。

場面は、イステール領軍が砦《とりで》に向かう森の中の街道で第6軍団と対峙《たいじ》しているものだ。

軍団中央から護衛の騎兵とともに進み出たナルソンが、軍団同士のちょうど中間地点で待つマルケスの下へと向かっていく。

カメラがズームされ、2人の顔がアップで映し出された。

その様子に、エルミアをはじめとした首脳陣がぎょっとした顔になった。

「グレイシオール様、よろしいでしょうか？」

ヘイシェルが手を上げ、一良《かずら》に声をかける。

バレッタが動画を一時停止した。

「はい、なんでしょう？」

「そこにナルソン殿がいるように見えるのですが、これはいったい……」

ヘイシェルが、隣に座るナルソンとスクリーンに映るナルソンを交互に見る。

「それは、約1カ月半前の映像です。その時に起こっていた出来事を、こうしていつでも見ることができるように記録しておいたんですよ」

「な、なんと。そのようなことが……失礼しました。続けていただいて大丈夫です」

「何かあったら、すべて見終わった後にまとめて聞いていただけると。できる限り答えますので。バレッタさん」

「はい」

バレッタが再び動画を再生する。

ナルソンとマルケスの話し合いが終わり、互いに陣営に戻っていく。

ほどなくして太鼓の音が鳴り響き、軍団が前進し始めた。

腹に響く太鼓の音に、ルグロがぽつりと「すげえな……」とつぶやいて周囲を見渡した。

部屋の隅《すみ》に置かれているスピーカーに気づき、ルティーナと一緒になって「なんだろう」と目を向けている。

「間もなく戦闘が始まります。かなり凄惨な場面になりますが……ルティーナさん、大丈夫ですか？」

スピーカーに目を向けているルティーナに、一良《かずら》が声をかける。

「あ、はい。大丈夫です」

笑顔で頷《うなず》くルティーナ。

昨日も地獄の動画でグロいシーンは見ているが、今回のものはリアルな殺し合いだ。

死体を近くで見た一良《かずら》は嘔吐してしまった経験があるので、心配だった。

「本当に大丈夫ですから。戦場の光景は見慣れているので、平気です」

ルティーナが一良《かずら》の表情に気づき、そう付け足す。

「え？　そ、そうですか」

「はい。お気になさらず」

見慣れているとはどういうことだ、と一良《かずら》は内心首を傾げつつ、スクリーンに目を向けた。

軍団が前進し、弓と投石での射撃戦が始まる。

エルミア国王たちは、固唾を飲んでその光景を見守る。

すると、カメラが射撃戦を続ける者たちから外れ、軍団の脇にズームしていった。

「……何だあれは？」

射撃準備を進めているスコーピオンを見て、エルミアが怪訝《けげん》な顔になる。

「スコーピオンという長距離射撃兵器です。まあ、見ていてください」

スコーピオンの射撃準備が終わる直前、カメラがズームアウトした。

次の瞬間、スコーピオンからボルトが発射され、矢を射続けている敵兵の１人を大きく吹き飛ばした。

ハベルの見事なカメラワークである。

「おおっ！」

「あ、あの距離からでも届くのか」

エルミアとヘイシェルが、驚いた声を上げる。

スコーピオンの援護射撃によって射撃戦はイステール領軍の優勢が決定的になり、敵の射手が後退を始めた。

その後も動画は進み、長槍兵とクロスボウ兵の複合部隊による一方的な戦闘から、撤退する敵を追っての追撃戦の映像が流れる。

「……圧倒的ではないか」

動画を食い入るように見ながら、エルミアが感嘆の声を漏らす。

圧勝だったという報告は受けていたが、まさかここまで一方的な戦いだとは思っていなかったのだ。

兵士たちの巻き上げる土煙で戦場が把握《はあく》できなくなったところで、動画が終わった。

「以上が、バルベール軍第6軍団との会戦の一部始終です。本当はウリボウの集団の助太刀もあったのですが、こちらの不手際で記録が残っていないんです」

一良《かずら》の言葉に、再びエルミアが「おお」と声を上げる。

「報告で聞いてはおりましたが、本当にオルマシオール様も我らを救いに現れてくださったのですね」

「はい。ただ、オルマシオールが今回手助けしてくれたのは特別です。彼らは積極的にこの国に関わることを良しとしていないので、そこはご理解ください」

彼らは自身のことを精霊に近い存在だと言っていたが、ここでの説明ではオルマシオールということにしておいたほうが何かと都合がよさそうだ。

エルミアは何か聞きたそうな顔をしているが、とりあえずスルーする。

「では、続いて攻城戦の記録をお見せいたします。さらに複数の新兵器を投入した、この会戦以上の一方的な戦いとなっています。バレッタさん、お願いします」

「はい」

バレッタがパソコンを操作し、砦攻《とりでぜ》めの動画を再生する。

イステール領軍が砦《とりで》に籠るバルベール軍に対し、長射程を誇る攻城兵器を接近させているシーンからだ。

カノン砲やカタパルトといった派手な兵器の射撃シーンになると、エルミアたちから大きなどよめきが起こった。

顔色を悪くしていたダイアスも、皆と同じように食い入るように動画を見つめている。

すべての動画上映が終わり、スクリーンにパソコンのデスクトップ画面が映し出された。

「このように、バルベールとの戦いは一方的に推移しました。私が伝えた技術で作った新兵器が、いかにすさまじい威力を持っているのかが分かったと思います」

「うむ。これらの兵器があれば、バルベールなど赤子の手を捻るようなものですな！」

エルミアが興奮した様子で言う。

「これをお見せいただけたということは、我らにもこれらの兵器をお譲《ゆず》りいただけるということでしょうか？」

「はい。ですが、こちらとしても生産が追い付いていない状況ですので、自分たちで使う分はできるだけ自分で作っていただきたいんです。見本と設計図、そして技師を派遣します。ご自身の領地に戻り次第、急ぎ作業に取り掛からせてください」

「かしこまりました。すべての工房の職人を兵器生産に回します」

「お願いします。ただし、これらの製造方法が敵国に漏れると大変なことになりますので、そこは注意してくださいね」

「もちろんです。職人は完全に隔離《かくり》し、生産に当たらせることにします」

「それと、バルベールの大型艦船に対抗するため、同等の大きさの艦、そして対艦特化型の艦の設計図を用意しました。生産には時間がかかると思いますが、こちらも他の兵器と並行して――」

「カズラ殿、その前にお話ししたいことがあるのですが」

一良《かずら》の言葉をさえぎり、ナルソンが口を挟む。

「あ、はい。何ですか?」

「ダイアス殿」

ナルソンがダイアスに目を向ける。

ダイアスは頷《うなず》くと、エルミアをちらりと見た後、一良《かずら》に顔を向けた。

「ご、ご報告が遅くなってしまい、大変申し訳ございません。今からだいたい、5年程前の話なのですが……」

ダイアスが、ごくりとつばを飲み込む。

額には玉のような汗が浮かび、酷《ひど》く動揺しているように見える。

「誤解をしないでいただきたいのですが、私は承諾の返事などはしておりません。あえて乗ったふりをしていただけで、敵を欺くにはまず味方からと考えがあってのことで――」

「ダイアス殿、落ち着け。誰も貴君を責めたりなどはしない」

「う、うむ」

ダイアスが手で汗を拭《ぬぐ》う。

いったい何の話をするのかと、一良《かずら》たちは困惑顔だ。

ダイアスはしばらく黙っていたが、意を決したように口を開いた。

「……5年ほど前から、バルベールの元老院から離反を持ち掛けられておりました」

その場にいるナルソン以外の全員の目が、驚愕《きょうがく》に見開かれた。

「り、離反だと⁉　ダイアス、貴様‼」

「陛下、そうではありません！　お待ちください！」

イスを蹴《け》る勢いで立ち上がったエルミアの腕を、ナルソンが掴む。

「ダイアス殿は裏切ってなどおりません。あえて敵の計略に乗ったふりをし、機を窺《うかが》っていたのです」

「なにをバカなことを！　こやつは今、5年前から話を持ち掛けられていたと言ったのだぞ⁉　今までずっと黙っておいて、そんな言い分を信じられると思うのか！」

エルミアが額に青筋を浮かべて、ナルソンを睨《にら》みつける。

「グレイシオール様に地獄の様子を見せられたから、今になって白状したに決まっているだろう！　もしこの国を裏切ったりすれば、地獄行きになるのは確実だろうからな！」

「ですから、それは誤解なのです。ダイアス殿がバルベールから離反を持ち掛けられていたことは、私も以前より把握《はあく》しておりました」

ナルソンの言葉に、彼とダイアス以外の全員が再びぎょっとした顔になった。

「なんだと⁉　それはまことか⁉」

「はい。バルベールから話が持ち掛けられた直後に、ダイアス殿から相談を受けておりました」

「ならば、なぜ今まで黙っていたのだ⁉」

「先ほども申し上げたとおり、私の提案で、ダイアス殿はあえて敵の計略に乗ったふりをしていたのです。バレッタ、陛下のイスをこっちに持ってきてくれ」

「は、はい！」

バレッタが駆け寄り、エルミアのイスをナルソンたちに向かい合う位置に置き直す。

「陛下、とりあえずお座りください」

「……うむ」

エルミアが肩で息をしながら、イスに腰掛ける。

灼熱していた頭が、一拍置いたことで少し冷めた。

ダイアスはエルミアに怒鳴りつけられた時から、イスの背もたれに背を押し付けるようにして強張《こわば》った表情で固まっている。

「今までご報告せず、申し訳ございませんでした。実際にどのタイミングで離反するかの指示がバルベールから来るまでは、我々だけでことを進める予定だったものでして」

　ナルソンがゆっくりとした口調で、エルミアに話す。

「……なぜ、そうしようと思ったのだ」

「この情報は誰にも悟られてはならないと判断したからです。離反に乗ったふりをして敵を誘い込めば、敵の大部隊を一挙に殲滅《せんめつ》することが可能です。我々はそれを狙っていたのです」

「……ふむ」

　エルミアが、ナルソンの目をじっと見つめる。

　機を窺《うかが》っていた、などと聞こえのいいことをナルソンは言っているが、それはどう考えても嘘だろう。

　昨日のダイアスの様子を思い返してみても、ダイアスが地獄行きを回避したくて仕方なく自白したと考えるのが普通だ。

　ダイアスは首脳陣全員にそれを白状する前に、グレイシオールと近しいナルソンに相談というかたちで自白したのでは、とエルミアは考えた。

　エルミアにとって、ナルソンは戦時中、妻のジルコニアとともに、文字通り命がけで国を守り切った忠臣だ。

　休戦後も、自らの私財をギリギリまで切り詰めて、国境砦《とりで》の建設や内政に取り組んでいたことも知っている。

つい最近の一連の戦いを見ても、ナルソンが裏切りを画策していないことは明らかだ。

なにより、グレイシオールという神が彼には付いている。

となると、ナルソンがダイアスを庇《かば》う発言をしている意図は何か。

バルベールと通じていたダイアスという駒を可能な限り有効に使うには、彼をここで糾弾してこき下ろして断罪するのは、どう考えても悪手だろう。

ナルソンはそう考えて、ダイアスに裏切者の烙印が押されないよう、こうして無茶な擁護をしているのではないか。

だとすれば、ここはナルソンの話に合わせたほうがよさそうだ、とエルミアは考え直した。

「よかろう。ナルソンよ、順を追って説明してくれ」

「かしこまりました。まず、ダイアス殿がバルベールより話を持ち掛けられたのが、今から5年前。休戦協定が結ばれた直後からです」

「ナルソンは、その時点から知っていたのか？」

「はい。すぐにダイアス殿から『折り入って話がある』と相談を持ち掛けられまして、すべてを話してもらっておりました」

「その、『相談』の内容とはなんだ？」

「この離反の持ちかけを利用して、何とかバルベールを計略に嵌めるいい算段を付けられないか、という相談です」

「……ほう」

　エルミアがダイアスをちらりと見る。

　ダイアスは強張《こわば》った表情のまま、こくこくと小刻みに頷《うなず》いた。

「その後も、バルベールからダイアス殿のもとに話が持ち掛けられるたび、逐一私と情報を共有してまいりました。これを知っているのは、私とダイアス殿の２人だけでして、我らの家族や臣下は誰一人として知らないことです」

「そなたたちだけで、内々に算段を付けていたということだな？」

「はい。今回、このようなかたちで皆に話すことにしたのは、カズラ殿、もとい、グレイシオール様の名の下に、名実ともに一致団結することが決定されたからです。ちょうどよい機会だと思いまして」

「うむ。今後は、『損得勘定抜き』で皆と協力することになったのだからな。その言い分なら納得できるぞ」

　エルミアがダイアスに顔を向ける。

「ダイアスよ」

「は、はいっ！」

　ダイアスがしゃちほこばって返事をする。

　声が完全に上ずってしまっていた。

彼の隣に座っているヘイシェルは一言も発していないが、「こいつマジかよ」とでも言いたげな顔でダイアスを見ている。

「先ほどは怒鳴りつけるような真似をして、すまなかったな。私の早とちりだったようだ」

「い、いえいえ！　私のほうこそ、すぐにご報告することができず、大変申し訳ございませんでした！」

「うむ。まあ、事情があってのことだからな。気にするな」

「ははっ！」

ペコペコと赤べこのように頭を下げるダイアス。

エルミアが、再びナルソンに向き直る。

「さて、ナルソンよ。バルベールをやり込める方策を、皆で1から話し合う必要があるだろう。これは、敵を誘い込んで一撃を食らわすには、またとない好機なのだからな」

「はい。そのとおりでございます」

「うむ。話し合いのとりまとめは貴君に任せる。この後の軍議の折に、議題の1つとして取り上げることとしよう」

「かしこまりました。カズラ殿――」

ナルソンが一良《かずら》に顔を向ける。

「話を途中でさえぎってしまい、申し訳ありませんでした。兵器の説明の続きを、よろしくお願いいたします」

「分かりました。その前に、陛下の席を――」

「ああ、大丈夫です。自分でやりますので」

エルミアが立ち上がり、自らイスを運んで元の位置に戻り、座りなおす。

「では、先ほどお見せした兵器を1つずつ解説しますね。バレッタさん、クロスボウの写真と設計図をモニターに出してください」

「はい」

その後、ひととおりの新兵器の説明を行い、昼食のためにいったん解散となったのだった。

数時間後、上映会と昼食を終えた一良《かずら》たちは、街なかの軍事施設内にある訓練場へとやって来ていた。

数人の近衛兵が改良型クロスボウを手に整列し、50メートルほど離れた場所で台座に固定された鎧に照準を合わせている。

その背後では、グリセア村の村人たちがハンドキャノンに火薬を詰めて射撃準備を行っていた。

そのほかにも、カノン砲やカタパルト、ラタに着ける鐙《あぶみ》、兵士の携帯用土木工具のリゴとドラブラといったものが並んでいる。

「用意……撃てっ！」

近衛兵長の号令とともに、クロスボウから一斉にボルトが発射された。

高速で射出された鉄のボルトが、鈍い音とともに鎧に突き刺さる。

傍《そば》にいた兵士が鎧を取り外し、皆の下に運んできた。

「このとおり、あの程度の距離ならば鎧を貫通《かんつう》いたします。先ほど見ていただいた会戦のように、兵を多段に配置すれば連続射撃も可能です」

ナルソンの説明に、エルミアたちが感心した様子で頷《うなず》く。

ダイアスもすでに落ち着いており、黙ってエルミアの隣に控えている。

「ううむ、深々と刺さっているな。鉄鎧でも、防ぐことができないのか」

エルミアが、鎧に突き刺さっているボルトを掴む。

ぐりぐりと動かすが、深く刺さったボルトは当然ながら抜けない。

「ナルソンよ、イステール領ではすでにクロスボウの大量生産を行っていると言っていたが、一般の武具の生産に支障は出ていないのか？」

「はい。鍛造機や製材機といった工作機械を多数導入して生産力が底上げされているので、むしろその他の品についても生産量は増えています。それらの工作機械も、見本と設計図を持ち帰っていただいて――」

「カズラさん」

一良《かずら》がナルソンたちのやり取りを見守っていると、バレッタが手投げ爆弾を手に駆け寄って来た。

一人で邸内の倉庫に、それを取りに行っていたのだ。

「お、ありがとうございます。それを使って見せるのは最後にしましょうか」

「分かりました。えっと、それとは別に、コルツ君から伝言を頼まれていて」

「え？　コルツ君？」

「はい。カズラさんに会ってもらいたい人がいるって言っていて。ウッドベルっていう兵士さんらしいんですけど」

「ウッド……ああ、ジルコニアさんの代わりに、コルツ君に剣術を教えてくれているっていう人でしたっけ」

先日、コルツと話した内容を一良《かずら》は思い起こす。

コルツは黒い女性から「剣術をジルコニアに教わるように」と言われていたが、それが叶わないので、代わりに仲良くなった兵士に教えてもらっている、と話していた。

その時に確かコルツは、「ウッドさん」と言っていたはずだ。

「はい。その兵士さんが、一度カズラさんに挨拶《あいさつ》をしたいって言っているらしいんです」

「俺に挨拶《あいさつ》？　どうしてです？」

「それが、『カズラ様を守るコルツ君に剣を教えるからには、カズラ様に挨拶《あいさつ》もしないでいるのは失礼だ』って言っているらしくて」

「ふーん……ずいぶんと律儀な人ですね。そんなこと、気にしなくてもいいのに」

「はい。私もコルツ君にそう言ったんですけど、どうしてもって言っているらしくて。あの、カズラさんの代わりに、今から私が話してくるのでもいいですか？」

「バレッタさんが？」

きょとんとする一良《かずら》に、バレッタが頷《うなず》く。

「はい。お礼は私から言っておきますから」

「いや、それなら俺も一緒に行きますよ。そこまで――」

「いえいえ、大丈夫ですから。ちょっと行ってきますね」

バレッタは一良《かずら》の返事を待たず、手投げ爆弾を一良《かずら》に手渡すと、訓練場の門へと駆けて行ってしまった。

「カズラ、どうしたの？」

バレッタと何やら話していた一良《かずら》に気づき、リーゼが声をかける。

「ん？　いや、コルツ君に剣術を教えてくれてる兵士さんが、俺に挨拶《あいさつ》したいって言ってるらしくてさ。バレッタさんが、俺の代わりに話しに行ってくれたんだ」

「挨拶《あいさつ》って……ちょっとその人、常識なさすぎるでしょ。そんなの、受けちゃダメだよ」

リーゼが顔をしかめる。

「え、そうなのか？」

「当たり前でしょ。考えてもみなよ。屋敷で働いてる侍女《じじょ》の友達とかが、『普段その娘が世話になってるから、ナルソン様に挨拶《あいさつ》したいから会わせてほしい』とか言って、その侍女《じじょ》に頼むようなものだよ？　そんなの、通ると思う？」

「……確かに、無茶苦茶だな」

「でしょ？　工房に視察に行ってる時に、そこにいる職人に挨拶《あいさつ》されるのとはわけが違うんだから。誰彼構わず簡単に会いに行くのなんて、やっちゃダメだよ」

「う……ご、ごめん」

「あ、別に怒ってるわけじゃなくて！」

しゅんとしてしまった一良《かずら》に、リーゼが慌てる。

「その、会うにしても、ちゃんと面会ってかたちにしたほうがいいってこと。手順はきちんと踏まないとね」

「うん、そうだな。これからはそうするよ」

一良《かずら》たちがそんな話をしているうちに、今度はハンドキャノンの射撃を行うことになった。的として山積みにされた夏イモの山に向けて、数人の村人たちが照準を合わせる。

数秒して、盛大な射撃音が訓練場に響き渡った。

バレッタが訓練場の門を出ると、コルツが待っていた。

見張りの兵士がすぐに、門を閉める。

「バレッタ姉ちゃん、カズラ様はなんて言ってた？」

「カズラさんはお仕事が忙しくて、挨拶《あいさつ》はちょっと無理なんだ。代わりに、私がウッドベルさんに会うよ」

にこっと微笑《ほほえ》むバレッタに、コルツが少し残念そうな顔になる。

「うーん、本当はカズラ様に会ってほしいんだけど……ウッドさん、カズラ様にすごく会いたがってたし。きっと、残念がると思う」

「ごめんね。でも、カズラさんはすごく忙しいから。今から、私が挨拶《あいさつ》に行っても大丈夫かな？」

バレッタが言うと、コルツは渋々といった様子で頷《うなず》いた。

「……うん。付いて来て」

バレッタはコルツに連れられて、軍事施設内を進む。

その時、どかん、というハンドキャノンの射撃音が訓練場から響いた。

近場にいた非番の兵士たちの何人かはそちらに目を向けたが、ほとんどが気にする様子もなく雑談したり、洗濯物を干したりしている。

皆、慣れ切ってしまっているようだ。

どちらかというと、普段この場所ではあまり目にすることのない、若い女性のバレッタに視線が向いていた。

「そういえば、コルツ君はこの場所にはよく来てるの？」

勝手知ったる様子で歩くコルツに、バレッタが聞く。

「うん。父ちゃんと母ちゃんも、訓練をしによく来るよ」

「あ、そっか。村の皆も、ここで訓練してるんだもんね」

イステリアに残っているグリセア村の村人たちは、いつも交代で一良《かずら》の警護に当たっている。

といっても、一良《かずら》の傍《そば》に付いて回るのは、一良《かずら》が外出する時のみだ。

普段は兵士たちに混ざって訓練を行ったり、料理や買い出しの手伝いといった雑用をこなして過ごしている。

「俺も皆と訓練したかったけど、子供は邪魔だからって近寄らせてもらえないんだ」

「そっか……お父さんから、剣術を教わったりはしないの？」

「父ちゃん、剣は下手くそだもん。型もろくにできてなかったし、俺のほうが上手いと思う」

「そ、そうなんだ」

「バレッタ姉ちゃん、砦《とりで》の戦いって、どんな感じだったの？」

コルツは歩きながら、バレッタを見上げる。

「んー……兵隊さんたちがすごく頑張ってくれて、あっという間に終わっちゃったよ」

「カズラ様が危なくなるようなことはなかった？」

「うん、大丈夫だったよ。村の皆が護ってくれてたし、ずっと私も傍《そば》にいたから」

「バレッタ姉ちゃんも、敵と戦ったの？」

心配そうに言うコルツに、バレッタが微笑《ほほえ》む。

「ううん。私は何もしてないよ。全部兵隊さんたちがやってくれたから、なにも危ないことなんてなかったし」

「そうだったんだ。はあ、俺も一緒に行きたかったなぁ。イステリアに来てから、ずっと留守番ばっかりだし」

「留守番だって、大切なお仕事だよ？　待ってくれてる人がいるから、皆頑張れるんだから」

「でも、俺はお姉ちゃんにカズラ様の傍《そば》にいろって言われてるんだもん。お姉ちゃんとの約束、全然守れてないしさ」

酷《ひど》く不満そうに、コルツが言う。

それを見て、バレッタが苦笑する。

「できることとできないことがあるんだから、仕方がないよ。そういえば、その女の人とは、あれから会ったことはあるの？」

「ううん。一度も会ってないよ」

「そっか。もしまた会ったら、教えてもらってもいいかな？　それとできれば、私も会ってみたいの」

「うん、分かった。会ったら言っておくね」

そうしてしばらく歩き、一棟の兵舎の前にやってきた。

ベンチに座って仲間の兵士たちと雑談しているウッドベルに、コルツが駆け寄る。

「ウッドさん」

「お、戻って来たか。どうだった……って、そちらのお嬢さんは？」

ウッドベルに目を向けられ、バレッタがぺこりと頭を下げる。

「バレッタといいます。カズラさんの代わりに、挨拶《あいさつ》に来ました」

バレッタが名乗ると、ウッドベルは少し驚いたような顔になった。

すぐに立ち上がり、バレッタに駆け寄る。

「す、すみません！　わざわざ来てもらっちゃって！　ええと、カズラ様の側近のかたですよね？」

ウッドベルの言葉に、一緒にいた兵士たちが驚いた表情で慌てて立ち上がった。

「はい。カズラさんはちょっと手が離せないので、代わりに私が。いつもコルツ君に剣術を教えてくれているんですよね？」

「ええ。こいつ、けっこう見込みがあって、めきめき腕を上げてるんですよ！」

ウッドベルが、コルツの頭をぐりぐりと撫《な》でまわす。

「ちょ、ちょっとウッドさん！　やめてよ！」

「ん？　なんだよ、褒《ほ》めてやってんのに」

「それは嬉しいけど、髪の毛がぐちゃぐちゃだよ……」

「おお、悪い悪い。はは」

ウッドベルが笑いながら、コルツの頭から手を離す。

見ている兵士たちからも笑い声が上がった。

その様子に、バレッタも笑顔になる。

皆、とても仲が良さそうだ。

コルツも彼らと一緒なら、気負わずに日々を過ごせているだろう。

「いつもコルツ君のこと、ありがとうございます。本当は、剣術は私が教えてあげられればよかったんですが」

「いえいえ、俺もちょうど暇だったたし、こっちに引っ越してきたばかりで友達も欲しかったんで。構ってもらってるのは俺のほうですよ」

ウッドベルが爽やかな笑顔を見せる。そして、バレッタの腰に下がっている長剣に目を向けた。

「あの、失礼な質問かもしれませんが、バレッタ様も剣を使うんですか？」

「はい。一応、カズラさんの護衛をしているので」

「そうなんですか。いや、こんな綺麗《きれい》な人が剣を使うなんて……想像しただけでかっこいいですね！」

ウッドベルの言葉に、兵士たちも「確かに」と頷《うなず》く。

女性の兵士もいることはいるのだが、かなり少数なうえに、バレッタくらいの年齢の兵士は非常に稀《まれ》だ。

バレッタはそれをお世辞と受け止め、にっこりと微笑《ほほえ》んだ。

「ありがとうございます。えっと、それで……もしよければ、これからもコルツ君に剣術を教えてもらえると……」

「もちろんです！　ちゃんと一人前になるまで面倒見ますから！」

即答するウッドベルに、バレッタはほっとした。

コルツも懐いている様子だし、ウッドベルも人となりは悪くなさそうだ。

他にもたくさん兵士はいることだし、皆がコルツを気にかけてくれるだろう。

「よかった。ありがとうございます。部隊長さんにも、私からお礼を言っておきますね」

「えっ、いいんですか⁉　いやぁ、うちの教官、ものすごく厳しくて参ってるんですよ。ウッドベルはよくやってるんだぞって、言っておいてやってください」

「ふふ、分かりました。では、私はそろそろ戻りますね」

「はい！　わざわざおいでいただいて、ありがとうございました！」

びしっと胸に拳を当てて敬礼するウッドベル。

「こちらこそ、お時間を取らせてしまって、ありがとうございました。それでは」

バレッタは微笑《ほほえ》んで答礼すると、訓練場へと戻って行った。

「……なあ、コルツ！」

ウッドベルが去っていくバレッタの背を見ながら、コルツの肩を組む。

「な、なに？」

「あの人、めちゃくちゃ可愛いな！　あんな可愛い知り合いがいるなら、もっと早く教えてくれよ！」

「ああ、バレッタ姉ちゃんなら、諦《あきら》めたほうがいいよ。カズラ様にしか興味がないみたいだから」

コルツが言うと、ウッドベルは不思議そうに小首を傾げた。

「興味がない？　もしかして、カズラ様の恋人なのか？」

「んー……どうなんだろ。分からないけど、2人ともすごく仲はいいよ」

「……あのさ。カズラ様って、リーゼ様の婚約者だって話を聞いたことがあるんだけどさ。コルツは何か知らないか？」

ウッドベルの質問に、コルツが少し迷惑そうな顔になる。

「知らないよ。でも、リーゼ様もカズラ様と仲がいいよ。リーゼ様とバレッタ姉ちゃんも、すごく仲良しだし」

「ふーん……」

「だから、バレッタ姉ちゃんのことは諦《あきら》めたほうがいいよ。絶対に無理だから」

「ウッド、残念だったな！」

「まあ、もとから手の届くような女じゃないけどな。ていうか、お前、よくあの人がカズラ様の側近だって知ってたな」

野次を飛ばしてくる兵士たちに、ウッドベルが苦笑いを浮かべる。

「いや、知ってるもなにも、あの人自分から『カズラさんの代わりに』って言ってたじゃんか。側近だって考えるのが普通だって」

「ああ、言われてみれば、確かにそうか」

「ウッドさん」

兵士と話しているウッドベルに、コルツが声をかける。

「今日も、剣術は教えてくれる？」

「おう、もちろんだ！　ほら、そこに木剣も用意してあるからさ。取って来いよ」

「うん！」

ベンチに置かれている木剣に、コルツが駆け寄る。

ウッドベルはそんな彼から視線を外し、遠目に去っていくバレッタに目を向けるのだった。

第3章　自己満足

その日の深夜。

一良《かずら》の部屋には、一良《かずら》、ナルソン、エルミア、リーゼ、バレッタの姿があった。

ルグロ一家は先に就寝しており、この場にはいない。

リーゼとバレッタは座ってはおらず、冷蔵庫から取り出したワインのボトルを2人で開けようと奮闘している。

「やはりそうか。まったく、ダイアスのやつめ……」

エルミアが疲れ切った声を漏らす。

ナルソンから、午前中に話したことはすべてダイアスを駒として使うための嘘だという説明を聞いたからだ。

「しかし、ナルソンよ。それならそうと、先に事情を話してくれなくては困るぞ。よりにもよって、グレイシオール様の前で怒鳴り散らしてしまうとは……いやはや、お恥ずかしい」

頭を掻くエルミアに、ナルソンが苦笑する。

「陛下、ダイアス殿は非常に疑り深い性格です。下手に事前に根回しをして不自然な反応をするよりも、あの時の陛下のように怒鳴り散らすくらいのほうが自然に見えますので」

「いや、それにしてもだな……」

「陛下、どうぞ」

リーゼがエルミアに、白ワインの注がれたロックグラスを差し出す。

「おお、すまんな。……ううむ、これはすさまじい逸品だな」

青みがかったガラスのロックグラスを眺め、エルミアが唸《うな》る。

グラスは、一良《かずら》が前回日本に戻った時に、大量に買ってきたものだ。

ナルソンたちに買ってきた物とは完全に別物で、数をそろえることに重点を置いてあちこちの店を回って買った、1つ700円ほどの安価なものである。

とはいえ、こちらの世界では色付き黒曜石《こくようせき》でできたコップという扱いなので、とんでもない価値の逸品という扱いだ。

「これも、グレイシオール様がお持ちになったものですか？」

「ええ、そうです。それと、そのグラスは差し上げます。まあ、お近づきの印ということで」

「よ、よろしいのですか⁉」

驚くエルミアに、一良《かずら》が微笑《ほほえ》む。

「はい。それと、これからあの動画……天国と地獄を見せる要職の人たちにも、見せ終わった後に1つずつ配ろうと思っています。その後の働きにも応じて、ちょっとした物をプレゼントしていくようにしようかと」

「……なるほど、それはいい考えです。死後のための免罪のみに動くのではなく、これほどのものを貰えるとあっては、やる気も出るでしょうな」

要は、飴《あめ》と鞭を使おうということだ。

死後にどうなるか云々のみでは、ある程度善行を積んで、「まあこれくらいでいいだろう」となってしまうかもしれない。

それに、今まで好き勝手やっていた状態から一転して善行を積まざるを得なくなれば、不満もたまるはずだ。

死後の地獄行きを恐れて悪事を働く可能性は低いが、不協和音が出ないとも限らない。

だが、他では絶対に手に入らない逸品を一良《かずら》から貰えば、神に評価されたと感じるとともに、そういった不満もある程度解消することができるだろう。

さらなる善行を積む励みにもなるはずだ。

「王都に戻ったらすぐに、要職の者をイステリアに向かわせることにします。厳選したとしても、数十人規模になるとは思いますが」

「人数は多くても大丈夫ですので、よろしくお願いします。なるべく早く、こちらに寄こしていただければと」

「かしこまりました」

エルミアは一良《かずら》に頭を下げた後、ナルソンに目を向けた。

「ナルソンよ。グレゴルン領についてだが、領主のダイアスがあの有様では、あそこには腐った連中が多くいそうだ。ダイアスには、よく言って聞かせておいてくれ」

「はい。まあ、ダイアス殿は地獄行きになればどうなるか、心底恐れている様子でしたからな。たとえ何も言わずとも、必死になって領政の浄化に取り組んでくれるでしょう」

「……そうだな。あれを見た後ではな」

エルミアはそう言うと、一良《かずら》に目を向けた。

「グレイシオール様、1つお聞きしたいことがあるのですが」

「なんでしょう？」

「私は今まで、王家を守るために、それこそ数えきれないほどの人間を粛清してまいりました」

真剣な表情で、エルミアが言う。

「前回の戦争で力を尽くさなかった家は不忠の烙印を押して取り潰し、政争の火種となりそうな者は大人子供関係なく、一族郎党を事故や病に見せかけて暗殺もしました。私は、地獄行きを覚悟しております」

突然の告白に、皆が押し黙ってエルミアを見る。

「今からどのような善行を積もうとも、それを覆すことは不可能でしょう。政敵を探し出すため、口に出すこともはばかられるような拷問を指示したことも、何度もあります。まさに、鬼畜の所業と言えますな」

　ふう、とエルミアが息をつく。

　まるで、すべてを諦《あきら》めているような口ぶりだ。

「そのおかげで、今現在、目立った政敵は王都には存在しておりません。邪魔な連中はほぼすべて、家ごと取り潰すか殺してしまいましたからな。王家に従順な者しか残っていないのです。そこで、確認させていただきたいのですが」

　エルミアが一良《かずら》をまっすぐに見つめる。

「これらのことは、私が先代から王位を引き継いだ後、独断で行ってきたものです。息子のルグロや、孫たちはなにも知りません。すべての罰《ばつ》は私が受けることになる、という認識で間違ってはいないでしょうか？」

「……はい。罪を犯した者の子や孫に、それが引き継がれるということはないでしょう」

　一良《かずら》が答えると、エルミアはほっとした顔になった。

「それはよかった……これでいつでも、安心して地獄に旅立てるというものです。あの世で息子たちに会えなくなるのはつらいですが、仕方がありませんな」

　エルミアがナルソンに目を向ける。

「ナルソンよ」

「はっ」

「何年先になるかは分からんが、私が死んだ後、息子を頼んだぞ」

そう言うエルミアは微笑《ほほえ》んではいるが、その目には力がない。

「お前から見れば、あいつは思慮の足らない愚か者に見えるかもしれん。だが、ルグロは私とは違って、正しい行いかそうでないかを、しっかりと自分で判断できる人間に育ってくれた。どれだけ周りにバカにされようが、自分を曲げない信念も持っている。誰がどう思っていようと、ルグロは私の誇りなのだ」

「ご安心ください。祖先の名に誓って、私の命のある限り、ルグロ様のことは私が支えますので」

「うむ。すまんな。お前にはいつも、世話になってばかりだ」

エルミアがグラスを一気にあおる。

「ふむ、これは実に美味《うま》い酒だな。リーゼ嬢、もう一杯注いでもらえるか？」

「……はい」

リーゼがボトルを手に、エルミアにワインを注ぐ。

動揺しているのか、心なしか手元が震えていた。

「む、すまんな。怖がらせてしまったか」

「い、いえ！　そんなことは！」

慌てた声を上げるリーゼに、エルミアが小さく笑う。

「よいよい。こんな男、恐れて当然だ。だがな、リーゼ嬢」

エルミアはリーゼには目を向けず、手に持つグラスを見つめる。

「どんな統治者も、大なり小なり罪は犯しているものだ。それが本意でなくとも、やらざるを得ない場合がある。リーゼ嬢も婿を迎えてその立場になれば、それが分かる日がきっとくるだろう。それは、覚悟しておいたほうがいい」

「……」

リーゼは口をつぐんだまま、エルミアの持つグラスを見つめている。

「さて、そろそろお暇しようか」

エルミアは返事をしないリーゼを気にする様子も見せず、ぐいっとグラスを傾けると、それを手にしたまま席を立った。

ナルソンも立ち上がり、エルミアに歩み寄る。

「グレイシオール様、夜分遅くにお時間を取っていただき――」

エルミアがそう言って頭を下げかけ、少しふらついた。

ナルソンが慌てて、エルミアを支える。

「陛下、大丈夫ですか?」

「……すまんな。たかだか2杯しか飲んでいないというのに」

「お部屋まで付き添いますので。お手を」

「おお、助かる。まったく、年は取りたくないものだな。はは」

ナルソンに連れられ、エルミアが部屋を後にする。

ぱたん、と扉が閉まり、部屋に静寂が訪れた。

「……なにを、全部悟ったような顔をしてるのよ」

閉まった扉を怒りのこもった目で見つめ、リーゼがぽつりと言う。

「子供と孫のために自分が手を汚した？　そんなの、ただの自己満足じゃない。回り道が面倒だから、手っ取り早い方法を選んだだけよ。どれだけ自分勝手なわけ？　バカじゃないの」

吐き捨てるリーゼに、一良《かずら》とバレッタが動揺した視線を向ける。

リーゼはそんな2人には気づかず、ワインのボトルをテーブルに置く。

「私は、そんなふうには絶対にならないわ」

そう自分に言い聞かせるように言うと、部屋を出て行った。

残された一良《かずら》とバレッタが、互いを見る。

「……片付けして、今日はもう休みましょうか」

「……はい」

その後、2人はなにも話さず、静かに片づけを済ませて互いの部屋に戻ったのだった。


同時刻。

ダイアスは部屋で一人、羽ペンを手に自分が今まで手を出してしまった女たちの名前を必死で思い出していた。

「ああ、くそ！　どうして私がこんな目に遭《あ》わねばならんのだ！　他人の女に手を出すことくらい、誰でもやっているだろうに！」

ダイアスは吐き捨てるように言いながら、ナルソンから貰ったコピー用紙に女の名前を羅列していく。

ナルソンが言うには、どうやら不貞というものは過ちの１つに数えられてしまうらしい。

贖罪のためには、その相手に対して誠心誠意謝罪し賠償することが、一番手っ取り早いだろうとのことだった。

今までダイアスは、それこそ気の赴くままにあちこちの人妻に手を出しまくっていたので、すべての相手を思い出すことなど到底不可能だ。

しかし、やらねば地獄で怪物に切り刻まれる未来が待っているとあっては、何としてでも思い出さざるを得ない。

「この私が、平民にまで頭を下げる羽目になるとは……グレイシオール様の下に送る者の選定もしなければならないし、そいつらの管理責任まであるとはな……」

ダイアスは、「臣下の悪事を放置したり監視を怠れば、それだけ自分の『徳』というものが下がる可能性がある」とナルソンから聞かされていた。

自分だけ善行を積んでも、部下が好き勝手に悪事に手を染めていては地獄行きの可能性がある、というわけだ。

その代わりに、臣下が善行を積めば管理する者も徳が積まれるという特典も付与されている。

領政をトップダウンで強制的に浄化させるための手段として、一良《かずら》がナルソンに提案したものだ。

「しかし、私のように正当な理由のもとで少しだけ摘まんでいた人間ならまだしも、ニーベルのような外道は今さらどうにもならないのではないか？　どう考えても、もう手遅れだと思うのだがな……」

「あいつが地獄行きの条件を知ったら絶望しそうだな」などとダイアスがぶつぶつ言っていると、部屋の扉がノックされた。

「ダイアス様、ジルコニアです。まだ起きておられますでしょうか？」

「……ジルコニア殿？」

ダイアスは驚いて立ち上がり、扉に駆け寄って鍵を開ける。

彼が扉を開けると、ジルコニアが1人で立っていた。

「こんばんは」とジルコニアが可愛らしく微笑《ほほえ》む。

「夜分遅く、申し訳ございません。入ってもよろしいでしょうか？」

「あ、ああ！　どうぞ、入ってくれ！」

ダイアスは弾んだ声でそう言ってから、「しまった！」と内心焦った。

こんな夜更けに女が男の部屋を訪ねてくるなど、理由は1つしかない。

ダイアスは10年前に領主会議の席に居合わせたジルコニアを初めて見た時から、なかなかの上物だと評価していた。

とはいえ、領主夫人ということもあって、手を出そうと思ったことは一度もない。

手を出したことがナルソンの耳に入っては大変なことになるので、残念に思いながらも自粛していたのだ。

しかし、諦《あきら》めていた相手が自分から訪ねてきてくれて、思わず舞い上がってしまって部屋に入れたのだが、今の状況を考えると絶対にまずい。

これは地獄への片道切符だ。

「す、すまぬ！　ジルコニア殿！」

「えっ？」

ジルコニアが小首を傾げる。

「そ、その……お気持ちは大変嬉しいのだが、今宵、貴女と逢瀬を交わすことはできんのだ」

「……ごめんなさい。ご迷惑でしたか」

寂しそうにうつむくジルコニア。

蝋燭《ろうそく》の仄暗い明かりに照らされた彼女の顔は、ダイアスにはとても妖艶に見えた。

思わず、生唾を飲み込む。

「ぐ……す、すまん。男として、ジルコニア殿のような美しい人に誘っていただけるのはとても嬉しいのだが、お受けするわけにはいかんのだ。どうか、お帰りいただけないだろうか」

「そう……ですか……」

ジルコニアはひどく残念そうに言うと、顔を上げた。

切なそうなその表情に、ダイアスはどきりとしてしまう。

「あの、せめてお話だけでもさせていただけませんか？」

「……ま、まあ、話くらいなら」

ダイアスが頷《うなず》くと、ジルコニアは嬉しそうに微笑《ほほえ》んだ。

「よかった。さ、座ってくださいませ」

「うむ」

ダイアスがソファーに座ると、ジルコニアは彼の隣に腰掛けた。

膝と膝がくっつくほどに、距離が近い。

これは何の拷問だ、とダイアスは内心悶絶する。

「急に訪ねて来てしまってごめんなさい。驚かれましたでしょう？」

「う、うむ。まさか、ジルコニア殿から私のところに来てくれるとは思っていなかったものでな。正直、驚いたよ」

「……ダイアス様のことは、初めてお会いした時から、ずっと気になっていたんです。素敵な方だなって」

「そ、そうだったのか」

「はい。こうして会う機会もあまりなかったので、ようやくチャンスが来たと思ったのですが」

「……すまぬ。男として最低なことは分かっているのだ。ジルコニア殿には、謝ることしかできん。許してくれ」

心底申し訳なさそうに頭を下げるダイアス。

ジルコニアは寂しそうに微笑《ほほえ》む。

「受け入れていただけない理由は、天国と地獄の話のせい、ですよね？」

「ああ。まさか、本当にあの世というものが存在していたとはな。驚きすぎて、面食らってしまったよ。はは」

ダイアスはジルコニアの太ももに目を向けながら、乾いた笑いを漏らす。

そんなダイアスの膝に、ジルコニアが手を置く。

「ですよね……あのような場所で未来永劫責め苦を味わわされるなんて。本当に恐ろしいです」

「う、うむ」

「こんなこと、皆やっているというのに。我慢しなければならないなんて、つらすぎますわ。ダイアス様も、そう思いませんか?」

「そ、それは……うむ」

頷《うなず》くダイアスに、ジルコニアが微笑《ほほえ》む。

ダイアスは彼女の顔をちらりと見て、はあ、とため息をついた。

本当ならばこのまま手を出してしまいたいところだが、天国と地獄行きの条件を知ったうえで故意に罪を犯した場合、今までの比でないくらいに徳が下がると聞かされている。

今から悪いことをしても善行を積めば帳消し、という手段は使えないのだ。

そういった話をダイアスが聞かされているということは、ジルコニアも知っている。

「しかしだな、ジルコニア殿。どうも、そのようなことは結構な罪と見なされてしまうようなのだよ。あの世の処遇を知ったうえでは、なおさらのことらしい」

「まあ、そうなのですか?」

「うむ。ナルソン殿から聞いたぞ。ジルコニア殿は、聞かされていないのか?」

「うーん。聞いたような聞いていないような。私も知ったのは最近のことで、まだ頭が追い付いていなくて」

「そうか……お互い、難儀なものだな」

「はい」

ジルコニアは微笑《ほほえ》み、ダイアスの膝から名残惜しそうに手を離した。

「ダイアス様は、今までこのようなご経験は何度もあるのですか？」

ダイアスは自分から人妻に手を出すこと以外にも、彼の趣向を知った臣下が出世のために自らの妻を寄こすということを、何度か経験している。

もちろん、そういった行為に及ぶ者はハナからやり込める気できているので、行為に際してもダイアスに心底惚れぬいているような演技をするのが常だ。

そういった経験から、ダイアスは自分のことをかなりモテる人間だと自負していた。

要は、自分に女が寄ってくることを当たり前と思っているフシがあるのだ。

なので、ジルコニアがこうして自分の下に赴いたことも、特に不思議がってはいない。

「それはまあ、何度かはあるな」

「ふふ、私もです」

楽しそうに微笑《ほほえ》みながら言うジルコニアに、ダイアスが意外そうな目を向ける。

「む、そうだったのか。失礼だが、貴女はそういった話をまったく聞かないから、てっきり色恋沙汰には興味がないものかと思っていたよ」

「そんなことありませんわ。いつもかっちりとした軍事のことばかりに関わっていると、ストレスが溜まってしまって。適度に発散しないと、身が持ちませんもの」

「そ、そうだったのか。いや、確かにそうかもしれんな」

ダイアスが内心、「そんなことならばさっさと誘っておけばよかった！」と思いながら頷《うなず》く。

「ええ。ダイアス様のところからいらしているニーベルも、懇意にしていたのですよ？」

「なっ⁉　ニーベルだと⁉」

驚愕《きょうがく》の眼差しを向けるダイアスに、ジルコニアは妖艶に微笑《ほほえ》む。

ニーベルは、グレゴルン領の塩取引を一手に担う豪商だ。

何年もリーゼにセクハラを続け、あげくの果てには2人だけで部屋にいた時にリーゼを襲おうとして手痛い反撃を食らい、捨て台詞《せりふ》を吐いて逃げた人物である。

「はい。しばらく前に誘われまして。それからは塩取引の話でこちらに来るたび、ナルソンに隠れてこっそり相手をしてもらっていました。なかなか、お上手でしたわ。ふふ」

「なんと……ニーベルめ……！」

ダイアスの表情が嫉妬と怒りに歪《ゆが》む。

まさか自分を差し置いて、ずっと手を出すことを我慢していたジルコニアをものにしていたとは。

平民の分際で、という元来の差別意識が、さらにそれを助長した。

「ですが、こうなってしまっては仕方がありませんね。残念ですが、ダイアス様の言うとおり、私もこういったことは止めにします。ニーベルも天国と地獄の話を知れば、同じように諦《あきら》めるでしょうし」

「……いや、それについてなんだが」

絞り出すように言うダイアスに、ジルコニアが小首を傾げる。

「ニーベルは塩取引の責任者とはいえ、我が領の重鎮と言うほどの立場ではなくてな。グレイシオール様の話も、奴にはしないつもりなのだよ」

「まあ、そうなのですか？」

驚いたようにジルコニアが言う。

「うむ。商売の功績から家名を持つことを特別に認めてはいるが、所詮はただの平民だ。可哀そうだが、貴族でもないような者に、誰彼構わずグレイシオール様のことを教えるわけにもいかないからな。これぱかりは仕方がない」

「そうですか……でも、そうなると、彼は地獄行きになってしまいますね。贖罪が必要なことすら知らず、死んでいくことになるのですから」

「あ、ああ。まあ、そこは私が上手いことやるよ。正しい道に、彼を導いてみせるさ」

キリッとした表情で、ダイアスが言う。

少し溜飲が下がったのか、表情と声色が明るくなっていた。

「ダイアス様、なんてお優しい……」

ジルコニアが敬愛の眼差しを向ける。

ダイアスは得意満面だ。

「あっ。でもそうなると、彼は今の立場からは退かせる必要があるのではないですか？」

ジルコニアが、はっと気づいたように言う。

「彼が担っている塩取引の規模を考えると、このまま権力を持たせておくのはどうかと思いますが……」

「うむ。今は、国が一丸となるべき時だ。グレイシオール様のことを知らせる者以外は、権力のある地位からは外さなければならん。恨まれるかもしれんが、それも覚悟の上だ」

「ご立派です、ダイアス様。ニーベルは可哀そうですが、仕方がないですよね」

「そうだな。こればかりは、仕方のないことだ」

ダイアスが声色だけはつらそうに頷《うなず》く。

内心、あいつは今からどれだけ善行を積んでも地獄行きだろう、と考えていたところだ。

これを機に、ばっさりと切り捨ててしまったほうがいいように思える。

そんなことを考えているダイアスにジルコニアは微笑《ほほえ》むと、ソファーから立ち上がった。

「む、もう行かれるのか？」

「ええ。あんまり長く一緒にいると、変な気を起こしてしまいそうですし。そろそろお暇することにしますわ」

ジルコニアが寂しそうに言う。

「2人きりでお話ができて、とても嬉しかったです。ダイアス様、今日私がここに来たことは、どうかご内密に」

　唇に指を当てるジルコニア。

　ダイアスがしっかりと頷《うなず》く。

「もちろん黙っているとも。というより、ジルコニア殿が夜中に1人で私の部屋に来たなどと、誰にも言えるわけがないではないか。大問題間違いなしだぞ」

「あら、それもそうですね」

　ジルコニアが楽しそうに笑う。

「では、失礼いたします。おやすみなさいませ」

「ああ、おやすみ」

　ジルコニアが会釈し、部屋を出る。

　ダイアスは閉まった扉を見つめ、はあ、とため息をついた。

「ああ、くそ！　なんてもったいない！　天国行きになるということは、かくも険しい道のりなのか!?」

　ダイアスが、どかりとソファーに座る。

「ニーベルの奴、リーゼ嬢をいつか必ず手に入れると息まいていたが、まさか親子両方手籠めにするつもりだったとは……この私を差し置いて、なんという奴だ」

　ダイアスが疲れたようにため息をつく。

ダイアスはニーベルのことを、自らの手を汚すことも厭わずによく働く男だと高く評価していた。

だが、自分に内緒で領主夫人であるジルコニアにまで手を出していたとなると、放置しておくわけにはいかない。

もともと悪事をなんとも思っていないような男ではあるので、この機会に身分をはく奪する必要があるだろう。

なにより、自分が手を出すことを我慢していたジルコニアを、横から掠め取っていたことが許せなかった。

「しかし、ジルコニア殿には恥をかかせてしまったな。手くらいは握ってやるべきだったか……。罪を重ねないためとはいえ、悪いことをしたな……」

ダイアスはぶつぶつ言いながらも、過去に手を出した女の名前を思い出す作業に戻るのだった。

ダイアスの部屋を出たジルコニアは、険しい顔で廊下を進みながら息を整えていた。

我ながら、よくあそこまで上手く演技ができたものだと感心してしまう。

ダイアスのことは吐き気がするほどに嫌いだが、そんなことはどうでもいい。

利用できるものは、なんであれ利用するだけだ。

「……私の家族に手を出しておいて、ただで済むわけがないでしょう」

一年近く前の、ニーベルを殺してしまおうと一良《かずら》とナルソンに啖呵を切った時のことを思い出す。

あの時は2人に反対されて押し切られてしまったが、ジルコニアはずっと諦《あきら》めていなかった。

いつか必ずこの手で粛清してやると、心に決めていたのだ。

自分の大切な人を辱めた人間は、誰であろうと容赦はしない。

断罪できない身分にいるのなら、そこから引きずり下ろしてやるまでだ。

誰の目にも届かなくなってから、じっくりと料理してやろう。

「生まれてきたことを後悔させてあげるわ。本物の地獄を見せてあげる」

静かにつぶやくその声が、暗い廊下に消えていった。


翌日の朝。

ナルソン邸の広場で、一良《かずら》たちはダイアスとヘイシェルを見送っていた。

エルミア国王は数日中に来るというクレイラッツの軍司令官と会合をするため、予定を延長してもうしばらく滞在する予定だ。

ルグロ一家もそれに付きあうかたちで、一良《かずら》と一緒にダイアスたちを見送っている。

エルミアは疲れたとのことで、朝食を食べてからすぐに部屋に戻って休んでいる。

いろいろと心労が重なっているようだ。

「はあ、これで一息つけますね」

やれやれと疲れたように言う一良《かずら》に、隣に立つバレッタが微笑《ほほえ》む。

「ですね。あとは今までどおり、兵器の生産を続けるだけですね。でも、急がないと」

「うん。フライス領が本格生産に入るまでには時間がかかるでしょうし、こっちで可能な限り量産しないとだ。職人さんたちには、もうしばらく頑張ってもらわないと」

ヘイシェルにはクロスボウ、スコーピオン、鐙《あぶみ》、製材機、鍛造機の見本と設計図を渡してあり、職人とグリセア村の村人も数名同行させた。

村人には無線機と携帯用アンテナを持たせており、毎日イステリアと定時連絡をすることになっている。

ダイアスには離反の件が発覚したため、時期尚早ということで設計図は渡していない。

彼の主だった臣下に地獄の動画を見せて恐怖を植え付けた後で、イステール領からアドバイザーという名の監督官にしっかりと見張りをさせたうえでの生産となる予定だ。

軍船については生産力の問題から、王都で集中的に作ることになっている。

「なあ、カズラ」

広場を出ていく馬車を一良《かずら》が見送っていると、ルグロが話しかけてきた。

「ん、どうかした?」

「クレイラッツの軍司令官が来るまで、とりあえず俺たちは好きにしてていいんだろ?」

「うん。特にやることもないし、自由にしてていいよ」

「ならさ。俺、バイクを運転してみたいんだ！　少し貸してくれねえかな?」

ルグロが「お願い」と言うように、両手を合わせる。

「庭園を一回りするだけでもいいからさ。な、頼むよ」

「うん、いいよ。すぐに用意するね」

「おっ、さすがカズラ！　恩に着るぜ！」

「カズラ様、私も乗ってみたいです！」

「私も乗りたいです！」

ルグロの隣で、ルルーナとロローナが手を上げる。

リーネとロンも、自分もまた乗りたいとルグロの服を引っ張っていた。

それを見て、ルティーナが慌てた顔になる。

「ちょ、ちょっと！　リーネはもう止めておきなさい。また泣いちゃうわよ?」

「大丈夫です！　お父様、もう怒らないって言ってましたから！」

「え?　どういうこと?」

ルティーナがルグロを見る。

「あー、いや、ちょっとな。まあ、大丈夫だから心配すんな」

「で、でも……」

「カズラ、子供らとルティも隣に乗せてやっていいか？」

「いいけど、あんまりスピードを出しすぎないように注意してね。しっかり練習してからにしよう」

「え、ええ……」

ルティーナが表情を引きつらせる。

どうやら、怖いようだ。

「ルティーナさん、大丈夫ですって。ちゃんと運転できるように、ルグロさんにはしっかり教えますから」

「は、はい」

「カズラさん、私も運転してみたいです。一緒に練習するって、約束しましたし」

傍《そば》にいたジルコニアが話に加わる。

彼女との約束は一良《かずら》も覚えていたし、もともとこちらから誘う予定だった。

「ええ、いいですよ。でも、その恰好だと運転しにくいと思うんで、運動着に着替えてもらえます？」

「運動着ですか？　このままじゃダメなんですか？」

ジルコニアが自分の体を見る。

ゆったりとしたワンピース姿だ。

「ダメってわけじゃないんですけど、その恰好だとちょっと運転には不向きかなって。スカートだと捲れ上がっちゃうんで、ズボン必須なんですよ」

バイクは跨る格好で運転するので、今のジルコニアの服装だと風に煽《あお》られて「大変なことに」なってしまう可能性が高い。

こちらの世界の女性は下着を着けていないので、なおさらだ。

「そうですか。じゃあ、鎧下《よろいした》に着替えてきますね」

「鎧下ですか。もっとラフな服装はないんですか？」

「んー、ズボンは軍服しか持っていないんですよね。普段着で出歩くにしても、いつもワンピースなので」

ジルコニアは服装にはまったく頓着しておらず、あまり気にしたことがない。

運動する時は鎧下《よろいした》。そうでない時はワンピースばかりだ。

理由は単純で、着るにも選ぶにも楽な鎧下《よろいした》やワンピースが好きなのだ。

「あ、そうだ。もしよければ、カズラさんの服を貸してもらえませんか？」

「えっ、俺の服ですか？」

「はい。バイクにも、日本の服のほうが似合いそうですし」

ジルコニアは身長が160センチ半ば（正確には163センチ）なので、170センチの一《かず》良《ら》の服を着ても大丈夫だろう。

足も長いので、ズボンの丈が余ってしまうということもないはずだ。

以前、ルーソン家の裏切り騒動があった際にTシャツを貸したことがあったが、その時も肩幅が少し大きく感じる程度で普通に着れていた。

「別にいいですよ。じゃあ、ジーパンとTシャツを貸しますね。ジーパンなら、男物を女性が穿いてもおかしくないですし」

「ねね、カズラ。私もカズラの服、着てみたいな」

リーゼが横から口を挟む。

「いや、リーゼだとサイズが全然合わないと思うぞ。身長差がありすぎるって。エイラさんくらいでギリギリなんじゃないかな」

「ふふ、リーゼ様だと『彼シャツ』みたいになっちゃいそうですね」

くすくすとエイラが笑う。

「彼シャツ？　なにそれ？」

リーゼが小首を傾げる。

「彼氏のシャツのことです。彼女が着るとだぼだぼになって、それが男性にはすごくウケるんだとか」

「……エイラさん、よくそんな単語知ってますね」

「カズラ様が持ってきてくださった旅行雑誌に載っていましたよ。『夜を盛り上げるお手軽アイテム』って書いてありました」

「そ、そうですか」

「へえ、そうなんだ。カズラも、そういうの好きなの?」

リーゼが一良《かずら》に流し目を送る。

リーゼの彼シャツ姿を想像してしまい、思わず生唾を飲み込みそうになる。

「……そんなことはない」

「好きなんだね。覚えておこ」

「い、いや、覚えなくていいって」

「いっひっひ」

リーゼが何か企んでいるような表情で笑う。

傍《そば》にいるナルソンは娘のそんな態度にどう反応すればいいのか分からず、聞こえないふりをしている。

ジルコニアは楽しそうに、くすくすと笑っていた。

「でも、こんなことなら村に行った時に、カズラに日本の服をお願いすればよかったな。かわいい服とか、いろいろありそうだし」

「なら、次にあっちに戻った時に買ってきてやるよ」

一良《かずら》の言葉に、リーゼが瞳《ひとみ》を輝かせる。

「えっ、ほんと⁉」

「うん。カタログも持ってくるから、それを見て選んでもいいし。何十着でも、好きなだけ買ってやるから」

「さっすがカズラ！　お金持ちは言うことが違うね！」

ぺしぺしと、リーゼが一良《かずら》の肩を叩く。

ルグロがそれを見て、不思議そうな顔になった。

「ん？　神の国っていうのは、日本って国名なのか？」

「あ、ああ、うん。あっちも、いろいろと国が分かれててさ。俺のとこは、日本っていう国名なんだ」

「へえ、そうなのか。お金持ちがどうとか言ってたけど、俺たちの世界みたいに金も必要なのか？」

「うん。物を買うにはお金がいるね」

「ふーん。なんだかそれ聞くと、ただ珍しい物があるだけの別の世界みたいな感じだな。なんか意外だ」

特に疑っている様子もなく、頷《うなず》いているルグロ。

素直でとてもありがたい。

「はは、そう感じるかもしれないね。それじゃ、バイクの用意をするかな。エイラさん、ジルコニアさんに俺の服を出してあげてください」

「かしこまりました」

「リーゼとバレッタさんも、もし運転するようなら着替えて……バレッタさん？」

「彼シャツか……あ、はい!?」

なにやら真剣な表情で考え込んでいたバレッタが、びくっと顔を上げる。

「バイクを運転するようなら、ズボンを穿いてきたほうがいいですよ」

「はい！　穿いてきます！」

こうして、皆でバイクの練習をすることになったのだった。


十数分後。

一良《かずら》はバイクに跨るルグロに、運転方法を教えていた。

ナルソンも運転してみたいということで、一良《かずら》の隣で見学している。

ルティーナや子供たちもまだサイドカーには乗っておらず、ナルソンと一緒に見学中だ。

バイクは運転する人数分用意してあり、ルグロが乗っているものと合わせて全部で5台並んでいる。

「それじゃあ、今度はそこの赤いボタンを押して」

「おう」

ルグロがハンドルに付いているセルスイッチを押し込む。

すると、キュルキュルッという音とともにエンジンが起動した。

「おお！　すげえ！」

力強いエンジン音と振動に、ルグロの瞳《ひとみ》が子供のように輝く。

子供たちから、「わあ！」と歓声が上がった。

「これ、もう走らせられるのか⁉　このハンドルを捻るんだよな⁉」

「待って待って！　いきなり走らせちゃ――」

「カズラさん、お待たせしました」

背後からの呼びかけに、一良《かずら》が振り向く。

ジーパンに無地の白Tシャツ姿のジルコニアが、こちらに歩み寄って来ていた。

靴も革製のブーツに履き替えている。

「ズボンもシャツも、ちょうどいい大きさでした。これなら大丈夫ですよね？」

ジルコニアが両手を広げて、自分を見る。

上下とも、特に問題ないサイズのようだ。

「ええ、大丈夫です。ぴったりですね！」

「ふふ、この格好なら、日本で出歩いてもおかしくないですよね？」

「そうですね。ばっちりですよ」

ロシア人とか言っておけばバレないんじゃないかな、と一良《かずら》が考えていると、ルグロが一良《かずら》の肩を揺すった。

「おいカズラ！　この後どうすればいいんだ⁉」

ルグロが待ちきれないといった様子で、興奮気味に一良《かずら》に言う。

「あ、ごめんごめん。ジルコニアさんも、こっちに来てやり方を見ててください」

ジルコニアも交ざり、皆で一良《かずら》のバイク指導を受ける。

そうしているうちにバレッタとリーゼも着替えを済ませて戻ってきて、いよいよバイクを走らせることとなった。

「それじゃ、動かしてみようか。ルティーナさん、助手席にどうぞ」

「えっ、わ、私ですか⁉」

「まずは大人からということで。ささ、乗ってください」

「うう……怖いなぁ」

ルティーナが恐る恐るサイドカーに乗り込む。

「よし。ルグロ、ゆっくり動かしてみて」

「おう！」

ルグロがアクセルを回し、バイクが少しずつ動き出す。

「おおっ、動いた！　すげえなこれ！」

「大丈夫そうだね。そのまま屋敷の周りを回ってきていいよ。あんまりスピードは出しすぎないようにね」

「よっしゃ！　ルティ、行くぞ！」

「ゆっくりね！　ゆっくり走ってよ⁉」

「大丈夫だって！　それっ！」

「ひゃああ⁉」

軽快なエンジン音とルティーナの悲鳴を響かせて、バイクが走り去っていく。

「じゃあ、次はナルソンさんが乗ってみましょうか」

「はい。リーゼ、隣に乗ってくれないか。少々不安でな」

ナルソンがバイクに跨り、リーゼに声をかける。

「はい、いいですよ。危なくなったら、途中で替わってあげますね！」

「うむ。そうならないよう、安全運転で行こう」

「あ、カズラ、髪紐《ひも》持ってて。縛ろうと思ったけど、やっぱりいいや」

「ん？　ああ」

一良《かずら》が手を差し出すと、リーゼはなぜか一良《かずら》の手を両手で握り、それをしっかりと手渡した。

髪紐《ひも》にしてはカサカサとした感触に、一良《かずら》は内心首を傾げる。

握っている指の間からそれを見てみると、どうやらそれは、紙切れのようだった。

「お願いね！　それじゃ、行ってきます！」

リーゼがサイドカーに乗り込み、ナルソンがアクセルを捻る。

「カズラ様、僕も早く乗りたいです！」

「私も！」

ロンとリーネが一良《かずら》を見上げる。

「ん、そっか。バレッタさん、2人をお願いしても大丈夫ですか？」

「はい、いいですよ」

下の子2人をバレッタが抱っこして、サイドカーに乗せる。

2人並んで座席に座り、ご満悦の様子だ。

バレッタは子供の相手はお手の物なので、任せておけば安心だろう。

「「行ってきまーす！」」

「行ってらっしゃい！」

一良《かずら》たちに見送られ、大騒ぎする2人を乗せてバイクが走り出していった。

バレッタたちが去って行くのを皆が見送っている隙に、一良《かずら》はこっそり手を開いて紙を見た。

リーゼの綺麗《きれい》な字で、何か書いてあるようだ。

『今朝からお母様の様子がちょっと変だから、どうしたのかそれとなく聞いてみて。ただし、カズラが気づいたって言うこと！』

なんだこれは、と一良《かずら》が思考停止していると、ルルーナとロローナが一良《かずら》を見上げた。

「カズラ様。お父様が戻ってきたら、次は私たちでサイドカーに乗ってもいいですか？」

「2人ででも、たぶん並んで乗れますから」

「え？　あ、いいですよ。そしたら、戻ってくるまで待ってましょうかね」

これ幸いと、一良《かずら》が頷《うなず》く。

まさかこうなることも、リーゼは予見していたというのだろうか。

「そしたら、ジルコニアさんの隣には俺が乗りますか。ジルコニアさん、それでいいですか？」

「はい。カズラさんが一緒に乗ってくれるなら安心です」

ジルコニアがにっこりと微笑《ほほえ》む。

一良《かずら》の目には、彼女は特にいつもと変わったようには見えない。

「よし、行きましょう。エイラさん、マリーさん、2人をお願いしますね」

「「かしこまりました」」

ルルーナとロローナをエイラたちに任せ、一良《かずら》はサイドカーに乗り込んだ。

非常にゆっくりとしたペースで、バイクが庭園の脇道を走る。

ジルコニアは強張《こわば》った表情で、おっかなびっくりといった様子だ。

「そうそう、上手ですよ。もう少し速度を上げてみましょうか」

「は、はい！」

ジルコニアがアクセルを捻り、徐々に加速する。

「おお」、と声を漏らし、少しだけ表情が緩んだ。

「ね、簡単でしょう？」

「はい！　これは楽しいですね！」

ジルコニアが楽しそうに微笑《ほほえ》む。

一良《かずら》からはどう見ても、いつもどおりの彼女だ。

Tシャツにジーパン姿という以外、特に変わりはない。

どう切り出したものかと考えるが思いつかないので、ストレートに聞いてみてしまうことにした。

「ジルコニアさん。昨日、何かありました？」

「えっ？」

ジルコニアが驚いた顔で一良《かずら》を見る。

「あっ、前は見てて！　脇見運転はダメです！」

「ご、ごめんなさい！」

ジルコニアが前に向き直る。

「えっと……私、何かおかしなところありましたか？」

「いや、その……なんていうのかな、少し雰囲気がいつもと違う気がして。勘違いだったらすみません」

内心冷や汗を掻きながら一良《かずら》が聞く。

「雰囲気が、ですか」

「は、はい」

「……リーゼにもバレてなかったのに。カズラさん、よく分かりましたね」

「な、なんとなくですけどね。なんか、様子が変だなって」

「そうですか……うーん」

ジルコニアが悩むような表情で唸《うな》る。

そして、ちらりと一良《かずら》を横目で見た。

「前に私が、ニーベルを殺してしまおうと言ったのを覚えてますか？」

「え？　あ、えっと……リーゼが彼に脅《おど》されたんじゃないかって話が出た時のことですよね？」

「はい。私、どうしても諦《あきら》めきれなくて」

ジルコニアが視線を前に戻す。

「やっぱり、彼は近いうちに殺してしまおうって思って。でも、今のままだと彼の立場上、騒ぎになるからダメだってナルソンとカズラさんは言ってたじゃないですか」

なんでもないことのようにジルコニアが話す。

「それなら、今いる立場から引きずり下ろせばいいかなって。その小細工を、昨日やってきたんです。それで少し、ピリピリしてたのかもしれないですね」

唖然《あぜん》とした顔になっている一良《かずら》をジルコニアはちらりと見て、くすっと笑った。

「なんて顔をしてるんですか。そんなに驚きました?」

「い、いや、驚くに決まってるじゃないですか。殺すって、そんな……」

「そこまでする必要はない、ですか? リーゼが辱められたかもしれないんですよ?」

「……」

一良《かずら》が言葉に詰まる。

リーゼがニーベルに辱められたという確証は得られていないが、面会があるたびにセクハラを受けていたというのは知っている。

アロンドの推察では、塩取引を盾に結婚や付き合いを強要されたのでは、ということだった。

正直なところ、一良《かずら》もそんな人間は死んでしまったほうがいいという気持ちはある。

だが、実際にそれを実行できる人間を目の前にして、「殺してしまおう」と言うのはかなり抵抗があった。

それが普段から親しくしている人物では、なおさらだ。

「本当は、誰にも言わないで自分だけでやるつもりだったんですが……そうですね、カズラさんには……」

ジルコニアがバイクの速度を緩め、停車した。

エンジンを切り、んー、と背伸びをする。

「停めると風がなくなって、少し暑いですね」

そう言いながら、ジルコニアが空を見上げる。

つられて、一良《かずら》も空を見上げた。

小さな雲がいくつか浮かんだ、真っ青な空がそこにはあった。

「今、私がこうしていられるのは、カズラさんのおかげです。だから、カズラさんには、隠しごとはしないでおきますね」

ジルコニアが一良《かずら》に顔を向ける。

「私にとって、家族に危険が及ぶ『かもしれない』というだけで、その相手を殺すのには十分な理由になるんです。それは相手が誰であっても同じこと。国王でも領主でも、関係ありません」

「いや、気持ちは分かりますが、いきなり殺すっていうのは……」

「そうでしょうか？　大切なものを守るためなら、手段を選んでいる場合じゃないと思いますけど」

「それは……そうですね」

ジルコニアの言い分に、一良《かずら》は思わず頷《うなず》いてしまった。

過激な手段は大きなリスクを伴うので、本当ならばジルコニアを諫めなければならない。

だが、手をこまねいていたせいで大切な人が傷ついたり失うことにでもなったら、それこそ取り返しがつかないというのも理解できるからだ。

「私はもう、後悔はしたくないんです。大切なものを守るためなら、なんだってしますし、誰だって殺します。カズラさんも、それは同じなんじゃないですか?」

「……ええ、そうですね。もう、何百人も何千人も、この手で殺してしまっているようなものですし」

先日の戦いで使われた兵器は、一良《かずら》がこの世界にこなければ登場しなかったものばかりだ。

自分で直接兵器を手に取らなかったというだけで、実質自分がバルベールの兵士たちを虐殺したことには変わりない。

手段を選んでいないのは、一良《かずら》とて同じだ。

「甘ったれたこと言ってすみませんでした。ジルコニアさんの言うとおりですね。取り返しのつかないことにならないように、リスクは排除するべきですね」

「いえ、甘ったれてなどいないですよ。意見なんて、人それぞれですからね。でも……」

ジルコニアがにっこりと微笑《ほほえ》む。

「カズラさんに分かってもらえて、私、嬉しいです」

「そ、それはどうも」

ジルコニアがバイクのエンジンをかける。

「少し、ゆっくり走って戻ってもいいですか？」

「いいですけど、どうしてです？」

「もっと、カズラさんとおしゃべりしたくて。なんでもいいから、楽しい話題がいいです」

「う、うーん……殺すだなんだって話をした後に、なにを話せばいいのやら」

「んー、それじゃあ……カズラさんの好きな女性のタイプって、どんな人ですか？」

ジルコニアがゆっくりとバイクを走らせる。

「こりゃまた、唐突な話題ですね」

「前にされたお返しです。あの時、私は答えたんですから、カズラさんもちゃんと答えてくださいね」

しばらく前に、野営地の天幕でしたやり取りを一良《かずら》は思い出した。

あの時撮影した動画は、パソコンに保存してあるはずだ。

「そんなこともしましたね……って、それよりも、ニーベルさんを引きずり下ろすためにした小細工のほうが気になるんですが」

「えっ、それ聞いちゃいます？」

「聞いちゃまずい内容なんですか？」

「まずいっていうか……ダイアスに色仕掛けをした話ですし」

「え、ええっ⁉」

驚く一良《かずら》に、ジルコニアがくすっと笑う。

「ふふ、そんなに驚かないでください。別に身体を触らせたりはしてないですから」

「そ、そうですか」

「あら、ちょっとほっとしました？　もしかして、カズラさんの好みって私だったりします？」

「いや、何言ってるんですか。ていうか、ジルコニアさん、少しは自分が人妻だっていう自覚を持ってくれませんかね。いつもいつも、からかうにしても発言が不穏すぎますよ」

「そんなこと言っても。人妻なのは期間限定ですし、むしろ、逆にいいんじゃないですか？」

「いや、何がどう逆にいいのかさっぱり分からないんですけど……」

そんな話をしながら、バイクはゆっくりと走っていくのだった。


翌日の昼過ぎ。

イステリアの訓練場に、クレイラッツの軍司令官であるカーネリアンの姿があった。

彼の同伴として、若い男の秘書官も一緒だ。

エルミア、ルグロ、ナルソン、ジルコニアも、カーネリアンたちと並んでベンチに座っている。

訓練場では数十人の兵士たちが整列し、射撃指揮官から訓示を受けていた。

「国王陛下、先立っては、国境砦《とりで》の奪還、おめでとうございます」

カーネリアンがエルミアに会釈をする。

いつもならば会議室に通されるのだが、今日は「見せたいものがある」とエルミアに言われて訓練場に連れて来られていた。

同伴している秘書官は、少々困惑顔だ。

「伝え聞いた時は耳を疑いましたが……わずか1日で、バルベール軍2個軍団が籠る砦《とりで》を攻め落としたとか。いったい、どんな手を使ったのですか？」

「正攻法だよ。正面から、正々堂々と打ち負かしてやったのだ。なあ、ナルソン」

エルミアが兵士たちに目を向けたまま、大仰に言う。

兵士たちの前には、1門のカノン砲が用意されていた。

「はい。我が領地の軍勢のみを用い、真正面からの攻城戦で敵を粉砕《ふんさい》しました」

「真正面から、それもイステール領軍のみで、ですか。そんなにも、バルベール軍は脆弱だったのですか？」

「いいえ、すさまじい練度と戦意を兼ね備えた強兵でしたぞ。しかし、我が領は新兵器を開発しまして、それで敵を圧倒したのです」

自信たっぷりといった様子で言うナルソン。

「ふむ。以前より、イステール領では次々に新しい道具が発明されていると聞き及んでいますが……あれがそうでしょうか？」

カーネリアンがカノン砲に目を向ける。

「そのとおりです。今からお見せするので、少々お待ちいただければと」

「それは楽しみです。さて、準備の間に、本題のほうを片づけてしまいましょうか」

カーネリアンが兵士たちに視線を戻す。

「陛下。すでにご存じかとは思いますが、我が国にはバルベールから降伏するよう勧告がされておりました」

「うむ。プロティア王国とエルタイル王国も同様のようだな」

エルミアの言葉に、カーネリアンは深刻な表情で頷《うなず》いた。

「はい、そのとおりです。4国同盟を破棄し、バルベールに屈して傘下に加われとのことでした。この話が来たのは、一年半ほど前になります」

「だが、貴君の国はそれを突っぱねた……というより、国民に信を問うて、同盟の維持に決まったわけか」

「ええ。もとより、我が国の国民は何よりも自由を尊重しています。それを放棄して服従の道を選ぶなど、あり得ない話です」

「それを聞いて安心した。だが、プロティアとエルタイルは怪しい動きがあるように見えるが」

「はい。彼らはまだ身の振り方を決めかねているようです。おそらく、しばらくの間は日和見を決め込むつもりなのかと思います」

「ほう。どうしてそう思うのだ？」

「貴国の砦《とりで》の一件です。バルベールは一方的に休戦協定を反故にし、砦《とりで》を奇襲して占領しました。隙があれば国同士の約束すら守らずに攻撃を仕掛けてくる相手ということが証明されましたから、とても信用することなどできません」

「そうだな。あの野蛮人どもは、協定破りなどなんとも思っていないようだ。そんな国と手を組んでも、いずれは軍事力にものを言わせて攻め込んでくるに決まっているぞ」

「はい。しかし、バルベールはとてつもない大国です。プロティアもエルタイルも、前回の戦いでは辛うじて侵攻を防ぎ切りましたが、当時の痛手からまだ立ち直っておりません。今、下手に歯向かって完全に蹂躙されるより、王家や貴族の権利の維持を条件に降伏したほうがいいという考えもあるのでしょう」

「勝てない側には付くつもりはない、ということだな」

「そう考えているとみて、間違いないかと」

カーネリアンがナルソンをちらりと見る。

「バルベール軍は貴国を打ち倒すことに、強く執着しているようです。我がクレイラッツにも軍勢は向かってきていますが、直接国内に攻め込むほどの規模ではありません。軍団の動きから察するに、決戦の地は貴国とバルベールの国境と見て間違いないかと」

「うむ。我が国アルカディアとバルベールの間には、取り除きようのない怨恨がある。敵とて、それは同じだ。散々、彼らの村落を焼き討ちして回ったのだからな」

11年前の戦いでは、アルカディア軍はバルベールを緒戦で打ち破った後、国境近くの補給地を破壊する目的で、かなりの数の村落の焼き討ちを行った。

そのため、バルベール国民のアルカディアに対する憎悪はかなり強い。

ただし、アルカディア側の彼らに対する憎悪はそれ以上だ。

戦争が始まる前、バルベールはアルカディア側から手を出させる目的で、野盗《やとう》に扮《ふん》した軍人が国境付近の村落に対して幾度となく虐殺を繰り返した。

アルカディア人、特にイステール領民は、バルベールに対してすさまじいほどの不信感と憎悪を持っている。

アルカディアに対して同盟からの離反工作がなかったのは、これが理由だ。

「大変失礼な質問になりますが、貴国にはバルベールから離反の話は来ていなかったのでしょうか？」

「ああ、そのような話はまったくない」

つい先日のダイアスの一件はおくびにも出さずに、エルミアが即答する。

「そうでしたか。我が国は、もしやアルカディアも他国と同様に離反工作の手が及んでいるかと思い、疑心暗鬼になっておりました。先立っては、ジルコニア様には大変無礼な真似をしてしまい、申し訳ございませんでした」

カーネリアンに言われ、ジルコニアが「ああ」と頷《うなず》く。

一年も前の話になるが、カーネリアンと会談をした際に探りを入れるような態度を取られたことがあった。

いったい何を疑っているのかと不審に思っていたのだが、ようやくその疑問が解消した。

「そういうことだったんですね。安心してください、私たちがバルベールと手を組むことなど、万に一つもあり得ませんから」

苦笑して言うジルコニアに、カーネリアンがほっとした様子で微笑《ほほえ》む。

「それを聞いて安心しました。まずはプロティアとエルタイルを同盟に引き戻すために、次の戦いでバルベールを打ち負かすか、長期にわたって攻めあぐねさせる必要があります」

「うむ。安心してくれ。次の戦いでは、奴らを完全に打ち負かしてやるつもりだ」

エルミアが自信たっぷりの表情で言う。

「お、始まるぞ。腰を抜かさないように、心してくれ」

カノン砲の準備が整い、射撃指揮官がこちらを向いて手を挙げた。

エルミアが手を挙げて返す。

射撃指揮官が号令をかけると、火の点いた棒を持った兵士がカノン砲の尾部の穴に、それを突っ込んだ。

次の瞬間、どかん、という爆発音とともに砲弾が射出され、100メートルほど先に積み上げられていたレンガの山を粉砕《ふんさい》した。

カーネリアンと秘書官が、唖然《あぜん》とした顔でばらばらになったレンガの山を見つめる。

「ま、こういうことだ。これはカノン砲といってな。これさえあれば、どんな城砦《じようさい》に籠っていようが簡単に粉砕《ふんさい》してやれるというわけだ」

余裕しゃくしゃくといった様子で言うエルミアに、カーネリアンがゆっくりと頷《うなず》く。

「……なるほど。これはすさまじいですね」

「カノン砲は攻城兵器だが、対人用の別の兵器もあってな。まあ、ゆっくり見ていってくれ」

「ありがとうございます。これは、いい土産《みやげ》話になりそうです」

食い入るようにカノン砲を見つめるカーネリアンに、エルミアは満足そうに頷《うなず》くのだった。

その頃、一良《かずら》はバレッタと2人で、クロスボウを製造している集合工房に立ち寄っていた。

クロスボウの生産が完全に軌道に乗ったので見に来てほしいと、バレッタが一良《かずら》を誘ったのだ。

ちなみに、リーゼは屋敷で講義を受けており、この場にはいない。

ずっと留守にしていて溜まりまくっていた講義を、半泣きになりながら必死で消化中である。

「……バレッタさん、よくこんなものを考えましたね」

数十人の職人たちが一列に並び、鉄製のノミと金槌で木材を削っている。

作っているのは、クロスボウの銃床部分だ。

職人たちは部品が仕上がると、背後にあるベルトコンベアーにそれを置いていく。

水車を動力とした布張りのベルトコンベアーに載って、仕上がったクロスボウの部品が次々に運ばれて行く。

「とにかく時間が惜しかったので、少しでも効率よく生産できる方法を考えたら、これが一番かなって。本に載っていたものを真似てみました」

コンベアーに運ばれていく部品は、終点に置かれている木箱にぽろぽろと落下していくのだが、木箱が置かれている場所は緩やかな傾斜になっていた。

木箱には車輪が付いていて、一定の重さになると車止めを車輪が乗り越えて、その先にいる職人の下へと自動的に転がっていく仕組みだ。

一定の重さで木箱が車止めを乗り越えるため、わざわざ数えなくても1箱ごとの内容量はほぼ一定である。

木箱には大きく番号が記されており、遠くからでも現在何箱目なのかがすぐに分かる。

今どれだけ作ってあるのかが一日で把握《はあく》できるので、職人たちも自分の作業ペースを把握《はあく》しやすい仕様となっていた。

コンベアーの終点に置かれている木箱の後ろには空箱がいくつも連なって置かれていて、満杯の箱と自動的に入れ替わるようになっている。

「あれですか、百科事典の『ライン生産』の項目を見て作ったんですか？」

「いえ、旅行雑誌に載っていた茨城県の辛子明太子工場の記事です。写真が載っていたので、とても分かりやすかったです」

「ああ、なるほど。確かに、流れ作業なのは同じですもんね。でも、ここまでのものを作るっていうのはかなり大変だったんじゃないですか？」

「そうですね。工房内のレイアウトを全面見直ししたので……。でも、水車は回転速度にムラがあったりして不良品扱いになっていたものを流用したので、在庫処理もできて倉庫がすっきりしました」

「おお、不良在庫まで処理できたんですか。まさか、この世界で大量生産ラインを見ることになるとは思わなかったなぁ」

作業をしている職人たちを見ながら、一良《かずら》が感心した様子で頷《うなず》く。

こちらの世界には明太子のような食べ物は存在しないので、似たようなものを考案してみたら面白いかもしれないな、などといったことが頭に浮かんだ。

「なんか、専門書だけじゃなくて、旅行雑誌もいろいろ役に立ってますよね。むしろ、専門書よりも役に立っているような」

「はい。旅行雑誌は見ていて楽しいですし、勉強にもなりますね。流行の先取りみたいなこともできそうです」

バレッタがコンベアーに目を向ける。

「……いつか、私も日本に行って、雑誌に載っていた場所をいろいろと見て回ってみたいです。きっと楽しいだろうなぁ……」

「ですねぇ。バレッタさんも日本に行ける方法が絶対にあると思うんですよ。この戦争が終わって村に帰ったら、あれこれ試してみましょうか」

「はい。なんとしても、日本に行ってみせます！」

2人が話している間にも、職人たちはあれこれと雑談しながら和やかに作業を進めている。

基本的に、私語やトイレ休憩は自由な様子だ。

それにもかかわらず、コンベアーには次々に加工し終わった部品が載せられていく。

「なんか、すごい勢いで部品が出来上がってますけど、精度とかは大丈夫なんですか？」

「大丈夫ですよ。作った部品には製造者ごとに色分けした印を付けることになっているので、検査で不良品が見つかった場合はその人に注意が行くようになってますから。あそこが検査部ですね」

バレッタが指さす先では、数人の女性たちが定規や型枠を手に部品の寸法をチェックしていた。

不良品は、そこではじかれる仕組みだ。

「なるほど。途中で不良を見つければ、後に響かないですもんね」

「はい。あと、彼女たちのお給金は生産量に応じて上乗せするようにしてあるので、職人さんたちがサボらないように見張ってくれてもいます」

「徹底してますね……でも、それだと彼女たちと職人さんたちの仲が悪くなっちゃいませんか？」

「それは大丈夫です。彼女たちは全員、職人さんの奥さんかお母さんなので」

「そ、それはサボれないですね……配置する人の割り当てまで考えてあるとは」

クロスボウの生産は工房内ですべて完結する仕組みになっているようで、端の方では数人の兵士が完成品のクロスボウの試射を行っていた。

全工程で200人近い人数が同じ場所で作業しており、一日あたりの生産量はすさまじいことになっていそうだ。

職人をただ集めて個々に作業をさせていた時とは、効率が雲泥の差である。

「さすがバレッタさんですね！　まさか、ここまでやってくれるとは思わなかったですよ。ほんと、頼りになりますね！」

「えへへ、ありがとうございます。将来的にはこの仕組みは、日用品とか食料品にも流用できると思うので、今からノウハウを積み上げていかないと！」

一良《かずら》に褒《ほ》められ、バレッタが嬉しそうに微笑《ほほえ》む。

その一言で、今までの苦労がすべて報われた気持ちだった。

「でも、一番頑張ったのは職人さんたちですよ。私たちが留守にしている間に、きちんと指示したとおりにすべて作ってくれたんですから」

「うん。それは評価しないとですよね。ご褒美《ほうび》に今度宴会でも……いや、金一封のほうが喜ばれるのかな」

「そうですね。やっぱり、お金が一番喜んでもらえると思います」

「ですよね。あと、バレッタさんにも何かご褒美《ほうび》をあげないとだ」

「えっ⁉　わ、私は別にいいですよ！」

「いやいや、そういうわけにも。いつも人一倍頑張ってるんですし、何かありませんか？　何でもいいですよ！」

「え、えっと……何でもって……ううう」

真っ先に「丸一日二人っきりでいさせてほしい」というお願いが頭に浮かんだが、クラリセージのハーブをがっつりキメでもしなければ、とてもではないが口にできそうもない。

このあたり、ニィナたちにヘタレ呼ばわりされる所以である。

ちなみに、ニィナたちは護衛として付いてきてはいるのだが、2人に気を使ってか「工房の外で待っている」といってこの場にはいない。

頭を抱えて唸《うな》り始めたバレッタに、一良《かずら》は「いったい何を考えてるんだろうか」、と内心ドキドキしてしまう。

「ま、まあ、また後で言ってくれてもいいですよ。何か思いついたら、教えてください」

「は、はい。うぅ……」

「それはそうと、バレッタさんに話しておきたいことがあって。リーゼについてなんですが……あの、大丈夫ですか？」

「うう、どうしよう……あ、はい！　大丈夫です！」

「え、えっとですね、ちょっと話が複雑で……あっちで話しましょうか」

工房の隅《すみ》に2人で移動し、傍《そば》にあったベンチに並んで腰掛ける。

一良《かずら》がニーベルのセクハラの件と、昨日ジルコニアとした話をかいつまんで話す。

「そんなことが……リーゼ様、ずっと我慢していたんですね」

険しい表情でバレッタが言う。

バレッタは今まで、リーゼからそういった話は一度も聞いたことがなかった。

もとより、自分がイステリアに来る前の話なので、知らなくて当然ではあるのだが。

バレッタも以前、アロンドに付きまとわれた経験があったので、彼女のつらさはなんとなく理解できた。

「ええ。今後何があるか分かりませんし、彼のことは排除してしまおうっていうのがジルコニアさんの考えみたいで」

「排除……ニーベルさんを暗殺する、ってことですか？」

バレッタが怪訝《けげん》そうな顔を一良《かずら》に向ける。

「ええ。今の地位から引きずり下ろしたら、やるつもりみたいです」

「カズラさんは、それに賛成したんですか？」

「賛成……そう、ですね。リスクを残しておく危険は冒せないので。今後、なにがあるか分かりませんし」

「そう……ですか」

「え、あの、俺、間違ってますかね？」

悲しそうにうつむいてしまったバレッタに、一良《かずら》が慌てた顔になる。

「いえ……ただ、カズラさんらしくないなと思って……」

「俺らしくない、ですか」

「はい」

バレッタが心配そうに一良《かずら》を見る。

「あまりにも極端すぎるような気がして……彼を引きずり下ろすにしても、何か不正を暴いたうえで逮捕して裁判にかけるとか、もっと順序立ててというか……正当なやり方のほうがいいと思うんです」

リーゼはエルミアのことを「回り道が面倒だから手っ取り早い方法を選んだだけだ」と断罪していた。

もし、ジルコニアと一良《かずら》がニーベルを暗殺したとして、それを彼女が知ったらどう思うだろうか。

きっと、酷《ひど》くショックを受けるのでは、とバレッタは気がかりだった。

それに、一良《かずら》がそんな過激な方法に賛同したということが、なによりもバレッタには驚きだった。

「それはそうなんですが……グレゴルン領側の領分に手を出して、となると、現在の体制を完全に改めさせてからになりますし。かなりの既得権益を持っている彼が素直にお縄《なわ》につくかどうか……周囲を巻き込んで、かなりの騒動になるんじゃないかと」

「それは分かりますけど、やっぱり、私は賛成できないです」

バレッタが自分の膝に目を落とす。

「頭では理解したつもりでいても、それをしてしまったら、たぶんそのことは一生心の傷になって残ります。やらなきゃいけないからとか、どうしても仕方なくとか、そういう理屈ではないんじゃないでしょうか」

「理屈じゃない、ですか」

「はい。この前みたいな戦場での殺し合いとは、全然違うと思います。ジルコニア様がやろうとしているのは、個人を狙った暗殺ですから」

「……バレッタさんは、俺は間違っていると思います？」

「それを決めることができるのは、自分だけだと思います」

バレッタが即答する。

「ただ、カズラさんは本当に納得できているのかなって思って……」

バレッタが不安げな目を一良《かずら》に向ける。

「偉そうなことを言ってごめんなさい。でも、私、カズラさんが心配で……」

「そんな、偉そうだなんて……納得できているか、か」

本当は自分はどうしたいのだろうか、と一良《かずら》は考える。

可能であれば、もちろん誰も殺したくなどはない。

だが、昨日ジルコニアに言われたとおり、リスクを放置して「もし」何かが起こってしまったら、それこそ後悔では済まないだろう。

「私、カズラさんにその件には関わってほしくないです。ジルコニア様に任せておくべきだと思います」

一良《かずら》がしばらく考え込んでいると、バレッタがぽつりと言った。

「でも、もしカズラさんも一緒にやるというのなら、その時は私も一緒にやります」

バレッタが一良《かずら》を見上げる。

「ずっと、なにがあっても、私はカズラさんの傍《そば》にいま……す……」

バレッタが、一良《かずら》を見上げた格好で固まる。

彼の頭上にある格子窓から、ニィナたち5人の村娘が格子に張り付くようにして、必死の形相でなにやら口パクをしていたからだ。

「⁉」

「……バレッタさん？」

一良《かずら》がバレッタの視線を追って、背後を振り返る。

その瞬間、ニィナたちが、サッと身を隠した。

一良《かずら》が首を傾げ、バレッタに顔を戻す。

「窓に何かあるんですか？」

「い、いえ、その……！」

バレッタがちらりと格子窓を見る。

ニィナたちが再び顔をのぞかせ、全員そろって口パクをしていた。

『コンヤ　イッショニ　ネサセテ　クダサイ　ト　イエ！』

「こ、今夜、あの……」

「あ、はい。何ですか？」

「え、えっと……え、映画でも一緒に観ませんか⁉」

「「「「アホかあぁ⁉」」」」

「うわっ⁉」

突然響いた大声に、一良《かずら》だけでなく工房にいるすべての職人たちまでもが、ぎょっとして格子窓に振り返る。

それと同時に、どたどたと複数人が転ぶような音と、か細い悲鳴が窓の向こうから響いた。

一良《かずら》が立ち上がり、窓をのぞき込む。

ニィナたちが、仰向けで折り重なって倒れていた。

ニィナと一良《かずら》の目が合う。

「……メ、メエエエ」

「なんだミャギか……って、そんなわけあるかあああ‼」

「「「「ご、ごめんなさいー‼」」」」

大慌てで走り去っていくニィナたちを、一良《かずら》が呆れ顔で見送る。

「盗み聞きしてたのか。暗殺のこと、口止めしないと……さすがに言いふらさないとは思うけど」

ぼやく一良《かずら》の後ろで、バレッタは頭を抱えていた。

その日の夕食後。

バレッタは自室でベッドに腰掛け、ニィナたちに取り囲まれていた。

申し訳なさそうに肩をすぼめているバレッタを、ニィナたちは心底不満そうな顔で見ている。

「はああ⁉ リーゼ様に言ってからって、バレッタ、あんた頭おかしいんじゃないの⁉」

「そうだよ！ 一世一代のチャンスなんだよ⁉」

「2人きりになれるんだし、そのまま誘惑しちゃえばいいんだよ！」

「明日の朝には足腰立たなくなるほど、カズラ様と爛《ただ》れた夜を過ごせばいいんだって！」

口々に文句を言う友人たちに、バレッタがなおのこと小さくなる。

以前、リーゼに「抜け駆けはしない」というような約束をしてもらった手前、それを裏切るわけにはいかない、とバレッタは考えていた。

それを皆に話したところ、「何を言ってるの⁉」と総攻撃を受けているというわけだ。

「うう……そ、そうかもしれないけど、そういうわけにもいかないんだよ……」

「そんな約束、忘れたふりしてやっちゃえばいいんだって！」

「そうだよ！ 食うか食われるかなんだよ⁉ 今夜はバレッタが食う側だけど！」

騒ぐ友人たちをよそに、ニィナは腕組みしたまま、黙ってバレッタを見つめている。獣のような目つきになっている皆に、バレッタは若干《じゃっかん》引き気味だ。

「そ、その言いかたはちょっと品がなさすぎるよ。野獣じゃないんだから……」

「品格じゃ愛情は満たされないでしょうが！」

「欲望に身を任せるなら今しかないでしょおおお⁉」

「野獣の品格で立ち向かえばいいんだって！」

小さくなっているバレッタに、ニィナ以外の皆がやいのやいの文句をたれる。

「野獣の品格ってなんなの……」、とバレッタは内心ツッコミを入れるが、口には出さない。

「ねえ、バレッタ。あんた、カズラ様とどうなりたいわけ？」

皆がニィナに目を向ける。

「カズラ様と恋人同士になりたいんでしょ？　なのに、ライバルに気を使うっておかしいでしょ。もしリーゼ様がカズラ様を誘惑して、先を越されちゃったらとか、考えないの？」

「リーゼ様は、そんなことしないよ」

即座に断言するバレッタに、ニィナが怪訝《けげん》な顔になる。

「何でそんなことが言えるのよ。どうなるかなんて分からないじゃん」

「そうだよ！　あんな綺麗《きれい》な人に迫られちゃったら、カズラ様だってきっと手を出しちゃうよ⁉」

「私たちから見ても、リーゼ様って美人すぎるもん。先手を打たないと負けちゃうよ！」

口々に皆が言う。

皆、バレッタのことが心配でたまらないのだ。

「それはないと思う。だって、カズラさん、私とリーゼ様にすごく気を使ってくれてるから」

「何それ。どういうこと？」

意味が分からない、といったようにニィナが小首を傾げる。

バレッタは困ったような顔で、彼女を見た。

「……私、カズラさんがいないとダメなの。リーゼ様も同じだよ。カズラさんもそれは分かってくれてると思う。だから……」

「だから、カズラ様はどっちともくっつかないようにしてるってこと？」

「……たぶん」

「「「アホかあああ!?」」」

ニィナ以外の娘たちが一斉に吠える。

バレッタはびくっとして、肩をすくめた。

「そんなの、あんたの勝手な想像でしょうが！」

「そうだよ！　男と女の関係なんて、一晩であっという間に変わるんだよ!?　先に奪ったもの勝ちなんだよ!?」

「ライバルのことなんて、考える必要ないって！」

わーわーと、娘たちが興奮した様子でまくしたてる。

そんな彼女たちを、バレッタは少し不満げな目で見上げた。

「それ、この中の誰かがリーゼ様と同じ立場だったとしても、同じことを言える？」

バレッタの問いかけに、皆が「うっ」と口ごもる。

「私、友達を裏切ることなんてできないよ……」

バレッタがうつむく。

ニィナは、はあ、とため息をついた。

「じゃあ、カズラ様が誰かを選ぶまで、待ってるつもり？」

「……うん」

「なら聞くけど、カズラ様がリーゼ様を選んじゃったら、バレッタはどうするの？」

ニィナの言葉に、バレッタが彼女を上目遣いで見る。

「……分かんないよ」

「……あのさ。こんなことは言いたくないけど、そんな関係、いつかは終わりが来るんだよ？」

ニィナが膝をつき、バレッタの両腕を掴み目線を合わせる。

「今は３人ともどっちつかずだけど、そんなのはずっとは続かないよ。何かの拍子に、バレッタかリーゼ様のどっちかが……ううん、もしかしたらカズラ様が別の人を選んで、2人とも泣くことになるかもしれない。それ、ちゃんと分かってる？」

「……うん」

「なら、どっちを取るのか選びなよ。自分の幸せを取るのか、友情を取ってカズラ様のことは諦《あきら》めるか」

「……」

「リーゼ様とカズラ様がくっつくことを想像してみて？」

「う……」

ニィナが言うと、バレッタの瞳《ひとみ》に動揺が走った。

「どっちかが告白して、リーゼ様とカズラ様は恋人同士。どこに行くにも一緒で、いつもラブラブ。そのうち結婚して、子供が生まれる。あなたはそれを、近くでずっと見てるだけ。どう？」

「……っ」

バレッタの目に、じわりと涙が浮かぶ。

それを見て、ニィナが「はぁ」とため息を漏らした。

「ほら見なさい。考えただけで泣くほど嫌なんじゃん。実際そうなったら、あなた、たぶん壊れちゃうわよ」

「ちょ、ちょっと。ニィナ、言い過ぎだよ……」

静かに泣き出してしまったバレッタを見て、娘の1人がニィナを諫める。

「ほ、ほら、そんなに泣くと目が腫れちゃうよ？　カズラ様のとこ行くのに、それはまずいって」

「意地悪言ってごめんね？　ほら、ぎゅってしてあげるから」

「バレッタも悩んでるんだもんね。ごめんね」

3人が口々にバレッタを慰める。

そんななか、1人だけ怪訝《けげん》な顔をしている娘にニィナが気づいた。

「どうしたの？　そんな顔して」

「うん……カズラ様はバレッタとリーゼ様に気を使ってるってバレッタが言ったけど、何をそんなに気を使ってるのかなって。普通、そこまで考えるかな？」

「あー……」

ニィナは皆に慰められているバレッタをちらりと見て、その娘を部屋の隅《すみ》に連れて行った。

こそこそと、内緒話をするように背を丸めて顔を近づける。

「あのね。さっきもバレッタが言ってたけど、リーゼ様もバレッタと同じなんだよ」

「えっと……カズラ様がいないとダメってやつ？」

「そそ。リーゼ様が一番頼りにしてるのって、どう見てもカズラ様でしょ？」

「うん。頼ってるし、『好き好き』って感じに見える。いつもカズラ様のこと見てるし、暇さえあればくっついて回ってるし」

「だよね。でさ、リーゼ様って、この前のバルベールとの戦いの時もそうだったけど、軍事も内政のお仕事も、『自分がやらなきゃ』って感じでさ。いつもすごく堂々としてるし、元気のないところなんて全然見せないでしょ？」

「うん」

「でもね、ああ見えて、実はいつも精神的にギリギリなんだと思う。リーゼ様、まだ15歳だよ？」

ニィナに言われ、その娘は、はっとした顔になった。

普段の堂々とした立ち振る舞いから忘れてしまいがちだが、自分たちよりも彼女は年下なのだ。

「それなのに、軍団長まで務めて、自分で部隊を率いてさ。自分の指示ひとつで、兵士がたくさん死んだりするんだよ？　将来は領主にならないといけないんだし、ストレスがすごいんじゃないかな」

「た、確かに……きっと、すごくつらいよね」

「でしょ？　そんななかで、カズラ様がバレッタとくっついたら、今みたいに引っ付いてることなんてできないじゃん。寄りかかれる人がいなくなったら、ポッキリいっちゃうと思わない？」

「そうだね……」

娘が「うーん」と唸《うな》る。

「じゃあ、ニィナがバレッタだったら、どうするの？」

「そりゃあ、リーゼ様には悪いけど、どんな手を使ってでもカズラ様を落とすよ。奪われたら、耐えられなくて死んじゃうと思うし」

「し、死んじゃうって……ああ、確かに死ぬかも」

娘が相槌《あいづち》を打った時、コンコン、と部屋の扉がノックされた。

「バレッタ、いる？」

部屋の外から響いたリーゼの声に、皆が一斉に扉を見る。

「か、隠れなきゃ！」

「えっ⁉ な、なんで⁉」

「こんなとこ見られたら、話がややこしくなっちゃうでしょ！　ニィナたちも、ほら！」

バレッタを慰めていた娘たちにニィナたちも呼び寄せられ、皆で慌ててベッドの陰にうつ伏せになって隠れる。

「バレッタ、いいよ！」

「う、うん……ぐすっ」

バレッタは涙を拭《ぬぐ》い、ベッドから立ち上がって扉に向かった。

バレッタが扉を開けると、リーゼが真っ赤な目をしたバレッタを見て、ぎょっとした顔になった。

「えっ。もしかして、泣いてるの？　どうしたの？」

「え、えっと、その……」

うつむくバレッタに、リーゼが心配そうな目を向ける。

「とりあえず、そこ座ろっか。ね？」

「はい……」

ベッドに並んで腰かけるバレッタとリーゼ。

ニィナたちは息を殺しつつ、耳をそばだてる。

「夕食の時から、なんか様子がおかしかったから来てみたんだけど……何かあったの？」

「い、いえ……そんなことは……」

口ごもるバレッタに、リーゼが困り顔になる。

「困ってることがあるなら、相談に乗るよ？　私にできることなら、なんとかしてあげるから」

「えっ、そ、そんなんじゃないんです。ただ……その……」

正直に話すわけにもいかず、バレッタがうつむく。

「人に言えるような話じゃない、とか？」

「……はい」

「んー、そっか……」

心底心配そうな目で、リーゼがバレッタを見つめる。

バレッタはいたたまれない気持ちでいっぱいになり、リーゼを直視できない。

「誰かに何かされた、とかじゃないよね？　その……襲われたとか」

「い、いえ！　そんなんじゃないです！」

バレッタが慌てて答える。

「そっか。悩んでることって、自分でなんとかできそうなこと？」

「は、はい。大丈夫です」

「ん、分かった」

リーゼがバレッタの頭を、よしよしと撫《な》でる。

「でも、もしダメそうだったら、私に相談してくれていいんだからね？　いくらでも、頼ってくれていいから」

「……はい。ありがとうございます」

しゅんとした様子で頷《うなず》くバレッタ。

さしものリーゼも、なぜバレッタがそんな反応をするのか分からず、内心困り果てていた。

だが、人には話せないようなこととなると、無理に聞くわけにもいかない。

「こっちに来てるグリセア村のお友達とかもいるしさ。もし気が変わったら、その娘たちに相談してもいいんじゃないかな？ きっと、力になってくれるよ」

「……」

こくりと、バレッタが頷《うなず》く。

リーゼは少し困った顔でしばらく考え、そうだ！ と手を打った。

「あのさ、気分転換に、今からカズラのとこで何か映画でも観ない？」

「えっ⁉」

驚くバレッタに、リーゼがきょとんとした顔になる。

「ご、ごめん。もしかして、嫌だった？」

「そ、そんなことないです！ 一緒に行きます！」

バレッタが勢い込んで頷《うなず》く。

その様子に、リーゼは少しほっとした顔になった。

「よかった。それじゃあさ、お菓子でも食べながら、楽しい映画でも観ようよ。今日は夜更かししちゃおう！」

リーゼがバレッタの手を取り、立ち上がる。

「私、あの『ハッピーになる粉』がついてるお菓子が好きなんだよね！ なんだかもう、ちょっと中毒になっちゃってる感じ」

「あ、私もそれ好きです。美味《おい》しいですよね」

「だよね！　カズラが持ってきてくれてるお菓子の中だったら、私はあれが一番好きかな。バレッタはどのお菓子が一番好き？」

「私は、魔法使いの絵が描いてあるお菓子が好きです。粉を混ぜて、練れば練るほど色が変わるやつが」

「あー、あれも美味《おい》しいよね！　作るのも楽しいし！」

リーゼがバレッタとともに、あれこれ話しながら部屋を出ていく。

ばたんと扉が閉まり、ニィナたちはベッドの陰から身を起こした。

「……ね、ねえ。もしかして、私たち、最低なこと言ってたんじゃないかな？」

「リーゼ様、すごく優しかったね……」

はあ、と皆がため息をつく。

ニィナが、べしゃっとベッドに上半身だけ倒れ込んだ。

「……バレッタ、このままだと本当に泣くことになるかもね」

ニィナのつぶやきに、皆は何も答えられなかった。

その頃、一良《かずら》は自室で1人、ソファーに座ってノートパソコンを眺めていた。

画面には、イステリアで製造している兵器の日ごとの生産量一覧が映し出されている。

各兵器の生産数をチェックしながら、コピーした砦《とりで》の図面と見比べているのだ。

「カノン砲の生産数が現時点で４門か。防壁の角と間にまばらに配置して……スコーピオンは砦《とりで》にある分と合わせて……」

防衛の要となる長距離射撃兵器の設置場所を、図面の要所要所にカラーペンで印を付けていく。

敵はかなりの大軍と予想されるが、どれだけの兵器があれば撃退できるのか見当もつかない。

砦《とりで》の側面から攻撃を受けることも十分予想されるので、各所に満遍なく配置する必要がある。

「むう。これだけ数があるのに、実際に配置するってなるとあちこちスカスカに見えるな……」

一良《かずら》がぶつぶつ独り言を言っていると、部屋の扉がコンコンとノックされた。

「お、バレッタさんかな」

席を立ち、扉に向かう。

「こんばんは。待ってま……あれ？」

バレッタと並んで立っているリーゼの姿に、一良《かずら》がきょとんとした顔になる。

「どうかした？」

「あ、いや。リーゼも……って、バレッタさん、目が真っ赤じゃないですか!?　何かあったんですか⁉」

泣きはらした目をしているバレッタを見て、一良《かずら》が心配そうに言う。

「え、えっと――」

「今、一緒に玉ねぎを切ってきたの。それでだよ」

言いよどむバレッタに代わり、リーゼが答える。

「え？　玉ねぎ？」

「うん。ほら、明日は殿下たちが王都に帰るでしょ？　だから、お子さんたちが大好きなハンバーグを焼こうと思って」

「ああ、なるほど。それは確かに喜んでくれそうだ」

「でしょ？　一緒にハンバーグのタネを作ってたの。それで、終わったらカズラの部屋で映画でもみようかって話になって。今から大丈夫かな？」

「おう、もちろんいいぞ。入ってくれ」

一良《かずら》にうながされ、リーゼとバレッタが部屋に入る。

リーゼはバレッタをちらりと見ると、ぱちっとウインクした。

「さて、何を見ようか」

一良《かずら》が棚の引き出しを開ける。

中には数十本のＤＶＤが収められており、恋愛ものからホラーまで、種類はさまざまだ。

「楽しい映画がいいな。頭からっぽにして笑えるようなやつ」

「となるとコメディか。これとか……って、リーゼ、字幕読めるのか？」

「う……一応は読めるようになってきてるけど、あんまり速いとちょっと……」

リーゼは漢字も少しずつ勉強しているものの、バレッタのようにスラスラ読むというのは無理だ。

映画のような速いテンポで表示される字幕を読むのは、まだ厳しいだろう。

「だよな……あ、そうだ！」

一良《かずら》がポンと手を打ち、ノートパソコンへ向かった。

「ハベルさんが撮影してくれた動画を見るってのはどうかな。けっこう溜まってるんだよ」

ハベルはカメラがかなり気に入っているようで、一良《かずら》が特に指示していないにもかかわらず、暇さえあれば皆が生活している様子を撮影して回っていた。

今では、肩掛けカバンにこっそりハンディカメラを忍ばせて、他の侍女《じじょ》や使用人がいる場でも撮影して回っているほどだ。

「それ、面白そうだね！　バレッタ、そうしようよ！」

「あ、はい。スクリーンは出しますか？」

「うん！　カズラ、用意するの手伝って！」

「はいはい。バレッタさん、プロジェクタの用意をしてもらえます？」

「はい」

一良《かずら》とリーゼが、部屋の隅《すみ》に置かれている巻き上げ式スクリーンを取りに向かう。

バレッタは棚に置かれていたプロジェクタをテーブルに運ぶと、ノートパソコンに接続した。

マウスを操作し、「日常動画：アルカディア歴522年〜」と名前の付けられているフォルダを開く。

日付とともに、どこで撮影したものかが記されたファイルがずらりと並んでいた。

「す、すごい量ですね。どれを見ます？」

「どれでもいいですよ。たくさんありすぎて、俺もどれがどれだか把握《はあく》しきれてないんで」

「んー、どうしよう……あれ？」

ファイルのなかに、「ジルコニアさんの自己紹介」と書かれたものを見つけ、バレッタが小首を傾げる。

「用意できました。再生してみてください」

「あ、はい。じゃあこれを……」

バレッタがそのファイルをダブルクリックし、再生する。

スクリーンいっぱいに、鎧下《よろいした》姿のジルコニアが映し出された。

場所は天幕内のようだ。

『はい、撮り始めましたよ。今、ジルコニアさんが映ってます』

『えっ？　今、この状況が撮られてるんですか⁉』

一良《かずら》の楽し気な声と、ジルコニアの少し焦った声が響く。

「……え？　何これ？　いつ撮ったの？」

リーゼが怪訝《けげん》な顔で一良《かずら》を見る。

バレッタは何も言わず、スクリーンに目を向けている。

「え、ええと……あれだ、バルベールの第6軍団との会戦の前に、野営地で撮ったやつだよ」

「ふうん。お母様と2人きりで撮ったんだ？」

「うん。お菓子を渡した時に、たまたまそんな話になってさ。別に面白い動画でもないし、バレッタさん、別のものに替えてもらって――」

「いえ、せっかくですし、最後まで見てみましょう」

「は、はい……」

即座に言い切られ、一良《かずら》が渋々頷《うなず》く。

『え、えっと……ジルコニア・イステール、26歳です。誕生日は8月8日で、イステール領ネージュ村出身、4人家族の長女です』

ジルコニアが少し恥ずかしそうにしながら、自己紹介を始める。

「お母様、4人家族だったんだ……知らなかった」

自分の知らない母の情報に、リーゼは先ほどまでのカズラを疑うような表情から、興味津々といった様子になった。

「うん。こんな機会滅多にないと思って、あれこれ聞いてみたんだ」

「わっ、ジルコニア様、すごいです。親指が手首にくっついてる……」

「すごいですよね。関節がものすごく柔らかいらしいんですよ」

「す、すごい。あんなの私は無理……わわっ⁉　お母様、鳥肌を自分で出せるんだ⁉」

ジルコニアの奇抜な特技に、バレッタとリーゼは大盛り上がりだ。

しかし、この先の展開を知っている一良《かずら》は冷や汗だらだらである。

「よし、この動画はこれくらいにして、そろそろ別の動画を見よう！」

「え？　最後まで見ようよ。面白いじゃん！」

「い、いや、この先は別に面白くもなんとも――」

『じゃあ、好きな男性のタイプは？』

『え？　好きなタイプですか……うーん』

画面の中のジルコニアが、真面目な顔で考え込む。

「カズラさん、思い切ったことを聞きましたね……」

「へえ、どんな人がタイプなんだろ」

「あの、ほら、これはプライバシーっていうか……」

『……優しくて、思いやりがあって、いつでも話を聞いてくれる人がいいですね。あと、一緒にいて楽しい人がいいです。カズラさんみたいな人が好きですね』

ジルコニアが画面をまっすぐに見て、にっこりと微笑《ほほえ》む。

途端に、リーゼとバレッタが真顔になった。

『あら？　カズラさん、顔が赤いですよ？　どうかしましたか？』

『ちょ、何するんですか！』

画面がばたばたと動き回り、顔を赤くした一良《かずら》の顔が映し出される。

再び画面が大きく揺れ、慌てた一良《かずら》の声とともに動画が終了した。

「カズラさん……」

「……カズラ、この後、お母様と何があったのかな？」

ガン見してくるバレッタとリーゼに、一良《かずら》が慌てた顔になる。

「い、いや、何もないって！　お菓子を渡して、それでおしまいだよ！」

「絶対嘘でしょ。お父様には黙っててあげるから、正直に白状しなよ」

「カズラさん……不倫はダメだと思います」

「いやいや！　本当に何もなかったですから！　信じてくださいよ！」

「カズラとお母様、普段から仲良すぎだもん。こんなの見ちゃったら、疑って当然でしょ」

「不倫はダメです」

「だ、だから！　ああもう！　なら、今からジルコニアさんを呼んできますよ！　ちょっと待ってください！」

一良《かずら》は逃げるようにして、部屋を飛び出していった。

残されたバレッタとリーゼはしばらく扉を見つめていたが、互いの顔を見合わせた。

「……なんだか、一番油断できないのはお母様な気がするんだけど」

「私もそう思います……はぁ」

2人して大きなため息をつく。

その後、一良《かずら》に連れられて部屋にやってきたジルコニアが「ついにバレちゃいましたね」などとのたまって、余計に状況が悪化した。

一良《かずら》がジルコニアを叱りつけて何とか釈明し、その後は皆で他の動画を見て過ごした。

24時を回ったところで今度はエイラが部屋にやってきて、「エイラともできてるんじゃないの？」などとリーゼが問い詰めてさらにひと悶着あったのだが、詳細はあえて省く。

第4章　いつかやってくる未来

ある日の夜。

バルベールのムディアの街の宿舎では、ティティス、フィレクシア、アーシャの3人が食卓を囲んでいた。

今日の夕食は、鳥肉のソテー、根菜の炒め物、白パン、ハッカ風味の香草のお茶だ。

「フィレクシアさん、ちゃんとお野菜もお食べになってくださいな」

先ほどから肉ばかり食べているフィレクシアに、アーシャが顔をしかめて言う。

フィレクシアは野菜には一切手を付けておらず、パンも少し摘まむ程度にしか食べていない。

「えー、いいですよ。私、野菜は嫌いなのですよ」

「そんなことを言っていると、今にハーレル王（『収穫の王』と呼ばれる精霊）の怒りに触れますわよ？　食べるものがあるということのありがたみを、忘れてはいけませんわ」

「野菜を食べるくらいなら、神様にでも精霊様にでも怒られたほうがマシなのです。私は、好きなものだけを食べて生きていくのですよ。けほ、けほ」

フィレクシアが小さく咳をしながら、もりもりと肉を頬張《ほおば》る。

「もう！　そんなことを言っているから、いつまで経っても風邪がよくならないのですよ！

ティティスさんからも、何か言ってやってくださいませ！」

怒るアーシャに、やれやれ、とティティスがため息をつく。

アーシャとフィレクシアのやり取りはいつものことで、食事のたびにアーシャの小言が飛び交っていた。

「フィレクシアさん、お野菜もちゃんと食べてください。アーシャさんの言うとおり、病気がよくならないのは偏食のせいだと思いますよ」

「だって、野菜は美味《おい》しくないのですよ。お肉みたいな野菜料理を作ってください」

「そんな無茶なことを言わないでください。カイレン様も心配していますよ」

「うー……じゃあ、これだけ食べるのです」

フィレクシアが根菜を一欠だけフォークで刺し、口に運ぶ。

少し咀嚼して顔をしかめ、お茶を一気にあおって胃に流し込んだ。

「うう、まずかったのですよ……」

「フィレクシアさん、残りもすべて食べてくださいませ。体のためですよ」

アーシャがうながすと、フィレクシアは心底嫌そうな顔で彼女を見た。

「い、嫌です！　アーシャさんにあげるのですよ！」

「ダメです。私はあなたのことを思ってですね――」

アーシャが再び小言を言い始めた時、宿舎の扉が開いて、大男が入ってきた。

第14軍団の軍団長、ラースだ。

彼は昨日、自分の軍団から先行するかたちで、弟のラッカとともにムディアの街に到着していた。

ラースは手に大皿を持っていて、その上にはナイフの刺さった、湯気の立つ巨大な肉の塊《かたまり》が載っている。

「よう！　俺も混ぜてくれや！」

ラースはテーブルに皿を置くと、空いている席にどかりと腰を下ろした。

「ラースさん、あまり大声を出すのはお行儀がよくありませんことよ？」

顔をしかめるアーシャに、ラースが「がはは」と笑う。

「堅いこと言うなって。食事は楽しくが基本だろ？　ほら、お前らも皿を出せ。肉を切り分けてやるから」

「ラースさん！　山盛りでお願いします！」

フィレクシアが、さっと小皿を差し出す。

「おう！　腹いっぱい肉を食えば、病気なんてすぐに良くなっちまうぞ！　好きなだけ食え！」

「ああもう、せっかく何とかお野菜を食べさせていたというのに……」

「まあ、いいじゃねえか。それに、肉ってのは野菜と同じなんだぞ？」

ラースが言うと、アーシャは怪訝《けげん》そうな顔になった。

「お野菜と同じ？　どういうことですか？」

「これはミャギの肉なんだが、ミャギって動物は、草とか木の実を食べて育つんだ。んで、そうして育ったミャギの肉を、俺たちが食う。巡り巡って、ミャギが食べた草とか木の実は、俺たちの胃に収まるってわけだ。つまり、肉は野菜と同じってことになるんだよ」

ドヤ顔でわけの分からない理屈を語るラースに、アーシャが心底呆れた顔になる。

「な？　納得いっただろ？」

「いくわけがないでしょう⁉　お野菜はお野菜として食べなくては意味がありません！」

「うはは！　冗談だって！　そう怒るなよ！」

ラースは豪快に笑うと、勝手に肉を切り分けて3人の皿によそい始めた。

「まあ、フィーちゃんだって好きなもん食ったほうが元気が出るってものさ。ほら、どんどん食え」

「いただきます！」

がっつくようにして、フィレクシアが肉を頬張《ほおば》る。

「ちょっと、ラースさん――」

「まあまあ。それよりもさ、例の『バリスタ』だっけ？　カイレンから製造を始めてるって聞いたんだが、どんな具合だ？」

ラースがアーシャの言葉をさえぎり、フィレクシアに問いかける。

「もぐもぐ……順調なのですよ。街の人たちに協力してもらって、材料をかき集めましたので。かなりの数をそろえることができると思います」

「へえ、こんな普通の街でも、簡単に作れるものなのか？」

「やりかた次第なのですよ。小難しく作ろうとしないで、個々に部品を製造して組み合わせるようなやり方なら、わりと上手くいくものです」

「ずいぶんと簡単に言うんだな……2人も、一緒に作ってたりするのか？」

ラースがアーシャとティティスを見る。

アーシャは肉を貪っているフィレクシアを見て、ため息をつきながらも頷《うなず》いた。

「はい。ティティスさんとフィレクシアさんのご厚意で、私も一緒に作らせていただいています。あれはすごい兵器ですわね」

「そんなにか。でっかい矢を、ものすごく遠くまで飛ばすんだろ？」

「はい。あんな兵器、今まで見たことがありませんでしたわ」

「アーシャさんは、本当に一生懸命手伝ってくださっているんです。街の人たちに紐《ひも》作りを手伝ってくれるように頼んで回ってくれて。おかげで、たくさん紐《ひも》を集めることができました」

ティティスたちが集めたのは、紐《ひも》作りに使われる樹木の樹皮だ。

樹皮を煮詰めたものを薄く剥《は》ぎ、それを干したもので糸を紡ぐ。

その糸を編んで紐《ひも》を作るのだ。

作業にはかなりの時間がかかるため、大量に紐《ひも》を作るには人手がいる。

その人手集めに、アーシャは奔走してくれたのだった。

ティティスが言うと、アーシャは少し暗い顔になった。

「だって、アルカディア軍はあのような兵器を大量に持っているのでしょう？　おじい様に、またつらい思いをさせるわけにはいきませんもの」

この街に来てすぐ、アーシャはマルケスから、アルカディア軍との戦闘の顛末を聞いていた。

可能な限りの訓練を兵たちに施し、十分な策を用いたにもかかわらず、彼の軍は完膚なきまでに打ちのめされてしまったという。

アーシャのなかでは、マルケスは誰よりも尊敬できる立派な軍人だ。

軍人としての心構えや、戦術研究の熱心さは、他の軍人とは比較にならないと思っている。

そんな祖父の率いる軍を打ち破ったアルカディア軍とは、どれほど恐ろしい軍隊なのだろうかと戦慄《せんりつ》していたのだ。

「敗北は敗北としてしっかりと受け止め、次の戦いに備えなければなりません。私にお手伝いできることがあるのなら、何でもしますわ」

「……ええと、アーシャさんよ。おたく、今何歳だ？」

あまりにも老練した物言いをするアーシャに、ラースが眉根を寄せて聞く。

「14です。来年の1月に15歳になりますわ」

「そ、そうか。なんつうか、俺なんかより、よっぽど将軍の風格があるぞ」

ラースの言葉に、アーシャが苦笑を向ける。

「私など、何の経験もない聞きかじりだけの若輩者ですわ。実際に戦場に立っているラース様となんて、比べること自体が間違いです」

「いや……ううむ」

「ラース様は、戦場では御自ら敵将に一騎打ちを申し込んでいると聞いていますわ。軍団長自ら先頭に立って敵と斬りあうなんて、本当にご立派に思います」

「いや、そんなおだてるなよ。何も出やしねえぞ？」

「いえいえ、本当のことではないですか！　ラース様のような将軍は、他にはいませんもの。まさに軍人の鑑です」

アーシャがにっこりと微笑《ほほえ》む。

「戦いとは、正々堂々正面切って行われるべきだと思います。卑怯な手段を使ったり、いたずらに兵を苦しめる兵器を使ったりして得た勝利など、意味はありませんわ」

「はは、分かってるじゃねえか！　どうだ、大学を卒業したら、俺の軍に入らないか？　歓迎するぜ！」

「ふふ、そうですわね。機会があればぜひ、お願いいたします」

アーシャは微笑《ほほえ》むと、フィレクシアに目を向けた。

「フィレクシアさん」

アーシャがフィレクシアに顔を向ける。

「ふぁい？」

頬《ほほ》を肉でぱんぱんに膨らませたフィレクシアが返事をすると、アーシャはにっこりと微笑《ほほえ》んだ。

「試作品ができたという毒の兵器ですが、話を聞く限り、あれはやはり使うべきではないと思います。どうか使用は控えるよう、カイレン様を説得してくださいませ」

「んぐんぐ……はい、もちろんなのですよ。というより、今からでは量産は無理なのです。たとえ無理やり命令されても、数はたいして用意できないのですよ」

「それを聞いて安心しました。あくまでも交渉の材料として、使うということですね？」

「そのつもりです。あんなものを打ち合うなんて、私はごめんなのですよ」

フィレクシアは断言すると、再び肉を頬張《ほおば》り始めた。

すさまじい食欲だ。

「ふふ、さすがフィレクシアさんです。ささ、たくさん食べて、早く病気を治してくださいね」

「んぐんぐ……はい！　たくさん食べて、元気になるのですよ！」

「その意気です！　さあ、お野菜も全部食べてくださいね！」

アーシャがフィレクシアの皿をそっと押す。

「だから野菜は……って、なんか、思いっきり増えてませんか⁉　アーシャさんの分も載せてありますよね⁉」

いつの間にか自分の皿の根菜が山盛りになっていることに気づき、フィレクシアが驚愕《きょうがく》する。

その様子に、ティティスがにやりとした笑みを浮かべた。

「私の分をおすそ分けしました」

「ティティスさんが犯人ですか！　勝手に人の皿に――」

「もちろん、私の分も載せてありますわよ？」

「2人とも、勝手に何をやってるんですかあああ⁉」

その後、結局根菜は3等分されたのだが、フィレクシアはアーシャとティティスに無理やり根菜を口に押し込められて、すべて胃に収めることになったのだった。

一方その頃。

グレゴルン領の中心都市であるグレゴリアに帰着したダイアスは、自領の重鎮たちを応接室に招いていた。

来客を招く応接室は、まさに「豪華絢爛」といった言葉がふさわしい内装だ。

腕利きの絵師に描かせた風景画やダイアスの肖像画、王都経由で手に入れた珍しい調度品、王家への多額の上納金の返礼として賜った黄金の杯や感謝状といった品々が、いたるところに置かれている。

「ダイアス様、このたびは長旅、お疲れ様でした」

他の皆に先立って、つるんとした禿頭の壮年の男が、ダイアスに揉み手をしながら労をねぎらう。

彼はグレゴルン領の徴税官の責任者だ。

「うむ。皆も急に呼び出してすまなかったな」

「いえいえ、ダイアス様のお呼出しとあらば、いつどんな時でも馳《は》せ参じますぞ」

「どうぞ、なんなりとお申し付けください」

「ダイアス様のためならば、どんな仕事も苦にはなりません」

皆が、我も我もとダイアスにおべっかを使う。

基本的にダイアスは、部下に対してものすごく「えこひいき」をする人物だ。

目をつけられてしまっては大変なことになるが、この場にいる者たちのように気に入ってさえもらえれば、領内ではやりたい放題である。

利権の優遇から親族の働き口の融通まで、ありとあらゆる面で恩恵を受けることができる。

そういった者たちで上層部を固めてしまっているので、ダイアスに反抗する勢力自体がこの領内には皆無《かいむ》と言っても過言ではない。

割を食っているのは、もちろん重税を課されている領民たちである。

「ああ。お前たちのような有能な臣下に恵まれて、私は本当に助かっているぞ」

ダイアスがいつになく柔和な笑みを浮かべる。

「そんな皆に、今日は折り入って話がある。イステール領にて、グレイシオール様が現れたという噂《うわさ》は、聞いたことがあるか？」

「グレイシオール様、ですか？ 一年ほど前にイステリアに現れて、領内の復興を成し遂げたという噂《うわさ》の？」

「うむ。その噂《うわさ》なのだがな、噂《うわさ》ではなく、真実だったのだ」

徴税官の男が怪訝《けげん》な顔をする。

「は？」

徴税官をはじめ、皆がきょとんとした顔になる。

「困惑するのも無理はないが、事実なのだよ。イステリアにて、私はグレイシオール様とお会いしてきた。本物の神と面会したのだ」

「あ、あの。おっしゃっている意味が……神が現世に降臨したというのですか？」

「そうだ」

ダイアスが頷《うなず》くと、皆が困惑した様子で顔を見合わせた。

ダイアス様は頭がおかしくなってしまったのだろうか、といった雰囲気がありありと見て取れる。

「いや、そんな顔をしてくれるな。私は嘘などついていないぞ」

「は、はあ……。あの、どうしてそのグレイシオール様が本物だと確信なされたのですか？」

「あの世の光景を見せられたのだ。死後、私たちがどうなるのか、天国と地獄の様子を目の前で見せられてしまった」

「「「……」」」

押し黙る皆に、ダイアスが頭を掻く。

こんなことを言われても、彼らがすぐには信じないことなど予想済みだ。

「とりあえず聞いてくれ。グレイシオール様の話によるとだな、現世でどれだけ善い行いをしたか、または悪い行いをしたかによって、天国行きと地獄行きが決まるらしい。はっきり言おう。今この場にいる者たちは、私も含めて、このままだと全員地獄行きだ」

「ダイアス様、恐れながら申し上げます」

法務官の男が、毅然とした表情で声を上げる。

「ダイアス様は、そのグレイシオール様を名乗る者に騙されているのではないでしょうか？」

「そ、そうです！　神が現世に現れたなどと、あり得ない話ではないですか！」

「ダイアス様、お気を確かに！」

一斉に諫めてくる臣下を、ダイアスは「まあまあ」と両手で制する。

「いや、皆の言うことも分かるのだ。私が洗脳されてしまったのではと疑っているのだろう？」

「そうです！　天国と地獄が存在するなど――」

「こ、こら！　黙らんか！　失礼ではないか！」

「そうだ！　ダイアス様、私はダイアス様を疑ってなどおりませんぞ！」

ダイアスの目を気にして擁護する者、正気に戻れとダイアスを諫める者が入り乱れ、皆が騒ぎ立てる。

ダイアスは皆の騒ぐ様をひとしきり眺め、再び口を開いた。

「よいよい。皆の言うことはもっともだ。にわかに信じることができないというのも、よく分かる。私もそうだったからな」

「ダイアス様、天国と地獄の様子を見せられたとおっしゃいましたが、それはいったい？」

法務官の男が、鋭い視線をダイアスに向ける。

ダイアスの庇護《ひご》の下で甘い汁をたっぷり吸っているとはいえ、そのような意味不明な話にいきなり納得などできはしなかった。

「そのままだよ。天国と地獄を、目の前で見せられたのだ」

「それは、演劇などで、ということですか？」

「違う。目の前に天国と地獄が出現したのだ。焼け焦げた広大な街並みにうごめく怪物や、その怪物たちに引きちぎられる亡者をはっきり見た」

「亡者？　それに、怪物、ですか？」

「うむ。諸君らにも、イステリアに赴いてそれを見てもらいたくてな……ああ、そうだ。これを見てみろ」

　ダイアスが懐からサイリウムを1本取り出し、皆の前にかざした。

　臣下を説得する道具として、一良《かずら》から数本借りてきたのだ。

「それは何ですか？　透き通っているような……」

「宝石ですか？　ずいぶんと美しいですな……」

　皆がまじまじとサイリウムを見つめる。

「見ていろ」

　ダイアスがサイリウムを折り曲げると、中心に青い光が宿った。

　皆が一斉に、「おおっ!?」と声を上げる。

「これは、光の精霊の力を宿した道具だ。水の中に入れようが、振り回そうが、熱も発さずに光り続ける」

　ダイアスがサイリウムを振ると、全体が青く光り輝いた。

　皆、唖然《あぜん》としてその光景を見つめる。

「分かったか。精霊というものは存在するのだ。同じように、神も存在する。ほれ、手にとってよく見るがいい」

「まさか、このようなものがあるとは……」

「し、信じられん……」

臣下たちはサイリウムを受け取り、皆で頭をくっつけるようにしてそれを眺める。

「グレイシオール様が言うには、自分で犯した罪はもちろん、自分の部下が悪事を働いた場合も罪として数えられてしまうとのことだ。罪を重ねたまま死ねば、地獄で怪物に未来永劫切り刻まれることになる」

「な、なんともすさまじい話ですな……」

「うむ……あまりにも理不尽というか、にわかには信じられない話でしょう」

「だから、イステリアに行ってその目で地獄を確かめてこいと言っているのだよ」

なかなか信じようとしない臣下たちに、ダイアスが少々苛立ち気味に言う。

そんなダイアスの様子に、彼らは渋々、といったように頷《うなず》いた。

「お前たちには、明日の朝すぐにイステリアへと向かってもらう。それまでに、必ずやってもらわなければならないことがある」

その後、ダイアスは彼らが現在進行形で行っている悪事をすべて取りやめるよう、事細かに話して聞かせたのだった。

次の日の朝。

夜通しで税率の見直しやら、理不尽な理由で逮捕してしまっている市民の解放やらを決めたダイアスは、一睡もしていない状態で、ニーベルを応接室に呼び出していた。

「ダイアス様、このたびはイステリアへの長旅、お疲れ様でした。……あの、体調がすぐれないように見受けられますが」

青白い顔をしているダイアスに、ニーベルが怪訝《けげん》な目を向ける。

「ああ。少し忙しくてな。まあ、気にするな」

「は、はあ」

ニーベルが、手土産《てみやげ》として持参した琥珀の装飾が施された金のコップと高級果実酒入りの銀のボトルをテーブルに置く。

「まあ、あまり無理はなさいませぬよう、ご自愛ください。それはさておき、王都から珍しいコップを取り寄せまして。ぜひダイアス様にお譲《ゆず》りせねばと思っていたところでしたので――」

「ああ、すまんな。そんなことより、折り入って話があるのだ」

ダイアスのそっけない態度に、ニーベルがきょとんとした顔になる。

「お前の担当している、塩の売買の件についてなのだが」

「塩ですか。今も順調に生産は進んでおりますが、何か問題でも？」

「うむ。お前も、いい歳だろう？　そろそろ後任を育てなければいけない時期だと思ってな。別の者を責任者にあてることにしたのだ」

「……失礼ですが、もう一度聞いてもよろしいですか？」

ニーベルがダイアスに鋭い視線を向ける。

「私に、塩の事業から手を引けとおっしゃったのですか？」

「そうだ。お前には、今までの商売の知識があるだろう。今度はそれを、畜産事業の副管理者として生かしてもらいたい」

「ダイアス様、それは話が違います。塩事業に関しては、将来にわたって我が家系に任せるとおっしゃってくださったではございませんか」

ニーベルが静かに異議を唱える。

ダイアスは内心「ああもう、めんどくせえな。このド平民が」と思いながら椅子に背をもたれかけた。

ニーベルはジルコニアに手を出した（とダイアスは思っている）ことで、ダイアスの中ではすでにゴミ虫以下の存在となっていた。

「事情が変わったのだ。我が領地は、今後はイステール領を全面的に支援していくことになった」

ダイアスは、リーゼがニーベルの頼みを……


ニーベルが驚いたように目を見開く。

「はっきり言おう。お前は、一年ほど前にリーゼ嬢に脅《おど》しをかけただろう。そんなことをした者を、このまま塩取引の責任者にしておくわけにはいかんのだ」

ニーベルがリーゼを手籠めにするために塩取引を引き合いに出して脅《おど》しをかけたことを、ダイアスは知っていた。

リーゼと面会を終えたニーベルが、喉から血を流しながら「必ず目にものを見せてやる」と荒れている様子を見た彼の側近が、ダイアスに報告してきたのだ。

だがその時は、ダイアスとしては将来的にはアルカディアを裏切るつもりだったので、大事にならない限りは知らんぷりをしておこうと放置していた。

それ以前にも、ニーベルはなんとかリーゼと婚姻を結べるように便宜を図ってくれとダイアスに幾度となく頼んでいたが、さすがにそれは無理だと突っぱねていた。

「……知っておられましたか」

「ああ。お前は今まで、非常によく働いてくれたから黙認していたが、今度ばかりはそうもいかなくなった。その代わり、その件で処分するといったことはしないから、大人しく身を引け」

「……」

押し黙るニーベルに、ダイアスがため息をつく。

「いや、ただで今の地位から退けと言っているわけではない。今まで私に尽くし、岩塩洞窟の発見とその後の塩事業で多額の収益を上げたお前の功績は高く評価しているからな。今までの働きに見合うだけの、土地と金は用意するつもりだ。その金で、悠々自適な余生を過ごせばいいだろう」

「……さようでございますか」

静かにニーベルが答える。

実のところ、結晶状態の塩を採掘できる岩塩洞窟を探し当てたのはニーベルの商売仲間だ。

ニーベルはその仲間をさっさと毒殺し、手柄を丸ごと自分のものにした。

これは、ダイアスも知らないことである。

「うむ。事業の引継ぎ指示はこちらから出すゆえ、早急に資料をまとめておけ」

「かしこまりました。では、本日はこれにて失礼いたします」

ニーベルが席を立ち、部屋を出ていく。

ダイアスは彼が出ていった扉をしばらく眺め、手元にあるベルを鳴らした。

すぐに、老年の鎧姿の男が一人、部屋に入ってきた。

彼はダイアスの護衛兵長だ。

「ダイアス様、お呼びでしょうか？」

「ああ。ニーベルの奴を、今から四六時中監視させろ。何か不穏な動きがあれば、ただちに報告するのだ」

「報告、ですか。捕縛ではないのですか?」

「いいや、報告だけでいい」

「承知いたしました。お任せください」

男が一礼し、退室する。

ダイアスはやれやれといったふうに、イスの背もたれに寄り掛かる。

ニーベルが持ってきた酒を杯に注ぎ、一息に飲んだ。

「ニーベルの奴、このままでは済まさんといった目をしていたな」

グレゴルン領では、ダイアスに逆らうことは死を意味する。

普通ならば、先ほどのニーベルのように、どれだけ不満があっても反論せずに受け入れるのが当然だ。

だが、ダイアスの知るニーベルは、非常に狡猾で悪知恵が働く抜け目のない男だ。

このまま、ただで引き下がるはずがない。

何らかの手段をもってして、自分の立場を守ろうとするだろう。

「くそ。今までなら、とっとと殺しておしまいだったというのに。まさか、あの外道を更生させねばならんとは……」

邪魔者は排除してしまうに限るのだが、それをしてしまうと自らの罪を上塗りすることになってしまう。

何とか彼を身動きできない状態に持っていき、彼が現在進行形で行っている悪事を1つ1つ引きはがす必要がある。

下手に捕縛して過去の悪行をもとに裁判にかけると、さまざまな場所に影響が飛び火するので、それは避けたい。

あれこれと汚れ仕事を彼にやらせてきた反動が、ここにきて出てきてしまった。

「しかし、リーゼ嬢の件はナルソン殿にはまだバレていないようで助かった。彼とは今後とも仲良くして、グレイシオール様に便宜を図ってもらわなければ」

今のダイアスにとって、もっとも頼れる人物はナルソンだ。

今後は可能な限りイステリアに支援を行い、彼と良好な関係を築いていかねばならない。

そのためには、ニーベルは非常に邪魔な存在だった。

グレイシオールはリーゼとかなり仲睦まじい様子だったので、もし事が露呈したら洒落《しゃれ》ではすまない。

「さて、まずは早急に奴の運営する孤児院の運営権を奪い取らんとな……まったく、あいつはいくらなんでもやりすぎだ。死んだ後、どうなるか考えるだけでも恐ろしいわ」

ニーベルはあちこちで器量のいい少女を見つけては、親を経済的に追い詰めて借金のカタに侍女《じじょ》として少女を召し上げたり、それでも駄目ならば親を暗殺して、半ば強制的に自身の運営する孤児院に押し込んだりしていた。

孤児院に入れられたり召し上げられた少女たちは、だいたい14~15歳くらいになると、「食べごろ」と判断されて、彼専属の情婦として囲われることになるのだ。

ダイアスは何年か前に、ニーベルから少女を1人献上されたことがあった。

だが、もともとダイアスは「大人の女性」にしか興味がないので、少女など貰っても有難迷惑でしかない。

結果、ダイアスは今までその少女を一度も夜に呼び出すようなこともなく、普通の侍女《じじょ》として屋敷で使っていた。

最初は怯《おび》え切った目でいつもダイアスを見てはびくびくしていた少女だったが、今は元気でやっているようだ。

「ああ、くそ。国境線の守りも固めなければならないのだった。まさか、バルベールの連中相手にまた戦う羽目になるとは……女を連れだしたあちこちの村にも出向かねばならんし、このままでは贖罪を済ます前に過労死しかねんぞ」

ぶつぶつ言いながら、ダイアスが再び銀のボトルから酒を注ぐ。

酒の注がれる金のコップを見ていて、ふと疑問が頭をもたげた。

「……そういえば、ニーベルの奴、リーゼ嬢にどうやって『目にものを見せてやる』つもりだったんだ? 脅《おど》しが空振りしたのでは、もう手の出しようがないように思えるんだがな」

ダイアスは首を傾げたが、「まあ、どうでもいいか」と頷《うなず》くと、再び酒をあおるのだった。

数日後の午後。

ナルソン邸の大広間に、数十人の貴族や王族たちが集められていた。

彼らは、王都、フライス領、グレゴルン領、そしてイステール領の内政、軍事の重鎮たちである。

ダイアスが急がせたためか、グレゴルン領からは領内の重鎮たちがほぼ全員そろっている。

軍事関係者を空っぽにすることはさすがにできないので、そういった者たちは半数だけやって来ていた。

ダイアスは領内の意識を統一することをかなり意識しているのか、他の領地よりも送り込まれてきた人数が目に見えて多い。

また、この場にいる王族は、全員分家の者たちだ。

リーゼが5年前に王都で見た、休戦協定締結《ていけつ》直後だというのに贅沢三昧していた者たちである。

皆、天国と地獄については大まかな説明を受けてきてはいるのだが、半信半疑といった面持ちだ。

壁際に設置されたスクリーンの脇では、一良《かずら》とバレッタが並んでノートパソコンをのぞいていた。

「カズラさん、そろそろ始めますか?」

動画の再生準備を終えたバレッタが、カズラに囁く。

「そうですね。しかし、すごい人数だな……なんか、緊張してきちゃいましたよ」

「ふふ。威厳たっぷりでお願いしますね。頑張ってください」

「ええ、分かってます。でも、もし詰まっちゃったら、その時は助け船をお願いしますね」

「はい。もちろんです」

「では、始めましょうか」

一良《かずら》がハンドマイクのスイッチを入れ、皆に目を向ける。

「皆さん、遠いところお越しいただいて、ありがとうございます」

マイクで増幅された一良《かずら》の声が部屋いっぱいに響き、招かれた者たちが驚きに目を剥《む》く。

「エルミア国王や各領主たちから聞いているとは思いますが、グレイシオールの噂《うわさ》は本当です。私がそのグレイシオールです。以後、よろしくお願いします」

皆、唖然《あぜん》とした様子で一良《かずら》を見つめる。

誰一人言葉を発しないのは、何を言ったらいいのか分からないのと、突如として部屋に響き渡った大きな声に驚いて思考停止状態にあるからだ。

「これより、皆さんには死後の世界がどういったものかを見ていただきます。今後、この国のため、人々のために善行を積むか、または悪事を働くかによって、死後それぞれの処遇が決まることになっています。すべては、今後の皆さん次第です。バレッタさん、お願いします」

「はい」

バレッタが動画の再生ボタンを押す。

以前と同じように、スクリーンの真っ黒な背景の中に文字が浮かび上がった。

皆、食い入るようにして黙ってそれに目を向ける。

赤黒い空と焼け焦げた街並みが、暴風にさらされている映像が流れる。

廃墟の中から全身が灰色で頭が半分欠けた人間のような怪物が這い出して来ると、見ている者たちの何人かが小さく悲鳴を漏らした。

ギィギィと不快な声をあげながら、地べたや残骸の上を這いまわる。

「あれは、地獄にいる怪物です。彼らに見つかったが最後。未来永劫、全身を食い荒らされたり、切り刻まれることになります」

映像が切り替わり、大量の怪物に襲われている人間たちが映し出された。

人々は苦悶の表情で泣き叫びながら、ある者は食われ、ある者は八つ裂きにされている。

「あ、あれはデュクス殿じゃないか⁉」

皆が恐怖に染まった顔でそれを見ているなか、一人が突如として立ち上がり叫んだ。

グレゴルン領の徴税官の男だ。

「ほ、本当だ！　デュクス殿だ！」

「まさか、地獄に落ちていたとは……」

「デュクス殿……いくらなんでもやりすぎた、ということか……」

徴税官の男の言葉に、他のグレゴルン領の者たちが一斉に騒ぎ出す。

どうやら、デュクスという男のそっくりさんが映像の中に偶然いたようだ。

彼らの1人が漏らした「いくらなんでもやりすぎた」という言葉を、一良《かずら》は聞き逃さなかった。

「え？　どれです？　バレッタさん、ちょっと止めてもらっていいですか？」

「はい」

一良《かずら》がレーザーポインターを取り出し、スクリーンに向ける。

「と、止まった⁉」

「じ、時間が止まったぞ」

「信じられん……」

阿鼻叫喚の地獄絵図が突然止まり、皆がざわつく。

彼らからしてみれば、地獄の中の時間を止められているようにしか見えなかった。

一良《かずら》がレーザーポインターで、切り刻まれている1人をくるくると囲う。

「この人ですかね？」

「ち、違います！　その左にいる、髭《ひげ》を生やした男です！」

「こっち？　今、頭と体が離れかかっている人ですか？」

人の背丈の2倍近くもある巨大な怪物に胴体と頭を掴まれ、首が千切れかかっている男を一《かず》良《ら》がレーザーポインターの赤い光で丸く囲う。

「そう！　彼です！　先月、急病で亡くなった財務官のデュクス殿です！」

「ええと、彼はグレゴルン領の人ですかね？」

「そうです！」

必死の形相で言う徴税官の男。

一良《かずら》の頭に「ピコン！」と悪い考えが浮かんだ。

「ほほう。バレッタさん、10秒戻して再生で」

「は、はい」

バレッタがきっちり10秒戻し、再生ボタンを押す。

男が再び怪物に胴体と頭を鷲掴みにされ、ぶちぶちと首を支点に引きちぎられる。

見ている者たちのほぼすべてから、盛大な悲鳴が上がった。

なかには、椅子から転げ落ちて泡を吹いている者までいる。

「悪いことをしたまま死んでしまうと、こんな感じになっちゃうわけです。バレッタさん、20秒戻して再生で」

「え、ええ……」

バレッタは引いた声を漏らしながらも、動画を20秒戻して再生した。

再度、デュクス氏（※そっくりさん）の頭と体が泣き別れする映像が流れる。

「や、やめてあげてください！　そこまでしなくてもよいではないですか！」

「グレイシオール様、どうかご慈悲を！」

グレゴルン領の者たちが縋《すが》るような表情で一良《かずら》に慈悲を乞う。

ああ、そういえば自分は慈悲の神だったか、と一良《かずら》は頭の片隅《すみ》で思う。

慈悲をかけるどころか、これでもかと痛めつけている状態になってしまった。

「まあ、これは彼の自業自得ですね。それに、私が何もしなくても、彼はこれを未来永劫延々と繰り返すんです。今のは私がちょこっとだけ、リブラシオール（神様の元締め的な存在である絶対神）のお手伝いをしただけで」

「お、お手伝いって……」

「リブラシオール様も、存在していたのですか……」

脂汗を掻きながら言う別の1人に、一良《かずら》が即座に頷《うなず》く。

「いますよ。オルマシオールもガイエルシオールも、ちゃんといます」

「グレイシオール様！　我々はいったいどうすれば、彼のような目に遭《あ》わずに済むのですか!?」

その男の必死の問いに、皆の視線が一斉に一良《かずら》に集まる。

恐怖に打ち震えている者が約半数。

「真面目に生きてきてよかった」と感心した様子で一良《かずら》の言葉を待っている者が約3割。

自分の今後に確証が持てないといった顔をしている者が残りの2割といったところだ。

見たところ、イステール領とフライス領の重鎮たちの大半の顔色は良好だった。

イステール領ではもともと汚職を働くと下手をすれば死罪になるので、当然と言えば当然だ。

フライス領も似たようなものなのかもしれない。

「すでに各領主やエルミア国王から聞いているとは思いますが、地獄行きを免れるには、犯した罪に倍する善行を積み、今までの罪に対しては贖罪を行うしかありません。そして、善行をこれからしっかりと積んでいけば、それは必ず報われます。続きを見てみましょう」

一良《かずら》にうながされ、皆が再びスクリーンに向き直る。

泡を吹いて倒れてしまった数人は、エイラやアイザック、さらにはジルコニアやリーゼまでもが手伝って、部屋の外へと運び出していた。

地獄の映像が終わって天国の映像が流れ始めると、再び皆が驚愕《きょうがく》の顔になった。

ある者は「これは素晴らしい！」と喜びの声を上げ、またある者は何も言えずに映像を見つめ続けている。

すべての上映が終了し、スクリーンが黒一色になる。

静まり返ってしまった皆を、一良《かずら》が見渡す。

「以上です。善行を積めば、先ほどのような場所で永遠の幸せを享受することができます。では、これまでの内容に質問がある方は挙手を――」

一良《かずら》の呼びかけに、皆が我も我もと挙手をし始めた。


数時間後。

上映会を無事に終え、一良《かずら》とリーゼは機材の後片付けをしていた。

バレッタ、エイラ、マリーは一良《かずら》たちの夕食の支度のために調理場へ行っており、ナルソンとジルコニアも上映会に参加した一部の要人たちと夕食をとるため、この場にはいない。

「すごい人数だったね。要職の人ばっかりだったし、なんだか圧倒されちゃった」

リーゼが巻き上げ式スクリーンをしまいながら、一良《かずら》に声をかける。

「王族も何人もいたし、カズラ、よくあんなに堂々と話せたよね。格好良かったよ！」

「ん？　ああ」

「どうしたの？　何か考えごと？」

どこか上の空な様子の一良《かずら》に、リーゼが小首を傾げる。

「うん。いつも気軽に話してた人たちの目つきが変わっちゃったのが、ちょっとな。まあ、俺が調子に乗って脅《おど》かしすぎたのもいけないんだけどさ」

上映後、普段から一良《かずら》が顔を合わせていたイステール領の者たちは、皆が明らかに「畏れ」を含んだ視線を一良《かずら》に向けていた。

今までのように気さくに言葉を交わすということは、今後はもう難しいかもしれない。

覚悟はしていたのだが、正直つらかった。

「あー……でも、それは仕方ないよ。何も知らずにあんなものを見せられちゃったら、私だってそうなると思うし」

「うん……それより、あの中からシルベストリアさんの代わりの、グリセア村の守備隊指揮官を選び出さないといけないんだけど、誰がいいと思う？」

「動画を見ても全然動じてなかった人がいいと思うけど……もっと安心して任せられそうな人は、他にもいるよ？」

「え、そうなのか？ 誰だ？」

「セレット。私の部屋の警備をしてくれてる人」

セレットとは、日頃からリーゼの部屋を警備している女性兵士だ。

ジルコニアから特別に指名されてリーゼの部屋の警備を任されており、ジルコニアとは旧知の仲である。

11年前、ジルコニアは住んでいた村を野盗《やとう》に扮《ふん》したバルベール軍に襲われ、命からがら村から逃げ出して麓の村にたどり着いた。

それから彼女が軍に志願するまでの間、傷ついた彼女を献身的に世話してくれた姉妹の妹である。

バルベールとの休戦協定の締結《ていけつ》後、セレットはジルコニアとのとある「約束」を果たすために屋敷に直接やってきた。

だが、結局その約束が果たされるのは先送りとなってしまっており、彼女の希望で兵士として雇われることになったのだ。

彼女たち以外でこれらのことを知っているのは、ナルソンだけだ。

「セレットさんか。挨拶《あいさつ》程度しかしたことないんだけど、どんな人なんだ？」

「すごく優しい人だよ。あんまり話してくれないんだけど、勤続年数も長いし、信頼できると思う」

「ん？　話をしてくれないって、なんでまた？」

「それはよく分からないんだけど……あれこれ話しかけても、話が続かないんだよね。本人に話を続ける気がないみたいでさ。他の人とも全然しゃべらないみたいだし」

「ふーん。口下手なのかな？」

「そういう雰囲気でもないんだけどね。話すのが苦手って感じでもないし、お母様と楽しそうに立ち話をしてるのは何度か見たことがあるよ」

「ジルコニアさんとは仲がいいのか。全然気づかなかったな」

「普段からよく話してるってわけでもないみたいだからね。セレットなら引き抜いても問題ないと思うけど、どうかな？」

「うーん……」

グリセア村を任せるからには、特に信頼できる人物を選びたいので、ジルコニアと親しい間柄であるのなら安心できる。

アイザックの家系の軍関係者からまた誰かを引き抜くか、と一良《かずら》は考えていたが、バルベールとの決戦が近い今、それはできれば避けたい。

とはいえ、無理強いもできないので、セレット本人の意見を聞いてからということになるだろう。

ジルコニアにも相談が必要だ。

「リーゼは、部屋の警備は別の人になっちゃってもいいのか？」

「うん。他にも交代で警備についてくれてる人はいるから、大丈夫だよ。でも、もしセレットに守備隊をお願いすることになったら、部屋の警備の空きにはグリセア村の娘に入ってもらおうかなって」

「ああ、なるほど。毎朝顔を合わせれば、仲良くなれると思うし」

「そういう理由もあるわけか。そういえば、リーゼはあんまり彼女たちと話したりしてないもんな」

「うん。なんか遠慮されちゃってるみたいで、近寄って来てくれないんだよね」

リーゼが少し寂しそうに笑う。

リーゼとしても、親友であるバレッタの友達とは仲良くしたいのだ。

当の本人たちは別の理由でリーゼにはあまり接触しないようにしているのだが、そんなことをリーゼが知る由《よし》もない。

「よし、分かった。セレットさんにお願いできないか、本人も交えてジルコニアさんに相談してみるよ」

「うん。もし受けてくれたら、お給金弾んであげてね。警備兵から重要拠点の部隊長に、一気に昇格するんだし」

「だな。責任に見合うだけのお金は払わないとな」

そうしてしばらくの間、2人はあれこれと話しながら片づけを続けたのだった。


翌朝。

朝食を済ませた一良《かずら》は、さっそくジルコニアとセレットを応接室に呼び出した。

セレットは長い金髪を頭の後ろで結んでいる、きりっとした表情が印象的な女性だ。

鉄の鎧に身を包み、腰には長剣、背中には円盾を装備している。

一良《かずら》がグリセア村の守備隊長交代の件を説明すると、ジルコニアはセレットに目を向けた。

グレイシオール関連の説明は、特に教える必要もないと一良《かずら》が判断して省いてある。

「セレット、どうする？」

ジルコニアの問いかけに、セレットが一良《かずら》に目を向ける。

「カズラ様にとって、グリセア村はどんな場所なのですか？」

「食糧増産のために使う土の唯一の採取地であり、鉄や兵器の製造拠点ですね。さまざまな物資の集積場としても機能していますよ」

「いえ、そうではなくて、カズラ様自身にとってどんな場所なのか、教えてほしいんです」

セレットが一良《かずら》に真剣な眼差しを向ける。

「俺にとって、ですか」

「はい」

一良《かずら》が少し考える。

一良《かずら》にとって、グリセア村は第二の故郷のような場所だ。

村ではほんの少しの間しか生活をしていないが、一良《かずら》は村の人たちを大切な家族のように思っている。

この世界において、もっとも心が安らぐ場所と言っても過言ではない。

「言うなれば、俺の故郷みたいな場所ですかね。大切な人たちが待っている、かけがえのない場所です」

「故郷、ですか」

「ええ」

セレットがジルコニアに目を向ける。

「ジルさんは、私にどうしてほしい？」

敬語も使わずに話すセレットに、一良《かずら》は少し驚いた。

リーゼから2人が親しいらしいということは聞いていたが、愛称で呼ぶほどの間柄だとは思っていなかった。

「そうね……これは、誰にでも任せられる役目じゃないの。あなたがそこを守ってくれるなら、私も安心できるかな」

「そっか」

セレットが頷《うなず》く。

「じゃあ、ジルさんにとってのカズラ様って、どんな人なのか教えてもらえる？」

「私にとって？　カズラさんのことを、どう思っているかってこと？」

「うん」

本人を前にしてそんなことを聞くセレットに、一良《かずら》が「えっ」とたじろぐ。

ジルコニアは「んー」と唇に指を当てて、考える仕草をした。

「……何でも相談できて、誰よりも頼りにしてる人、かな。私にとっての、特別な人よ」

「それは、家族とか恋人みたいな？」

「うん」

「ナルソン様や、リーゼ様よりも大切な人？」

「んー……」

ジルコニアが再び考える仕草をする。

そして、一良《かずら》に目を向けた。

その自然な表情に、一良《かずら》はどぎまぎしてしまう。

いつものような、からかってやろう、といった雰囲気は微塵も感じられない。

「うん、そうかもしれない。カズラさんがいなかったら、今の私は存在していないと思うし、きっと何も成し遂げられなかったはずだから」

「ん、そっか。分かった」

セレットは頷《うなず》くと、一良《かずら》に目を向けた。

「カズラ様。その役目、お受けいたします」

セレットの返事に、一良《かずら》がほっとした顔になる。

これでようやく、シルベストリアの願いを聞き届けることができた。

ジルコニアから、聞きようによっては爆弾発言を聞いた気もするが、それはひとまず置いておくことにする。

「ありがとうございます。本当に助かります。配属日とか給金などの待遇については、また別途お話ししますね。なるべくいいお給金を払えるよう努力しますから、期待していてください」

「はい。よろしくお願いいたします」

セレットがにこっと微笑《ほほえ》み、席を立つ。

「ジルさん、今夜、少しお話しできる？」

「ええ、いいわよ。仕事が終わったら、私の部屋にいらっしゃい」

「うん、ありがとう。では、カズラ様、失礼いたします」

セレットは一良《かずら》にぺこりと頭を下げると、部屋を出ていった。

さて、とジルコニアが一良《かずら》に目を向ける。

「カズラさん、動画を見せた者たちから……カズラさん？」

あからさまに緊張している一良《かずら》に、ジルコニアが小首を傾げる。

「す、すみません。なんですか？」

「あ。もしかして、さっき私が言ったことですか？」

「いやその……」

「あれは、私の本心ですよ」

目を泳がせる一良《かずら》に、ジルコニアが微笑《ほほえ》む。

「私にとって、カズラさんはかけがえのない大切な人です。死んでしまった家族と同じくらいに、特別に思っていますから」

「え、えっと……ありがとうございます」

一良《かずら》はどう反応していいのか分からず、顔を赤くしながら答える。

いつもならば、「照れちゃいました?」などと言われてからかわれるのだが、今日はどうも違うようだ。

どことなく、いつもより優しい雰囲気がジルコニアから感じられた。

ジルコニアは顔を赤くしている一良《かずら》を気にするでもなく、にっこりと微笑《ほほえ》んだ。

「いえいえ、お礼を言うのは私のほうです。これからも、よろしくお願いしますね」

「は、はい」

「それで、さっきの続きなんですけど、動画を見た人たちからカズラさんに大量の贈り物が――」

その後もジルコニアは一良《かずら》をからかうことはなく、ごく普通に連絡事項を伝えると自身の仕事に戻っていった。

その日の夜。

ジルコニアが自室で一良《かずら》から貰ったお菓子作りの雑誌を読んでいると、部屋の扉がノックされた。

「セレットです」

ジルコニアが本を棚にしまい、扉に向かう。

扉を開けると、セレットがにっこりと微笑《ほほえ》んだ。

「ジルさん、こんばんは」

「いらっしゃい。待ってたわ。入って」

セレットを部屋に招き入れ、二人並んでソファーに腰掛ける。

二人で部屋で話す時は、いつもこうして隣り合って座っていた。

「セレットとこうやって話すのはひさしぶりね。最近はどう?」

「いつもどおりだよ。特に変わりなし」

「そっか。他の人とは、相変わらず話してないの?」

「うん。仲良くなっちゃうと、お別れする時がつらいから」

セレットは屋敷で働きだしてから、極力人とは関わらないようにしてきていた。

いつか、仕事を辞めて自身の村に戻る時のことを考えると、親しくなりたいとは思えなかったからだ。

セレットは子供の頃に、ジルコニアと「戦争が終わったら一緒に村に帰る」という約束をしている。

なので、屋敷の者たち、特にリーゼとは、極力言葉を交わさないように気を付けていた。

「そっか。でも、別に普通に話をするくらいはいいんじゃない？　皆、気のいい人たちばかりだし――」

「ジルさん、カズラ様のことなんだけど」

セレットがジルコニアの言葉をさえぎる。

「ジルさんは、カズラ様をリーゼ様やナルソン様より大切な人って言ったよね？」

「ええ、そうね。とても大切な人よ」

「戦争が終わったら、ジルさんはどうするつもりなの？」

その質問に、ジルコニアがきょとんとした顔になる。

「どうするって、なにが？」

「私と一緒に村に帰るのか、それともカズラ様の傍《そば》にいるつもりなのかってこと。カズラ様のこと、ジルさんは好きなんでしょ？」

「……うーん」

ジルコニアが小首を傾げて唸《うな》る。

「あなたと一緒に村には帰るつもりだけど、カズラさんのことを好きっていうのは……うーん」

「えっ、違うの？」

「ううん。違くはないんだけど、なんていうのかしら。あの人と一緒にいると、ほっとするのよ。気を張らなくていいし、自然体でいられて、すごく安心するの」

「それ、好きってことでしょ？」

「……うーん」

再びジルコニアが唸《うな》る。

あれは確か、グリセア村で藁《わら》小屋が倒壊する事件があった前の晩のことだ。

バリン邸で一良《かずら》と２人きりになった折、ジルコニアは一良《かずら》に「ずっと近くにいたいと思うようになった」と話したことがあった。

その時に一良《かずら》は、「きっとそれはこれが原因だろう」とアロマペンダントを見せ、その効能を説明してくれた。

ジルコニアは今もそれが原因で、彼の近くにいたいと考えるようになっているのだろうと思っているのだが、それをセレットに説明するわけにもいかない。

「違うの？」

「そんなこと、考えたこともなかったから。カズラさんのことは、いつもからかってばかりだったし」

「なによそれ。はっきりしないなぁ」

「ごめんなさいね。でも、本当に分からなくて」

ジルコニアが苦笑しながら答えると、セレットはやれやれとため息をついた。

そして、真剣な表情でジルコニアを見る。

「ジルさん。もし、村に戻ってきたくないって思うんだったら、無理しなくてもいいよ」

「えっ？」

「私は今も、昔みたいにまたジルさんと一緒に生活していけたらなって思ってる。でも、ジルさんには幸せになってもらいたいの」

「……幸せに、か」

「うん」

ぽつりとつぶやくジルコニアに、セレットが頷《うなず》く。

「ジルさんは、ジルさんのやりたいようにしたらいいよ。後悔しないように、自分で決めてさ」

「ふふ、あなたからそんな言葉を聞けるなんてね。屋敷に来た時なんて、すごい剣幕で『村に帰ろう！』って私を引っ張っていこうとしたのに」

「あの時は、まだ私も子供だったんだよ」

セレットが気恥ずかしそうに言う。

「でも、ここでジルさんやリーゼ様たちが生活しているのを見て、考えが変わったの。私の我がままを押し付けるんじゃ、ダメだって」

「……そう。ありがとう。あなたは優しい子ね」

よしよしと、ジルコニアがセレットの頭を撫《な》でる。

セレットは微笑《ほほえ》むと、ソファーから立ち上がった。

「だから、私はジルさんの帰る場所がなくならないように、ジルさんが大切に思ってる人や場所を守る。私にできることなら、なんでもするから」

そう言うと、すたすたと部屋の扉へと向かう。

ドアノブに手をかけ、ジルコニアに振り返った。

「でも、一緒に村に帰ってくれるなら、すごく嬉しいよ。姉さんは結婚しちゃったから、また3人で生活っていうわけにはいかないけど、その時は私と一緒に暮らそうね」

セレットは微笑《ほほえ》むと、部屋を出ていった。

ジルコニアは数秒、閉まった扉を見つめていたが、ソファーに背を預けると、ふう、と息をついた。

「幸せに、か。考えたこともなかったな」

戦争が終わった後はセレットと一緒に山の麓の村に戻り、自分を支えてくれた人々に恩返しをしながら余生を過ごせたらと、漠然と考えていただけだった。

自分のために何かをしようなどと、今まで一度も考えたことすらなかった。

11年前に目の前で家族や故郷の仲間を皆殺しにされた時点で、自分はもう死んだようなものだったのだ。

「……」

ジルコニアがソファーから立ち上がり、ベッド脇の小テーブルに向かう。

引き出しを開け、ずっと伏せたままにしまっていた写真立てを取り出した。

「……こんな毎日がずっと続いたらなって思うのは、私には贅沢すぎるわよね」

今まで一度も引き出しから出さなかったそれを手にし、表を向ける。

1年前のナルソン、リーゼ、ジルコニアが、じっとこちらを見つめていた。


数日後の昼過ぎ。

イステリアを出立したセレットは、グリセア村の駐屯地へと到着した。

駐屯地の入口でラタを下りると、すぐに数人の老兵が集まってきた。

——な、なんか、ご老人ばかりのような……。

「やぁやぁ、どうも。失礼ですが、所属と名前を——」

「初めまして。守備隊の部隊長の任に就きました、セレットと申します」

老兵の1人に声をかけられ、すぐさまセレットは挨拶《あいさつ》した。

すると、彼らは同時に「おお！」と嬉しそうな声をあげた。

「おや！　なんとまぁ、あなたが新しい部隊長さんですか！」

「こりゃまた、ずいぶんと若いお嬢さんが来てくれたもんだ。うちの孫と同じくらいかねぇ」

「シアちゃんより若い娘が来るとは思わなかったなぁ」

若いだの美人さんだのと持てはやす老兵たちに、セレットがたじろぐ。

「ど、どうも。これから、お世話になります」

「まあまあ、そう硬くなりなさんな。セレットさんは、騎兵隊の人かい？」

「いえ、ナルソン様のお屋敷で警備兵をしていました」

「ほう！　ということは、いい所のお嬢さんですか。こんな辺ぴなところに、よく来たねぇ」

「あ、いえ。私は北部の寒村出身でして――」

老兵たちにあれこれ質問されながら、野営地を案内してもらう。

守備隊の規模は50人だが、今この場にいるのはその半数ほどだ。

残りの半数は、村人たちと一緒に森へ採集へ行ったり、シルベストリアとともに川で釣《つ》りをしに行っているらしい。

なんとものどかな様子に、セレットは、はあ、と呆けたような声を漏らした。

「ずいぶんと、のんびりしているのですね。普段からこんな感じなのですか？」

「ええ。朝に少しばかり訓練はやりますが、その後は村の仕事を手伝ったり、自分たちで作った畑の世話をしたりです。あ、でも、周辺に斥候は常に出していますよ」

「いやぁ、こんなに楽で楽しい仕事は他にないよ。給金だって現役時代より多くもらえるし、村の子供たちも可愛いしさ」

「でも、3カ月交代っていうのがなぁ……せめて半年くらいあれば、育てた麦の収穫を見届けてから街に帰れるんだが」

　老兵たちは村での勤務を心底楽しんでいるようで、皆とても幸せそうだ。

　イステリアからは物資が優先的に送られてきており、調理器具から衣料品まで、真新しいものが豊富に備蓄されていた。

「まあ、セレットさんもあんまり肩肘張らずにのんびりやればいいよ」

「そうそう。まずは村の人たちと仲良くなるところからだな」

「よし！　今夜は皆で歓迎会もかねて、宴会でもやるか！」

　やたらとフレンドリーな老兵たち。

　これはこれでいいか、とセレットは微笑《ほほえ》んだ。

　なんだか故郷の村を思い出すようで、少し嬉しい。

　簡単に老兵たちから自己紹介を受け、さて、とセレットは周囲を見渡した。

「えっと、シルベストリア様はどちらに？」

「川で子供らと釣《つ》りをしてますよ。今日は夕方まで釣《つ》りをして過ごすって言ってたかな」

「そうですか。場所はどのあたりでしょうか？」

「ああ、私が案内しますよ。といっても、ここからまっすぐ行ったところですが」

「あ、いえ、自分で行けますので、場所だけ教えていただければ。この場所から人を割くのはよくないでしょうし」

そうして川の場所を教えてもらい、セレットは再びラタに跨るのだった。

「よっと！　これで5匹目！」

シルベストリアが丸々と太った魚を釣《つ》り上げ、手慣れた様子で針を外す。

足元の水に浸した網に魚を放り込むと、再び餌《えさ》の芋虫を針に浸けて竿を振るった。

少し下流では、数人の子供たちが浅瀬に入って水遊びをしているのが見える。

初夏の日差しは強すぎず弱すぎずといった程よい具合で、そよそよと流れる風が心地良い。

絶好の釣《つ》り日和だ。

「わあ、シアお姉ちゃん、今日は調子いいね！」

隣で釣《つ》りをしていた少女が、シルベストリアに笑顔を向ける。

「うん！　今日の夕食はすっごく豪華になりそう！」

「いいなぁ。今夜、私もシアお姉ちゃんのところにご飯食べに行ってもいい？」

「うん、いいよ。後でお父さんお母さんに言いに行こっか」

「やったぁ！」

「あ、いいなぁ！　シア姉ちゃん、俺も行ってもいい？」

傍《そば》で釣《つ》りをしていた男の子が話に加わる。

「うん、もちろんいいよ。よし、こうなったら子供たち全員呼んじゃおっか！」

「うん！　俺、皆に言ってくる！」

男の子が竿を置き、水遊びをしている子供たちの下へと走っていく。

そうしていると、背後から蹄の音が聞こえてきた。

シルベストリアが振り返り、「おっ！」と声を漏らす。

「シルベストリア・スラン様でしょうか？」

セレットがラタから降り、シルベストリアに声をかける。

「はい！　私がシルベストリアです！」

シルベストリアが立ち上がり、セレットに敬礼する。

「グリセア村守備隊長の交代の任でやってまいりました。セレットと申します」

「遠いところ、お疲れ様です！　お待ちしてました！」

シルベストリアが弾けるような笑顔で言う。

セレットも、そんな彼女に微笑《ほほえ》んだ。

「カズラ様より、『遅くなって申し訳ありませんでした』との言伝《ことづて》を賜っております。イステリアに帰着後は、第1騎兵隊に復帰するようにと――」

「えっ!?　シアお姉ちゃん、隊長さんじゃなくなっちゃうの!?」

2人の話を聞いていた少女が、驚いた声をあげる。

他の子供たちも、なんだなんだと駆け寄ってきた。

「うん。イステリアに戻らないといけないことになっちゃったんだ。ごめんね」

交代要員が来ることは、数日前にシルベストリアは伝令から聞いて知っていた。

だが、子供たちが寂しがる姿を見たくなくて、今まで黙っていたのだ。

「もう帰ってこないの？」

「シアお姉ちゃん、行っちゃやだよ」

「ずっとここにいてよ！」

子供たちが口をそろえて、村にいてくれとシルベストリアに懇願《こんがん》する。

「ごめんね。また、時々遊びにくるから」

「時々っていつ？」

「他の皆も、イステリアに行ったまますっと帰ってこないよ。シアお姉ちゃんも、帰って来てくれないんでしょ？」

「そ、そんなことないって。ちゃんと遊びに来るから」

「ひっく……シアお姉ちゃん、行っちゃやだぁ……」

少女が一人泣き出してしまうと、他の子供たちも次々に泣き出してしまった。

その様子に、シルベストリアも思わず涙がこみ上げる。

「っ……ごめんね。少ししたら、ちゃんと戻ってくるから。約束する」

「行っちゃやだよ……行かないでよぉ……」

「シア姉ちゃん、行かないでよ！　ぐすっ」

「ごめん。ごめんね……っ」

子供たちと一緒になって、声をあげて泣き出すシルベストリア。

セレットはじっと黙ったまま、それを見つめていた。


十数分後。

シルベストリアは何とか子供たちを落ち着かせ、皆から少し離れた川べりにセレットと腰掛けていた。

子供たちは釣《つ》りや水遊びに戻ったものの、ちらちらと2人に目を向けている。

「子供たちと、すごく仲良しなんですね」

「うん。半年以上も村にいたから……はあ、まさかこの年になって号泣するなんて……」

シルベストリアが気恥ずかしそうに言うと、セレットはふっと微笑《ほほえ》んだ。

「カズラ様が、どうして今までシルベストリア様を交代させずに守備隊に置いていたのかが分かりました」

「え？」

「カズラ様が言っていたんです。この村は、カズラ様にとって第二の故郷のような場所だって。そんな大切な場所を任せられるような人は、そうそういませんから」

「そ、そっか。カズラ様が、そんなことを……」

シルベストリアが少し嬉しそうな顔になる。

だが、今まで何度も一良《かずら》に「騎兵隊に戻してくれ」と失礼な態度を取ってしまったことを思い出し、今度は「ああ……」と頭を抱えだした。

「あ、あの？」

「あ、ご、ごめん……ええと、セレットさんは、どういう経緯で部隊長に任命されたの？」

「私は、ジルコニア様と子供の頃からの知り合いでして、その繋がりでですね」

「えっ、ジルコニア様と⁉」

シルベストリアが驚いた声をあげる。

「はい。ぜひ、とお願いされてしまって」

「そ、そうなんだ……あの」

「はい？」

「……いや、やっぱりなんでもない。ごめん」

シルベストリアは2人の関係が少し気になったが、ジルコニアがかなりつらい過去を持っていることは噂《うわさ》で聞いたことがある。

あれこれ詮索《せんさく》するのはまずいだろう、と考え直した。

「えっと、村の人たちに挨拶《あいさつ》は済ませた？」

「いえ、シルベストリア様と一緒のほうがよいかと思いまして」

「ん、そうだね。それじゃ、行こっか。……あの子たちも来てくれるかなぁ？」

シルベストリアが子供たちを呼び寄せる。

皆、浮かない顔をしていたが、セレットも一緒になって優しく話しかけると応じてくれた。

グリセア村では、村人の半数近くが出征していて不在だと聞いている。

今まで一緒にいた人たちが大勢いなくなってしまい、子供たちは寂しく思っているはずだ。

そこに、半年もの間面倒を見ていてくれたシルベストリアまでいなくなってしまうとあっては、先ほどのように大泣きしても当然に思えた。

子供たちの寂しさが少しでも紛れるよう、シルベストリアの代わりになれるように頑張ろうと、セレットは決意するのだった。

第5章　入り乱れる思惑

頭上高く太陽が輝く晴天の下、首都を出立した元老院議員率いる3個軍団は、アルカディアとの国境へと向けて進軍していた。

2人いる総司令官のうちの1人、執政官のヴォラス・クロヴァックスがラタに跨って進んでいると、騎兵が1騎駆け寄ってきた。

「報告します。アロンド補佐官ですが、昨日の夕刻、ムディアの街へと向けて早馬で出立したとのことです」

「ムディアにだと？　私は、奴からは何の報告も受けていないぞ。出立理由は何だ？」

ヴォラスが怪訝《けげん》な顔を兵士に向ける。

数日前に首都を出立して以来、いつの間にかアロンドの姿が見えなくなっていたことにヴォラスが気づき、所在を確認させていたのだ。

アロンドはヴォラスの側近となって以来、その卓越した交渉力でヴォラスを取り巻く元老院議員たちの掌握《しょうあく》に努め、今では補佐官としてヴォラスを支える地位についていた。

「出立理由は、ムディアにて各軍の受け入れ準備をするためとのことです。アロンド補佐官は出立前に、ベリル議員にヴォラス様への言伝《ことづて》を頼んだと警備の兵に話していたようです」

「なんだそれは。言伝《ことづて》など、私は聞いていないぞ。ベリル議員をすぐに呼べ！」

「それが、ベリル議員は今朝から体調を崩し、馬車にて寝込んでおります。かなり容体が悪いようで、起き上がることもままならないとか」

兵士の言葉に、ヴォラスが顔をしかめる。

元老院議員は全部で300人以上もおり、今回の行軍にはその3分の2にあたる200人ほどが同行している。

ベリル議員は、ヴォラスの副官だ。

「この大事な時に寝込んでいるだと？　ベリル議員のところへ案内しろ！」

「はっ！」

ヴォラスが兵士とともに、ラタで後方へと駆けて行く。

それを横目に見ていたもう1人の執政官であるエイヴァーは、やれやれといった様子でため息をついた。

「ヴォラス殿にも困ったものだ。あのような新参者を、あそこまで重用するとは」

「まあ、そう言うな。アロンド補佐官はよく働いている。あれほど優秀な男は、そうはいないぞ」

エイヴァーの隣を進んでいた議員の1人が言うと、周囲の議員たちも同意するように頷《うなず》いた。

「ああ。各地に製粉所を設置して使用料を取るようにしたおかげで、税収と食料生産量は飛躍的に上がったし、大工の工房を集合工房にしてからは建材の調達も容易になったしな」

「議員たちの派閥による対立がほぼなくなったのも、あの男のおかげだよ。あれほどいがみ合っていた者たちを半年足らずで和解させるとは」

「あのように立ち回りの上手い男は、他にはいないだろうな。あそこまで優秀な男がアルカディアにいたとは驚きだ」

議員たちが口々にアロンドを褒《ほ》めたたえる。

アロンドはバルベールにやってきてからというもの、元老院議員たちが目を見張るほどの働きをみせていた。

自らが潤滑油となって元老院議員たちの派閥間でのいがみ合いを緩和させ、内政面でも有益な施策をいくつも提案して大きな功績をあげている。

当初はアルカディアの裏切り者として白い目で見られていたが、今ではアロンドを悪く言う者は議員たちの間ではほぼいなくなっていた。

「奴が優秀なのは同意するが、いくらなんでも、内政の中枢に関わらせるのは……」

「そんなもの、優秀な人物であれば使うに越したことはないではないか」

「エイヴァー執政官、貴君は少々頭が固すぎるのではないか?」

「市民から選出された貴君ならば、有用な者に働く機会を与えることの大切さは分かっているだろう?」

そろってアロンドを擁護する議員たち。

エイヴァーとしてはアロンドの出世速度の異常さを危惧しているのであって、彼の能力に関しては議員たちと同意見だ。

「それは分かっているが……」

「ならば、よいではないか」

「アロンドとて、祖国を裏切って飛び込んできた手前、我らに認めてもらおうと必死なのだよ」

「そうだぞ。きちんと結果は出しているし、そう邪険にしないでやってくれ」

「……うむ」

どこかしっくりこない妙な気持ちを抱えながらも、エイヴァーは頷《うなず》くのだった。

その頃、アルカディアのナルソン邸の広場で、一良《かずら》は国境沿いの砦《とりで》に向けて出立していく大勢の兵士や荷馬車を見送っていた。

荷馬車にはカノン砲やスコーピオンをはじめとした大型兵器が多数積み込まれており、それらを用いて砦《とりで》の守備をより強固なものにする予定だ。

「バルベール軍の到着までは、まだ20日くらいはかかるんだよな？」

兵士たちを見送っていた一良《かずら》が、隣に立つリーゼに声をかける。

「うん。首都の軍勢もこっちに向かって来てるみたい。それに、プロティアとエルタイルの方にいるバルベール軍も集まって来てるってクレイラッツから報告があったよ」

アルカディアはクレイラッツと緊密に連携することになっており、クレイラッツ方面のバルベール軍の動向は逐一連絡が入るようになっている。

近日中にクレイラッツからも砦《とりで》に援軍が送られてくる予定だ。

「まさに総力戦って感じだな……」

「そうだね。なにがなんでも、次の戦いは勝たないと」

この決戦でバルベール軍を打ち破ることができれば、プロティア王国とエルタイル王国も同盟側に残る決心をしてくれるだろう。

それまでの間、彼らが裏切らなければという前提はあるのだが。

「そういえば、負傷兵たちの具合はどうなったか、リーゼは聞いてるか？」

「うん。皆、順調に回復していってるよ。栄養ドリンクが効いてるみたい」

負傷兵たちのなかで重傷の者には、日本から持ってきた傷薬とリポDを与えていた。

やはりリポDの効果は絶大で、かなりの深手を負った者たちもほぼ全員が順調に回復している。

傷薬は基本的には呪術師《じゅじゅっし》組合から買った物を使っているが、傷の具合によっては漢方薬も使っていた。

なかには軽傷の者より重傷の者のほうが早く回復してしまうこともあって、傷病兵たちの間では不思議がられているようだ。

「そうか、よかった。後で一緒に慰問に行こうか。リーゼを見れば、きっと皆喜ぶぞ」

「あ、私はもう何回か行ってきたよ」

「えっ、そうなのか？」

「うん。皆、すごく喜んでくれた」

「そっか、さすがリーゼだな。偉いぞ」

「えへへ」

リーゼは微笑《ほほえ》むと、一良《かずら》を横目で見上げた。

「ねえ、カズラ。去年の秋くらいの話だけど、一緒にフライス領に遊びに行こうって言ったの、覚えてる？」

「ん？　ああ、川から船で行こうって言ってたやつか」

「うん。戦争が終わったらさ、それ、どうかな？」

「そうだな。行ってみようか。俺もこっちの世界を、もっとあちこち見て回りたいし」

「うん！」

一良《かずら》の返事に、リーゼが嬉しそうに頷《うなず》く。

ちょうどその時、2人の下へエイラが駆け寄ってきた。

「カズラ様、各地に送ったグリセア村の方々から無線連絡が入りました」

「お、きましたか。なんて言ってました？」

「王都とフライス領から、それぞれ2個軍団の計4個軍団が砦《とりで》に向けて出立したとのことです。イステリアは素通りして、そのまま砦《とりで》に向かうとのことで。また、王都からは急遽追加招集した1個軍団がグレゴルン領へ向けて出立しました」

「了解です。これで、砦《とりで》には6個軍団か。クレイラッツからも援軍が来るし、これならなんとかなるかな」

アルカディア軍は大多数が市民兵で構成されているが、次の決戦では砦《とりで》という大きなアドバンテージがある。

また、イステール領軍に限っては、数千におよぶクロスボウ兵を保持している。

砦《とりで》にはカノン砲、カタパルト、スコーピオンが大量に設置されていて、ハリネズミのような状態で敵を待ち構えている。

「それと、砦《とりで》に向かう王都の軍勢はルグロ殿下が率いているとのことです。陛下は、そのまま王都に残るようですね」

「あれ、そうなんですか。てっきり国王も来るものだと思ってたんですが」

「陛下はもうお年だし、遠征は体が持たないって判断したんじゃないかな。あんまり無理して病気にでもなったら、それこそ大変だし」

リーゼの補足に、一良《かずら》が「なるほど」と納得する。

確かに、バルベールと事を構えている間に病死でもされては大変だ。

彼の健康のために、日本産の食べ物を後で送ってあげたほうがいいかもしれない。

「ということは、ルグロさんが総司令官ってことになるのかな？」

「建前上はそうなんじゃない？　でも、前の戦いの時はイステール家に全権を委譲したみたいだから、今回もそうするんじゃないかな」

「まあ、ルグロさんならそうしてくれるだろ。ナルソンさんに全部任せたほうがいいってのは、分かってるみたいだし」

ルグロは自分でできることとできないことの分別はついているようなので、指揮権についてもとやかくは言わないだろう。

他の重鎮たちも地獄の動画の一件があるので、文句は言わないはずだ。

次の戦いは絶対に下手を打てないので、全軍の指揮はナルソンが執るべきだと一良《かずら》は考えていた。

「エイラさん、グレゴルン領はどんな感じです？　何か聞いていませんか？」

「はい。国境沿いの海岸線にある砦《とりで》に、少数の軍を送り出したようです。海軍も臨戦態勢になっているとのことで、兵の招集が行われています」

「海軍か……大丈夫かな」

「相手はグレゴルン領が裏切るって思い込んでるんでしょ？　懐に誘い込んでから襲い掛かるんだし、何とかなるんじゃないかな」

「あ、そうか。上手くいけば、王都からの軍とグレゴルン領の軍で、陸でも海でも袋叩きにできるのか」

「うん。いくらバルベール軍が強いっていっても、仲間だと思ってた相手がいきなり裏切ったらどうにもならないよ。大混乱になると思う」

今のところ、グレゴルン領はバルベール元老院からの離反工作に乗ったふりをしているはずだ。

敵を内地に誘い込み、いざ戦闘となったところで手のひらを返して襲い掛かる手はずになっている。

陸上、海上で同時にそれは行われる手はずなので、上手くいけば敵軍を一網打尽にできるだろう。

ただし、海上戦については敵はこちらの持っていない二段櫂船《かいせん》という大型船を保持しているので、油断はできない。

現在王都にて建造中の二段櫂船《かいせん》と対艦特化型の艦船が間に合えば、多少なりと安心できるのだが。

対艦特化型の艦船は、船首に「ラム」という突起を付けた船のことだ。

高速で敵艦に体当たりをし、船体を破壊するのである。

今までこちらの世界には竜骨《キール》が存在しなかったが、鉄製の工作道具の導入によりその製作が可能になったため、ラムを備えた船や大型艦の建造が可能になっていた。

「カズラ様！」

一良《かずら》たちが話していると、出ていく兵士たちと入れ違いにシルベストリアがラタに乗って駆けてきた。

一良《かずら》たちの前で急停止し、ラタから飛び降りる。

「シルベストリアさん！　今着いたんですか？」

「はい！　引継ぎを終えて、急いでやってまいりました！」

シルベストリアはニコニコ顔で、かなり機嫌が良さそうだ。

騎兵隊に復帰できたことが、よほど嬉しいと見える。

「私の我がままを聞いてくださり、本当にありがとうございます！　このご恩はいつか必ず！」

「いや、そんなに気負わなくていいですから。それに、今まで散々無理を言ったのはこっちのほうですし」

「いえ、そんな……私こそ、失礼な態度ばかり取ってしまって……」

シルベストリアが恥ずかしそうに頭を掻く。

「部隊が出立しているようですが、騎兵隊はもう出てしまいましたか？」

「いえ、今出ていっているのは輸送隊ですね。我々が出発するのは、まだ何日も後です」

「そうでしたか。では、私は軍部のほうに……っと、その前に、バレッタはどこにいますでしょうか」

「バレッタさんは軍事施設の訓練場にいますよ。カノン砲の新型砲弾の試射をしています」

「分かりました！　では、先にそちらに寄っていきますね！」

シルベストリアは一礼すると、ラタに飛び乗って駆けだして行った。

「シルベストリアさん、騎兵隊に戻れたことがそんなに嬉しいのかな……グリセア村に残っていれば安全だったのに」

困惑顔で言う一良《かずら》に、リーゼが苦笑する。

「だって、あの人はスラン家の人間だもん。あの家の人は全員、いざという時は国のために死ぬ覚悟で戦えって子供の頃から叩き込まれてるんだから」

「ああ、スラン家って、男女関係なく全員軍人なんだっけ」

「うん。だから、仕方ないよ」

そうして、城門を抜けて去っていくシルベストリアの背が見えなくなるまで、一良《かずら》たちはその場で見送り続けたのだった。

ナルソン邸の広場を出たシルベストリアは、街なかを駆け抜けて軍事施設へとやってきた。

門の前でラタを降り、警備兵にラタを預けて中へと入る。

「ああ、懐かしいなぁ……まさか、この場所がこんなに恋しくなるなんて、思ってもみなかったな」

今まで血反吐を吐く思いで訓練に身を投じた日々を思い起こし、周囲を眺めながら奥へと進む。

見知った顔の者も時折いて、シルベストリアを見つけると声をかけてきてくれた。

彼らと立ち話を繰り返しながら、バレッタがいるという訓練場へと向かう。

「……ん？」

あちこちに目を滑らせながら歩いていると、一瞬、建物の陰に見覚えのある姿が見えた気がした。

思わず足を止め、その場所に目を向ける。

「コルツ君？」

建物の陰にある木箱の前で、コルツが何やらこそこそと誰かと話しているのが遠目に見えた。

「おーい、コルツ君！」

シルベストリアは大きく手を振って呼びかけながら、コルツの下へと向かう。

コルツははっとした顔で振り向き、相手がシルベストリアだと分かるとあからさまに「ヤバイ！」といった表情になった。

「シ、シア姉ちゃん！　ひさしぶりだね！」

「うん、ひさしぶり！　元気にしてた？」

「う、うん。えっと、シア姉ちゃん、どうしてここにいるの？」

「配置換えがあってさ、またこっちの部隊に所属することになったんだ」

「そうなんだ……」

「うん。で、えっと……」

シルベストリアが、コルツの隣で困り顔をしている男に目を向ける。

「初めまして、だよね？　私はシルベストリア・スラン。あなたは？」

シルベストリアが名乗ると、男――ウッドベル――は、少し驚いた顔になった。

「あ、先に名乗らせちゃってすみません！　俺、ウッドベルっていいます」

「ウッドベルさんね。コルツ君の知り合い？」

「はい！　こいつとはマブダチってやつですよ。はは」

ウッドベルがコルツの頭をぽんぽんと叩く。

その様子を、シルベストリアは意外そうな顔で見る。

コルツは村にいた時は、シルベストリア以外の兵士とはあまり関わろうとしていなかったからだ。

アイザックとの一件以来、コルツは大人の兵士に対して不信感を持っているからなのだが、そんなことはシルベストリアは知らない。

コルツが唯一心を許しているのは、ウッドベルとシルベストリアだけだ。

「あの、シルベストリア様からも言ってやってくださいよ。こいつ、こっそり軍にくっついて砦《とりで》に行くって言ってきかなくて」

「ちょ、ちょっと！　ウッドさん！」

バレたらまずいと思っていた相手にいきなりバラされ、コルツがウッドベルに非難の声を向ける。

「だって、仕方ねえだろ。俺がいくら言っても聞かないんじゃさ」

「だからって——」

「え？　ちょっとコルツ君、どういうこと？」

なおも抗議するコルツの言葉をさえぎり、シルベストリアがコルツに目を向ける。

「こっそりくっついて行くって、まさか、荷物か何かに紛れてついて行こうっていうの？」

「……」

コルツが黙り込んでうつむく。

シルベストリアが困り顔でウッドベルを見ると、彼はやれやれとため息をついた。

「そうなんですよ。俺の荷物に紛れさせてくれって言って聞かなくて」

「コルツ君、それはダメだよ。そんなことしてバレたら、ウッドベルさんが上官から顔の原型が分からなくなるくらいボコボコに殴られるよ。お給金だって減額されちゃうだろうし」

シルベストリアが言うと、ウッドベルは「ですよね」と苦笑した。

コルツは涙目で、シルベストリアを見上げる。

「だって、俺、カズラ様の傍《そば》にいないといけないんだ。お姉ちゃんと約束したんだもん」

「お姉ちゃん？　あ、それって——」

オルマシオール様のことか、とシルベストリアは口にしかけて、ウッドベルがいることを思い出して言葉を止めた。

シルベストリアはコルツの前にしゃがむと、彼と目線を合わせた。

「でもね、コルツ君。ダメなものはダメなんだよ。ましてや、他の人に迷惑をかけてまでやろうとするなんて、絶対にダメ」

「でも……」

「でも、じゃないの。そんなことしたら、カズラ様だって困っちゃうよ。諦《あきら》めなさい」

「……」

コルツが再び黙ってうつむく。

そんなコルツにシルベストリアも困ってしまって、どうしたものかとウッドベルを見上げた。

ウッドベルは苦笑すると、コルツの頭をわしわしと撫《な》でた。

「コルツ、大丈夫だって。カズラ様の傍《そば》には、バレッタ様だっているんだろ？　あの人が守ってくれるって」

ウッドベルが話しかけるが、コルツは黙ったままだ。

「ん？　ウッドベルさん、バレッタのこと知ってるの？」

シルベストリアが聞くと、ウッドベルは「ええ」と頷《うなず》いた。

「前に一度だけお会いしたことがあるんですよ」

「へえ、そうなんだ」

「ちょっと挨拶《あいさつ》しただけですけどね。その時に、カズラ様の護衛をしていると言っていたので」

「そっか。あの娘、ちゃんと護衛もやってるんだね」

うんうん、とシルベストリアが頷《うなず》く。

「コルツ君、今ウッドベルさんが言ったみたいに、バレッタも護衛に付いてるからさ。なにがあっても大丈夫だよ。あの娘、もう私よりも強いんだから」

シルベストリアの言葉に、ウッドベルが少し驚いた顔になる。

コルツはシルベストリアを見上げた。

「……俺だって、カズラ様を守れるもん」

「あっ、コルツ君！」

コルツは言うやいなや、駆けて行ってしまった。

シルベストリアは困ったようにため息をつき、立ち上がる。

「はあ、どうしよ。嫌われちゃったかなぁ」

「はは、そんなことないですって。コルツには、後で俺からよく話しておきますから」

「うう、ごめんね。会ったばかりなのに、迷惑かけちゃって……お詫《わ》びもかねて、後で食事でも奢るよ。コルツ君も一緒にどうかな？」

「えっ、いいんですか⁉　ぜひぜひ！　コルツも引っ張っていきますから！」

「うん。お願いするね。また後でここに寄るから、今夜は予定空けておいて」

「了解です。必ず空けておきます！」

びしっと敬礼するウッドベルにシルベストリアは答礼し、訓練場へと向かうのだった。


数日後。

一良《かずら》たちは速成訓練を終えた数千にも及ぶ市民兵たちを従えて、砦《とりで》へと向けて行軍していた。

バルベールとの決戦ということもあり、通常動員数を大幅に超えた市民兵を動員している。

数だけでいうならば、イステール領軍だけで3個軍団近い兵力を集めていた。

「暑い……」

鎧姿でラタに揺られながら、一良《かずら》が額の汗を拭《ぬぐ》う。

太陽はちょうど真上で、雲一つない空で光り輝いている。

今は6月初頭なのだが、早くも季節は夏に差し掛かっていた。

ヘロヘロな一良《かずら》とは違い、隣のリーゼや前を行くジルコニアとナルソンは平気な顔をしている。

周囲には青々とした麦畑が広がり、遠目には砦《とりで》が見える。

あちこちで作業をしている農夫たちが、行軍する部隊へと大きく手を振っていた。

「ああ、いいなぁ。最近、土いじりしてないな……」

「カズラさん」

こっちにビニールハウスを持ってきて地球産野菜の栽培をチャレンジしようかな、と思いながら一良《かずら》が農夫たちを眺めていると、バレッタがラタにぶら下げていた水筒を手に取ってカズラに差し出した。

「はい、冷たい麦茶です。大丈夫ですか？」

「お、ありがとうございます。まあ、なんとかって感じですね」

一良《かずら》がバレッタから水筒を受け取り、喉を鳴らして麦茶を飲む。

氷入りの麦茶はキンキンに冷えていて、火照った体が一気に冷やされていくようでとても美味《うま》い。

「ふう。しかし、この鎧っていうのはやたらと熱いですね。茹っちゃいますよ」

「カズラさんの鎧だと、中が蒸れちゃいますよね。私みたいに、軽鎧に着替えたらどうですか？」

バレッタは革の軽鎧姿で、金属部分は胸当てだけだ。

手足には一良《かずら》が持ってきた金属板入りの手甲と脛あてもつけている。

一良《かずら》に比べて、かなり身軽な装備だ。

「うーん。でも、今さら着替えるっていうのも格好が悪いような」

一良《かずら》が言うと、隣を進むリーゼがくすっと笑った。

「カズラ、今からそんなんじゃ、真夏になったら倒れちゃうよ？　少しずつ慣らしていかないと」

「だよなぁ。リーゼは普段から訓練で慣れてるんだもんな」

「うん。でも、こまめに休憩はしてるよ。さすがにずっとは持たないし」

「だな、休憩は大事だ。てなわけで、そろそろ休憩にしないか？」

「うん、そうだね。お父様、小休憩をしてもよろしいでしょうか？」

リーゼが前を行くナルソンに声をかける。

「うむ、そうするか」

ナルソンが近場の護衛兵に指示を出す。

護衛兵は隊列から出ると、「小休憩！」と叫びながら後方へと走っていった。

一良《かずら》はラタを止め、地面に飛び降りた。

「いてて。尻がヒリヒリする」

「カズラさん、瞬間冷却剤です。これでお尻を冷やしてください」

バレッタがバッグから瞬間冷却剤を取り出し、一良《かずら》に差し出す。

袋を叩くと内包されている水と薬剤が反応し、化学反応で冷たくなる携帯冷却グッズだ。

「あ、すみません。助かります」

一良《かずら》はそれを受け取り、袋を叩いて尻に当てた。

「もう少しで砦《とりで》に着きます。頑張りましょう」

「はい。貧弱ですみません……はあ、冷たくて気持ちいい」

ふにゃっとした顔になっている一良《かずら》に、バレッタが小さく笑う。

「ふふ。馬車で体を拭《ふ》きましょうか。いったん、鎧を脱いでください。私が拭《ふ》きますから」

「え、いや、それくらい自分でやりますよ」

「いえ、私がやります。ほら、こっちに」

「私も手伝うよ。カズラ、こっちきて」

「だ、だから大丈夫だって！　ちょ、分かったから引っ張らないでったら！」

バレッタとリーゼにぐいぐいと手を引かれ、一良《かずら》が荷馬車へと引っ張られていく。

そんな彼らの光景を、シルベストリアは少し離れた場所からウッドベルと眺めていた。

「あはは。相変わらず、あの3人は仲がいいねぇ」

「両手に花って感じっすよね。あんな綺麗《きれい》どころを2人もモノにしてるなんて、カズラ様やるなぁ」

ウッドベルが頭から水をかぶりながら、シルベストリアと一緒に笑う。

先日、シルベストリアはウッドベルとコルツとともに料理屋へ行き、夕食を御馳走《ちそう》した。

コルツはその場では軍への同行を諦《あきら》めると渋々頷《うなず》いたのだが、シルベストリアとしてはコルツのことが心配で、ちょくちょくウッドベルに彼のことを聞きに行っていた。

そうして毎日話しているうちに、こうして仲良くなったというわけだ。

「ウッドは、彼女とかいないの？」

「いやぁ、女にはまったく縁がなくて。シアさん、誰かいい人紹介してくださいよ」

「紹介っていっても、私、男友達しかいないからなぁ。ウッドは人当りいいし、彼女作ろうと思えば簡単にできるんじゃない？」

「まったまた、そんなこと言うなら、シアさんが付きあってくださいよ」

「えー、それはダメだよ。私、好きな人いるもん」

「かーっ、これだよ！　簡単に彼女できるとか言っておいて、結局お世辞じゃないっすか！」

シルベストリアとウッドベルの話に、周囲の兵士から笑い声があがる。

「だ、だから、私以外で探せばいいじゃん！　ていうか、私みたいな筋肉バカなんて彼女にしてもつまんないって！」

「いやいや、シアさん美人じゃないですか。優しいし、お話ししてて楽しいし、シアさんに惚れられてる男が羨《うらや》ましいですよ」

「もう、そんなにおだてても何も出ないよ！」

「いや、おだててなんか――」

ウッドベルがそう言った時、使用人の若い女が、小さな鍋を持って駆けてきた。

肩にかかるほどの長さの栗毛色の髪をした、可愛らしい女性だ。

「ウッド、瓜の塩漬けだよ。皆と食べてね」

「お、メルフィちゃん、ありがと！　今日も可愛いね！」

「えへへ。ウッドも、今日も格好いいよ！」

メルフィはにこりと微笑《ほほえ》むと、ちらりとシルベストリアを見て走り去っていった。

「……え、なに？　私、あの娘に睨《にら》まれたんだけど？」

「シルベストリア様。あの娘、ウッドの彼女ですよ！」

近場にいた兵士からの声に、シルベストリアが「はあ⁉」とウッドベルを見る。

途端に、ウッドベルが慌てた顔になった。

「なんだ、彼女いるんじゃん！　それなのに、私に付きあってくれとか言ってたわけ⁉」

「い、いや、それは話の流れで……あとお前！　でかい声でそんなこと言うんじゃねえよ！」

声をあげた兵士に、ウッドベルが困り顔で言う。

「別にいいじゃんか。シルベストリア様、こいつ、近衛兵の娘さんをモノにしたんですよ」

「とんだ逆玉だよなぁ。ほんと羨《うらや》ましい」

シルベストリアがドン引きした顔で少し身を引く。

「うわー、引くわー……なにが、『女に縁がない』だよ。あんなに可愛い彼女がいるのに」

「で、ですから、そう言ったほうが話が盛り上がると思っただけですって！　そんな顔しないでください！」

「あー、分かった分かった。ほら、鍋寄こしな。さっさと食べないと休憩時間が終わっちゃうよ」

シルベストリアが汚い物でも見るような目をウッドベルに向ける。

「いや、その顔、絶対分かってないですよね⁉　俺は話を盛り上げようと――」

「はいはい。色男のウッドさんは、話の盛り上げかたも上手なんだよね」

「だから、ほんとに――」

そうして、シルベストリアはウッドベルをいじり倒しながら休憩時間を過ごした。

皆で瓜を食べ終えて談笑していると、再び出立の号令がかかった。

「そういえば、荷物の点検はしっかりした？　コルツ君が紛れ込んだりしてないよね？」

シルベストリアがラタに飛び乗り、ウッドベルを見下ろす。

騎兵のシルベストリアと違い、重装歩兵のウッドベルは徒歩だ。

よっこらしょと、ウッドベルが５メートル近い長さの槍《やり》を肩に担ぐ。

「大丈夫ですよ。街を出てくる前にコルツの家に行ったんですけど、布団に包まってふて寝してましたし」

「そっか……いや、その布団の中身、ちゃんと確認した？　人形でも詰めて、身代わりにしたりしてないよね？」

「してませんって。声かけたらちゃんと返事もしましたし、中身入りでしたよ」

「うん、それならいいんだ。子供ってさ、ああ見えてけっこう頭が回るから、油断しないほうがいいと思って」

「はは。下手な大人より悪知恵が働きますからね」

「そうなんだよ。私なんてさ、前に地方の村に駐在した時、天幕に忍び込まれて勝手に長剣振り回されてさ、もう少しで大事故になるところだったよ」

「世の中、想像のはるか上を行く出来事が往々にして起こるものですからね。油断大敵っすよ」

「だねぇ。お互い気をつけようね」

「そうっすね」

そうして、２人は皆とだらだらしゃべりながら、砦《とりで》へと向けて歩を進めるのだった。

数時間後。

砦《とりで》に到着した一良《かずら》は、ジルコニアと一緒に北側の城壁へと歩いていた。

空は夕焼け色に染まっており、砦《とりで》内の建物をオレンジ色に照らしている。

バレッタはマリーやエイラと食事の支度をしており、この場にはいない。

リーゼは砦《とりで》内に詰めている兵士たちを慰問するために、あちこち回っている。

ナルソンはイクシオスたちと会議中だ。

「建物、すっかり建て直されてますね。南の防御塔と城門も綺麗《きれい》に作り直されてたし、皆頑張ったんだな……」

周囲の建物を眺めて歩きながら、一良《かずら》が感心した声を漏らす。

前回の戦いでアルカディア軍が焼いてしまった防御塔は作り直され、城門も新しくなっていた。

砦《とりで》内の建物もバルベール軍が撤退する際にかなり焼かれてしまったが、それもすっかり建て直されていた。

「この短期間で、よく直せましたね。かなりの数の建物が焼かれちゃってたのに」

「資材が近場で手に入ったおかげです。敵の陣地様々ですね」

一良《かずら》と並んで歩きながら、ジルコニアが言う。

前回の戦いでバルベール軍を完全に打ち負かした後、防壁外にあったバルベール軍の軍団駐屯地から石材や木材などを根こそぎはぎ取って、砦《とりで》の修繕に充てていた。

砦《とりで》内の資材は大半が焼かれてしまっていたが、完全に手付かずの敵軍団駐屯地から建材が大量に手に入ったため大助かりだったのだ。

そうして歩いて行くうちに、北の防壁が見えてきた。

「おお、防壁も防御塔も綺麗《きれい》に直ってる」

「バルベール軍が修復作業をしていたのを引き継いだようなものですからね。昇降機などの道具もそのまま残っていましたし」

ジルコニアは捕虜になっている間に砦《とりで》内の様子を見ることが何度かあったが、バルベール軍兵士たちの働きぶりは見事なものだった。

土木工事にも慣れている様子で、実に手際よく砦《とりで》の修復作業を行っていたことを覚えている。

「あと、全兵士に持たせた土木工具がとても役に立ったようです。軽くて使いやすいとのことで」

「ああ、リゴ（鍬《くわ》に似た携帯工具）とドラブラ（つるはしと斧がセットになった携帯工具）でしたっけ」

「ええ。鉄製の武具より優先してそれらを作るべきだとバレッタに言われてそのとおりにしたのですが、ここにきてその意味が分かりました。全員が道具を持っていれば、そうでないのと比べて作業効率が雲泥の差ですからね」

「数千人の土木作業員がいるようなものですもんね。そりゃ早いわ」

そんな話をしながら、2人は防壁までやってきた。

防御塔の階段を上り、塔の頂上からバルベール側の景色を2人並んで眺める。

「まだ敵軍はやってきていないんですね」

「そうみたいですね。でも、あと数日すれば集まってくるかと」

「ふむ。防御陣地もずいぶんと立派なものが出来上がってますし、これなら大丈夫そうですね。前回とはえらい違いだなぁ」

防壁の周囲には何段も防塁が築かれ、いくつもの防御設備が備えられていた。

今も数百人の兵士たちが斜面で作業を続けており、櫓《やぐら》や敵騎兵を防ぐ馬防柵などを建造している。

防壁の前に大部隊を展開し、敵を迎え撃つ算段だ。

「本来は、こういった状態でバルベール軍を迎え撃つ予定だったんです。この間砦《とりで》を攻められた時は、防壁がある以外は丸裸同然でしたから」

「ですね。でも、これなら今度の戦いはこっちに分がありそうだ。こてんぱんにしてやりましょう」

一良《かずら》が言うと、ジルコニアがくすっと笑った。

「ん？　なんです？」

「いえ、カズラさんから『こてんぱん』なんて言葉が聞けるなんて思ってなかったので」

「まあ、降りかかる火の粉は払わないとですし。甘いこと言ってられないですからね」

「ふふ、頼もしいです。敵を叩きのめしてやりましょう」

ジルコニアが一良《かずら》に明るい笑顔を向ける。

一良《かずら》は、前々から彼女に聞こうと思っていたことを聞いてみることにした。

「あの、ジルコニアさん。前に『バルベールの奴らを皆殺しにする』って言っていたじゃないですか」

「……グリセア村で、カズラさんに『食べ物を分けてくれ』って言った時の話ですね」

「ええ」

一良《かずら》がバルベール側の景色に目を戻す。

「もしもですよ？　次の戦いで我々が圧勝して、そのままバルベールに攻め込んで彼らの国を屈服させたとして。ジルコニアさんは、彼らの首脳陣をどうしますか？」

「どう、というのは？」

「11年前の事件の復讐《ふくしゅう》をするために、彼らを全員抹殺するつもりなのかなと思って。いわゆる、大規模な粛清をするつもりなのかなって」

「やれるものなら、やってしまいたいですね。彼らは、私の家族の仇《かたき》ですから」

さらりと答えるジルコニア。

一良《かずら》としても、ジルコニアの気持ちは分かる。

だが、それをしてしまったら、取り返しのつかないほどの憎しみを生み出すと考えていた。

たとえこの戦争を終結させたとしても、それが新たな火種となって、再びいつかどこかで争いが生まれるだろう。

「大丈夫ですよ。そんなことはしませんから」

どうやって考え直してもらおうかと一良《かずら》が考えていると、ジルコニアが先に口を開いた。

「それをしてしまったら、どういう結果になるかは分かっています。取り返しのつかないことになるでしょうから」

それに、とジルコニアが続ける。

「カズラさんが悲しむようなことは、私は絶対にしませんよ。カズラさんは、私の大切な人ですからね」

ジルコニアがそう言って、にこりと可愛らしく微笑《ほほえ》む。

「そ、それはどうも」

「いえいえ、どういたしまして」

ジルコニアが、バルベール側の景色を眺める。

「この戦争で、私の復讐《ふくしゅう》はおしまいにします。その後は……どうしようかな」

「あれ？ 前に、『帰っておいで』と言ってくれた人のところに戻るって言ってませんでしたっけ？」

「そうですね。ついこの間までは、そのつもりでした」

「そのつもりだった……もしかして、ナルソンさんのところに留まるんですか？」

そう問いかける一良《かずら》に、ジルコニアがくすっと笑う。

その意味が分からず、一良《かずら》は小首を傾げた。

「いえ、イステール家からは出ていきますよ。ただ、もっと別の生き方もあるのかなって。今はまだ、考え中です」

「ふむ……あれですか。街でカキ氷屋さんを経営したり、食堂を開いたりとかですかね？」

「あ、それもいいですね。やりがいもありそうですし、すごく楽しそう。でも、1人で始めるのは、ちょっと不安ですね」

ジルコニアが一良《かずら》に流し目を送る。

「カズラさんに旦那様になってもらって、そのお店を一緒にやるというのもいいですね」

「はは。旦那になるかどうかはともかく、やるならいくらでもお手伝いしますよ」

朗らかに言う一良《かずら》に、ジルコニアが少し不満そうな顔になる。

「むう。もっと慌てるかと思ったのに」

「いやいや、毎回からかわれてたら、いくらなんでも慣れますって」

一良《かずら》がジルコニアに少し顔を向けて微笑《ほほえ》む。

「俺、ジルコニアさんのことは大好きです。かけがえのない大切な人だと想ってます。いつでも、俺を頼ってくれていいんですからね」

「え？　あ……はい」

ジルコニアは驚いた顔をして、すぐに顔を景色へと戻した。

その様子に、一良《かずら》がにやりと笑みを浮かべる。

「んん？　おやおやぁ？　少し顔が赤くなってるんじゃないですかねぇ？」

「き、気のせいです！　夕日の色でそう見えるだけですよ！」

一良《かずら》の言葉に、ジルコニアが焦り顔で反論する。

そのせいで、余計に彼女の顔に赤みが増した。

「いや、赤い！　赤いぞ！　ついにジルコニアさんから一本取ってやった！　俺はやったんだ!!」

「な、なにを拳を振り上げて叫んでるんですか!?　赤くなんてなってませんったら！　あ、こら！　待ちなさい！」

「やなこった！　バレッタさんとリーゼに報告しなければ！」

「なっ!?　ま、待ちなさいったら！　待てって言ってるでしょおおお!?」

「待てと言われて待つバカがいるかっての！」

大騒ぎしながら、ドタドタと階段を駆け降りる一良《かずら》とジルコニア。

防御塔を出たところで当然のように一良《かずら》は捕まり、関節をキメられて他言しないことを力ずくで約束させられた。

そんな2人の様子を、行き交う兵士たちは「なにやってんだあいつら」という目で眺めるのだった。


数日後の午後。

一良《かずら》たちは砦《とりで》の南門で、各地から集まってきた友軍の隊列を眺めていた。

王都とフライス領から馳《は》せ参じた計4個軍団とそれに付き従う使用人や奴隷《どれい》たちの長い列が、遥か彼方まで延々と続いている。

先頭が砦《とりで》に到達するまで、あと3、4キロメートルといったところだろうか。

「すごい人数だな……全部で何人くらいいるんですかね、これ」

一良《かずら》が隣に立つバレッタに声をかける。

「ええと、1個軍団が約5000人ですから、たぶん兵士だけでも2万人くらいはいるかと。その他の人員も合わせたら、軽く3万人はいきそうですね」

「さ、3万ですか。となると、砦《とりで》にいる人たちとクレイラッツからの援軍を合わせたら、6万人くらいはいきそうですね」

「はい。まるで、大きな街が丸ごと動いているみたいです……」

バレッタもその光景に圧倒されているようで、唖然《あぜん》とした顔をしている。

その様子に、傍《そば》にいたナルソンがうんうんと頷《うなず》く。

「バルベールとの決戦ですからな。これでも少々心もとないですが、新兵器も数をそろえることができましたし、なんとかなるでしょう」

「火薬や毒ガス弾も、ありったけ用意しましたからね。敵がまとまって攻めてきてくれるなら、それこそこっちのものですよ」

「ええ。特に毒ガス弾は広範囲に長時間にわたって煙を撒き散らしますからな。まあ、風がなければの話ですが」

「そうですね。でも、カタパルトもスコーピオンも前回の倍以上ありますから、きっと大丈夫ですよ」

自信ありげに言う一良《かずら》に、リーゼが微笑《ほほえ》む。

「カズラもバレッタも、すごく頑張ってたもんね。職人に交じって一緒に作業してたしさ」

「だなぁ。今までの人生で一番真面目に仕事した気がするよ。バレッタさん、本当にご苦労様でした。バレッタさんなしじゃ、こうはいきませんでしたよ」

「いえ、職人さんたちが頑張ってくれたおかげです。予想よりもたくさん作れて、ほっとしました」

そんな話をしていると、隊列の方から数騎の騎兵が砂埃を巻き上げながら駆けてくるのが見えた。

見知った顔に、一良《かずら》の表情が綻ぶ。

「おーい、カズラ！」

「ルグロさん！　おひさしぶりです！」

「おう！　元気にしてたか？」

先頭を走っていたルグロがラタを飛び降り、にこやかな笑顔で一良《かずら》の肩を叩く。

豪奢な鎧を身に纏い、なかなかに威厳のあるいで立ちだ。

「おかげさまで。ルグロさんは？」

「すこぶる快調だぞ。なんか、イステリアから帰ってからずっと体の調子がすごく良くてさ。ルティとか子供らも同じこと言ってるし、カズラ、俺たちに何かしたのか？」

「元気になるおまじないみたいなものを、ちょっとだけ。効いていたならよかったです」

「マジか。やっぱ、そこらの呪術師《じゆじゆつし》とカズラじゃ格が違うんだなぁ。あいつらのまじないも、まあそこそこ効くけどさ」

「そうなんですか。どんな方法なんです？」

「ええと、俺が風邪を引いて寝込んだ時は、小さな釜によく分からん液体を――」

「あ、あの、殿下」

一良《かずら》とルグロが話し込みかけると、一緒についてきていた老年の男がルグロに声をかけた。

彼は、王都の軍部の重鎮だ。

他にも、そわそわした様子の老年の男が数人、ルグロに縋《すが》るような目を向けていた。

皆、鎧姿だ。

「ああ？　まあ、少し待てって。後でちゃんと話してやるから」

「ん？　なにか急ぎの用事ですか？」

一良《かずら》の問いに、ルグロが少し困った顔になる。

「いや、こいつもそうなんだけどさ、カズラに贈り物をしたいって連中が大勢いるんだよ」

ルグロが言うと、男が焦り顔になった。

「い、いえ、別に他意はないのです！　ただ、滅多にお目にかかれない逸品がちょうど手に入ったもので！」

「カズラ様！　もしよろしければ、この後少しお時間をいただけませんでしょうか⁉」

「カズラ様、私、先日王都にて新たに養老院を設けまして！　今後の方針について、ぜひ一度お知恵を拝借したく！」

我も我もと、男たちが一良《かずら》に詰め寄る。

皆、死後の自分の処遇を少しでも良くしてもらおうと必死なのだ。

その時一良《かずら》は初めて気づいたのだが、ルグロの腰に下げている短剣の家紋と、彼らの家紋は同じものだった。

どうやら、彼らも王族のようだ。

「あ、はい。分かりました。そしたら、この後――」

一良《かずら》がそう言いかけた時、砦《とりで》の中から、兵士が1人駆けてきた。

「ナルソン様。北方からバルベール軍の一団が接近中との報告です。ムディアの街を出立した軍団です」

ナルソンが兵士に振り返る。

「距離と数は？」

「日の入り頃に視認できる位置に到達します。1個軍団弱の規模です」

「そうか。他の敵軍は？」

「先頭の軍団が到着するまで、あと3日の位置です」

「うむ。防壁と防御塔の各隊は、夕食を終えたら持ち場につくように知らせろ。外の作業部隊は、そのまま陣営構築を続けてよろしい」

「はっ！」

ナルソンの指示を受け、兵士が砦《とりで》内へ駆け戻っていく。

陣営構築作業は夜通し行われており、昼夜関係なしだ。

昼間は兵士が行い、夜は砦《とりで》に詰めている市民が交代して作業を続けている。

「ムディアの街からっていうと、第6軍団と第10軍団ですか？」

「はい。彼らもこの戦いに参加するようですな」

一良《かずら》の問いに、ナルソンが答える。

第6軍団と第10軍団は、前回の砦《とりで》攻めの際に交戦したバルベール軍だ。

野戦でほぼ壊滅したのが、マルケス将軍率いる第6軍団。

砦《とりで》に籠って交戦したのが、カイレン将軍率いる第10軍団だ。

2軍団とも、この砦《とりで》から数日の距離にあるムディアという街に駐屯していたと報告が入っている。

ムディアは、前回の戦争ではバルベール軍の補給地として使われていた大きな街だ。

大規模な穀倉《こくそう》地帯を有した、バルベールでは珍しい豊かな街である。

「ふむ。彼らは負傷兵だらけのはずですけど、よく仲間を待たずに進軍してきましたね。攻撃してくるつもりでしょうか？」

「いえ、先に陣営構築をするつもりなのでしょう。それほど近くには寄ってこないはずです」

ナルソンがルグロに目を向ける。

「殿下。積もる話もあるかとは存じますが、まずは宿舎へいらっしゃいませんか？」

「だな。何日も行軍して疲れちまったし、そうさせてもらおうか。風呂はあるんだっけ？」

「はい。すぐに入られますか？」

「そしたら、夕食の前に入るかな。ルティたちも連れてくるから、用意しておいてくれ」

「……妃殿下もお連れになっているのですか？」

顔をしかめるナルソンに、ルグロが苦笑する。

「ああ。王都に置いてきて、また前みたいに無理やり追いかけてきても危ないだろ？　だから、今回は俺から一緒に来るように誘ったんだ」

「なるほど、確かにそうですな……ということは」

「子供らも一緒だ。迷惑かけないように、宿舎の外には出ないように言っておくからさ。勘弁してやってくれ」

「かしこまりました。ご子息から目を離さないよう、妃殿下にお伝えください」

「おう、分かった。そんじゃ、行ってくるわ。お前ら、先にナルソンさんから指示受けやっといてくれな」

ルグロは付き従えていた男たちに申し付けると、ラタに飛び乗って護衛兵とともに部隊へと駆け戻って行った。

残された男たちは、そわそわした様子で一良《かずら》をチラ見している。

そんな彼らに、ナルソンは顔を向けた。

「では、まずは軍議もかねて砦《とりで》の状況を説明させていただきます。皆様、こちらへ」

ナルソンが男たちをうながし、砦《とりで》内へと戻っていく。

「あの、ジルコニアさん」

彼らについて行こうとしたジルコニアに、一良《かずら》が小声で話しかけた。

「さっき、ルグロさんが『前みたいに無理やり追いかけてきても』とか言ってましたけど、何のことだか知ってます？」

「はい、知ってますよ。カズラさんは、殿下と妃殿下の馴れ初めは聞きました？」

「いいえ、聞いてないです。ルティーナさんの実家がパン屋さんだっていうのは、リーゼとバレッタさんから聞きましたけど」

「そうでしたか。まあ、私も詳しくは知らないんですけど——」

ジルコニアが当時のことを思い出しながら、一良《かずら》に話して聞かせる。

曰く、今から11年前、ルグロが軍団長として兵たちを従え、この地にやってきた時の出来事だ。

ルグロが砦《とりで》に来てから数日して、若い娘が1人、補給部隊の使用人に交じって砦《とりで》にやってきた。

娘は砦《とりで》に入るなり、ルグロに会わせろと騒ぎ立てた。

当然のように娘は捕縛されたのだが、慌ててやってきたルグロによって解放され、なにやら話し込んだ後で王都に送り返された。

それから数カ月して、また同じようにして娘は砦《とりで》にやってきて、再びルグロに会わせろと大騒ぎした。

その後また王都に送り返され、その数カ月後に再び戻ってくるということが何度か続き、ルグロが根負けして彼女を手元に置くようになった。

しばらくして娘の妊娠が発覚し、急遽砦《とりで》で婚儀が行われ、その数カ月後に娘は双子を出産した。

そして今に至る、ということである。

「私はあまり興味がなかったので詳しくは知らないのですが、こんなところのようです」

「な、なるほど。そんなことがあったんですか。大恋愛ってやつですかね?」

「ですね。今度、カズラさんから殿下に、何があったのか聞いてみてくださいよ。私もなんだか、興味が湧いてきたので」

2人がこそこそ話していると、先を行くナルソンが振り返った。

「おい、ジル。お前も軍議には出るんだぞ。さっさと来い」

「はいはい。では、カズラさん、また後で」

ジルコニアが一良《かずら》ににこりと微笑《ほほえ》み、小走りでナルソンの下へと向かう。

「……とても次期国王とは思えない行動だわ。勝手に平民と子供を作って結婚だなんて、あの人頭おかしいんじゃないの」

リーゼが心底呆れたといった顔でぼやく。

「まあ、褒《ほ》められたものじゃないけどさ。結果として上手くいってるみたいだし、これはこれでいいんじゃないか？」

フォローを入れる一良《かずら》に、リーゼが不満げな顔を向ける。

「それは、ただの結果論じゃない。血筋を無視して平民とくっつくなんて、どう考えてもあり得ないでしょ。次期国王の嫁選びは、国の未来を左右することなんだよ？」

「それはそうだけど……」

「カズラがいてくれればこれからも反抗勢力なんて出てこないと思うけど、そうじゃなかったらルグロ殿下の代になった時点で、王家の求心力はガタガタになるはずだよ。勝手なことばかりやってる王を、家臣が信頼するはずがないじゃない」

「ご、ごもっともです」

「あー、ほんと腹立つ。なんであんな人が次の国王陛下なんだろ」

ぷんすか怒っているリーゼに、話を聞いていたバレッタが苦笑を向ける。

「生まれる場所は自分じゃ選べないんですし、仕方がないですよ。きっと、ご本人が一番困ってると思いますし」

「それはそうだけど、だったらせめて、少しでもその立場に合う人間になれるように努力するべきでしょ」

「そ、そうですね。努力はするべきですね」

「でしょ？　ああ、イライラする」

バレッタの気遣いも空しく、リーゼは不機嫌なままだ。

どうしよう、といった目線をバレッタが一良《かずら》に向ける。

それを受け、一良《かずら》はリーゼの頭に、ぽんと手を置いた。

「まあ、そう怒りなさんな。気分転換に、何か甘い物でも食うか？」

「うん、食べる。なんでもいいから、貪り食いたい気分」

「リーゼ様、焼きマシュマロとかどうです？」

「えっ、マシュマロって、焼いて食べたりもするの？」

驚いた顔をするリーゼに、バレッタがにっこりと微笑《ほほえ》む。

「はい、そうみたいです。キャンプ雑誌に載っていたのを見ただけで私も食べたことはないので、食べてみたいなって思ってたんです」

「焼きマシュマロか。懐かしいな」

「あ、カズラさんはやったことがあるんですね」

「ええ。父の畑で落ち葉を燃やしながらやったことが、一度だけあって。あの時以来食べてないんですけどね」

「そうなんですね。どんな味でした？」

「美味《うま》いの一言ですよ。棒に刺して焚火《たきび》で少しずつ焼くんですけど、焼けてくると表面がじゅくじゅくいい始めて、甘くて香ばしい匂いが漂《ただよ》ってきて、口に入れるとふわふわとろとろの舌触りで、とろけるように甘いんです」

一良《かずら》の説明に、バレッタとリーゼがごくりと喉を鳴らす。

「カズラ、焼きマシュマロ食べたい！　作って！」

「おう。でも、今はまだ暑いし、日が落ちてから宿舎の屋上でっていうのはどうだ？　雰囲気も出るだろうしさ」

「うん、いいよ。じゃあ、夕食は屋上で食べよっか！」

「よし、決まりだ。ソーセージも焼いて、ホットドッグも作ろう。ちょっとしたアウトドア気分だ」

「ザワークラウトとピクルスも出さないとですね。パンも焼かないと」

そうして3人はわいわい騒ぎながら、宿舎へと戻って行くのだった。

第6章　タイムリミット

数時間後。

砦《とりで》の宿舎の屋上で、一良《かずら》たちは焚火《たきび》を囲んでいた。

すでに日は落ちかけており、辺りはかなり薄暗い。

レンガを並べた即席のかまどの上では薪《たきぎ》が赤々と燃えており、そこに皆で細長い鉄串に刺したマシュマロをかざしている。

隣には別の焚火《たきび》に鍋がかけられており、ソーセージを茹でていた。

この場にいるのは、一良《かずら》、バレッタ、リーゼ、マリー、エイラ、ハベル、そしてルティーナとその子供たちだ。

ルグロはナルソンやジルコニアたちと会議中である。

アイザックとシルベストリアも誘ったのだが、2人とも哨戒任務があるとのことでこの場にはいない。

「はふはふ……うう、美味《お》しいよぉ。生きててよかったよぉ」

熱々の焼きマシュマロを齧ったリーゼが、とろけそうな顔で言う。

かなり気に入った様子で、先ほどまでの不機嫌さが嘘のようだ。

「そんなに気に入ったのか？」

「うん。私の中ではケーキの上をいくよ。熱々でふわふわなのが最高に美味《おい》しい」

「そうかそうか。そしたら、この戦いが終わったらチョコレートファウンテンでもやろうか」

「チョコレートファウンテン？　なにそれ？」

「溶かしたチョコレートを噴水みたいにして流しながら、そこにパンとかマシュマロとか果物を漬けて食べるやつ。リーゼなら気に入るんじゃないかな？」

「えっ、なにそれすごい！　やりたい！」

リーゼがキラキラした瞳《ひとみ》を一良《かずら》に向ける。

「よしよし。次に帰ったら機械を買ってくるよ。皆でやろうな」

「うん！」

「リーゼ様、ホットドッグもできましたよ」

バレッタがホットドッグをリーゼに差し出す。

刻みピクルスとザワークラウトがたっぷり挟まっており、ケチャップとマスタードがかけられている。

「わあ、ありがと！　ちょうど塩気のあるものも食べたくなってきたところなんだよね！」

リーゼがホットドッグにパクつく。

すっかり上機嫌な様子の彼女に、一良《かずら》とバレッタが顔を見合わせて「やれやれ」と苦笑した。

「熱々であまあまで美味《おい》しいです。カズラ様、お食事にお招きいただき、ありがとうございます」

「カズラ様、とっても美味《おい》しいです。ありがとうございます」

双子の姉妹のルルーナとロローナが、一良《かずら》に笑顔で礼を言う。

相変わらず、礼儀正しい娘たちだ。

下の2人の子供たちも、わいわい騒ぎながらマシュマロを齧っている。

「いえいえ、どういたしまして。たくさんあるので、好きなだけ食べてください」

「「はい！」」

「カズラ様、私たちまで呼んでいただいて、本当にありがとうございます。ご迷惑をおかけしてばかりで……」

ルティーナが申し訳なさそうに一良《かずら》に言う。

「迷惑だなんてことはないですって。皆で食べたほうが楽しいですし」

「すみません……ほら、ロンとリーネもお礼を言いなさい」

「「カズラ様、ありがとうございます！」」

「どういたしまして」

「はい、兄さん。焼けましたよ」

マリーが焼けたマシュマロをハベルに差し出す。

ハベルはハンディカムを片手に、皆の様子を撮影していた。

一良《かずら》は何も指示していないのだが、よほどカメラが気に入ったようで、こうして暇さえあれば皆の姿を撮影しているのだ。

写真もちょくちょく撮っているようで、一良《かずら》のパソコンにはそれらのデータが大量に保存されていた。

「ん、ありがとな。でも、マリーが先に食べていいぞ」

「え？　で、でも……」

「いいから。ほら」

「は、はい」

ハベルに撮影されながら、マリーが恥ずかしそうに焼きマシュマロを齧る。

ハベルは数秒その姿を撮影したのち、今度はカメラを写真モードに切り替えてパシャパシャと撮り始めた。

まるで幼い我が子を撮りまくる父親のような表情になっている。

「ハベル様、本当にカメラが好きなんですね」

エイラがホットドッグを作りながら、ハベルに苦笑を向ける。

ハベルはマリーを撮り続けながら、笑みを浮かべた。

「ええ。これが私の天職のようで。エイラさん、記念に一枚、写真を撮りませんか？」

「えっ？　写真ですか？」

「はい。カズラ様と並んで撮ってみましょうか。カズラ様、エイラさんの隣へどうぞ」

「はいはい」

ハベルに言われるがまま、一良《かずら》がエイラの隣に立つ。

「ほら、お2人とも、もっと寄ってください。カズラ様、エイラさんの肩を抱いていただけます？」

「こんな感じ？」

一良《かずら》がエイラの肩を抱く。

エイラは顔が真っ赤になっており、かなり恥ずかしそうだ。

「そうそう！　美男美女で様になりますねぇ！　エイラさん、照れた顔も素敵ですよ！」

「うう……は、恥ずかしい」

「あ、いいなぁ。ハベル様、2人が撮り終わったら私もカズラと撮ってください！」

「あ、あの、ハベルさん。私もお願いしたいです」

リーゼとバレッタが、ハベルに申し出る。

「はい。少々お待ちを。カズラ様、エイラさん、撮りますよ！　3、2、1、はい！」

皆でわいわい騒ぎながら夕食を楽しんでいると、階下からアイザックが駆け上がってきた。

「カズラ様！　バレッタさん！」

「おお、アイザックさん。哨戒任務は終わったんですか？」

「はい、今戻ったところです。ナルソン様がお呼びですので、お2人とも、会議室までお急ぎください」

「ん、そうですか。分かりました。バレッタさん、行きましょう」

「はい」

「カズラ、私も行っていい？」

食べかけのホットドッグをエイラに手渡し、リーゼが一良《かずら》に申し出る。

「おう、いいぞ。アイザックさん、夕食はもう食べました？」

「いえ、これからですが」

「なら、ここで食べていったらどうです？　どれも美味《おい》しいですよ！」

「あ、はい。ありがとうございます。いただきます」

「エイラさん、マリーさん、後はお願いしますね」

「かしこまりました」

そうして、その場をエイラたちに任せ、一良《かずら》たちは会議室へと向かった。

一良《かずら》たちが会議室へやってくると、ナルソン、ジルコニア、イクシオス、マクレガー、ルグロが待っていた。

5人とも、表情が険しい。

「カズラ殿、急にお呼びだてして申し訳ございません」

「いえ、大丈夫ですよ。何か問題でも起こりましたか？」

「はい。先ほど、バルベール軍の使者が砦《とりで》を訪れまして、我々に第10軍団の軍団長と会談をするよう申し出てきました」

「会談？　何の話をするんです？」

「それが、次の戦いでの毒の煙の兵器の使用についての協議を行いたいとのことで」

「協議って、攻めて来ておいて何を協議するっていうんです？」

「それはまだ分かりません。そして、訪れた使者は『手土産《てみやげ》』と言って、小さな壺を寄こしてきました」

「壺？　中身は？」

「使者が言うには、彼らが作った『毒の煙の兵器』とのことです」

「えっ⁉」

一良《かずら》が驚いた声をあげる。

バレッタとリーゼも、驚愕《きょうがく》の眼差しでナルソンを見ている。

「火を点けると猛毒の煙が発生するので、くれぐれも注意するようにと言っておりました。カズラ殿とバレッタに、それが本物なのか急ぎ調べていただきたいのです」

「わ、分かりました。敵の軍団長との面会はどうするんです？」

「明日の朝、彼らが前回投石機を設置した場所に来るようにと指定されました。私とジルで行きますが、バレッタも同席させていただければと」

「俺も行かせてください。彼らには、いろいろと聞いてみたいことがあるので」

一良《かずら》が言うと、ナルソンは困り顔になった。

「いや、それは……カズラ殿に万一のことがあっては、取り返しがつきませんので」

「それはナルソンさんだって同じじゃないですか。たとえ俺が無事でも、ナルソンさんが殺されでもしたら次の戦いは勝てませんよ」

「そうかもしれませんが、カズラ殿は我々にとって――」

「ナルソン、別にカズラさんも一緒に来てもいいんじゃないかしら」

窘めるナルソンの言葉をさえぎり、ジルコニアが口を挟む。

「もし相手がそのつもりだったとしても、会談の場に来るのは当人たちと護衛が数人でしょう？　せいぜい10人程度だろうし、私1人で全員片づけてあげるわ。むしろ、来た奴ら全員、問答無用で始末してもいいけど？」

ジルコニアがさらりと恐ろしいことをのたまう。

確かに、ジルコニアが一緒にいるのなら、何かあっても対処できるだろう。

一良《かずら》はロズルーから、救出時の彼女の戦いぶりを聞いたことがあったのだが、ロズルーは剣の取り回しや立ち回りの速度が尋常ではなく、ロズルーから見ても桁外れの身体能力とのことだ。

　もともとの身体能力が高いことに加え、常に最前線で剣を振るってきたことで培った身のこなしによるものだろう。

　そこに地球産の食べ物による身体能力強化が合わさって、とんでもない超人と化しているのだ。

「うむ……よし、分かった。カズラ殿も一緒に行きましょう。念のため、護衛としてアイザックとシルベストリアも同席させましょう」

「お願いします。彼らが一緒なら、なおのこと安心です」

　アイザックはすでに身体能力を強化済みであり、シルベストリアも一良《かずら》が持ってきた食べ物を継続して食べさせている。

　そろそろ2週間が経過する頃なので、体に変化が現れているはずだ。

「お父様、私も同席させてください。ご迷惑はかけませんから」

　リーゼがナルソンに懇願《こんがん》するような表情で訴える。

　一良《かずら》が行くと言った時点でナルソンもそれは予想していたので、ため息混じりで頷《うなず》いた。

「うむ。結局皆で行くことになるのだな……殿下、留守の間、砦《とりで》をよろしくお願いいたします」

「ああ、いいぜ。でも、少しでも怪しいと感じたら、すぐに戻ってこいよ。俺じゃナルソンさんの代わりなんて、とても無理だからな」

ルグロが一良《かずら》に目を向ける。

「それとよ、そんなに心配なら、会談の時はお互いの護衛兵は離れた場所で待機っていうふうにしたらどうだ？　そうすりゃ、その時になっていきなり修羅場ってのも、さすがにないだろ？」

「あ、それもそうだね。それがいいか」

「ああ。でも、カズラ。別にあれこれ詮索《せんさく》するつもりはねぇけどよ。無理だけはすんなよ。カズラが怪我《けが》したり死んだりするのかは知らねぇけどさ」

「うん、大丈夫だよ。ジルコニアさんたちが一緒にいてくれるし、危ないことなんてないって」

「あと、一応出かける前に、ちゃんとエイラに説明……あ、いや、後で話すわ。ははは」

ルグロがバレッタとリーゼをちらりと見て、誤魔化《ごまか》し笑いをする。

一良《かずら》たちは意味が分からず、きょとんとした顔になっている。

「え、えっと……話は変わるけどさ、さっきからカズラたちから甘い匂いがするんだが、何を食ってたんだ？」

「あ、そんなに匂う？」

「おう。甘ったるい匂いがプンプンするぞ」

「さっきまで、屋上でマシュマロっていうお菓子を焼いて食べてたんだ。ルティーナさんたちも一緒だから、ルグロも行ってきたら？　すごく美味《うま》いよ」

「えっ、マシュマロって、焼いても食べられるんですか⁉」

ルグロより先に、ジルコニアが身を乗り出して一良《かずら》に聞く。

「ええ。普通に食べるよりも、香ばしくてとろとろで、最高に美味《おい》しくなります。よかったら、今から皆で行ってみてください」

「それは楽しみです！　殿下、行きましょう！」

ジルコニアがうきうきした様子で、部屋を出ていく。

ナルソンとマクレガーは苦笑しているが、イクシオスは呆れ顔だ。

「やれやれ……イクシオス、マクレガー、カズラ殿を『手土産《てみやげ》』のある部屋に案内してやってくれ。私は先に屋上へ行く」

「はい」

「かしこまりました」

そうして、その場は解散となったのだった。

会議室を出た一良《かずら》たちは、イクシオスとマクレガーに連れられて宿舎の一室へとやってきた。

窓は開け放たれており、そよそよと夜風が入り込んでいる。

「これですか。何が入ってるんだろ」

テーブルに置かれた陶器の小さな壺に、一良《かずら》が歩み寄る。

壺はかなり小さく、小ぶりなお茶碗程度の大きさだ。

「あ！ カズラさん、待ってください！」

壺に手を伸ばす一良《かずら》に、バレッタが駆け寄って待ったをかけた。

「イクシオス様、中身は確認したのですか？」

「ああ。何やら焦げ茶色の砂が入っていた。油が染み込ませてあるようだったな」

「中身はすべて出しましたか？ 何か仕掛けがあったら大変です」

「大丈夫だ。一度すべて中身を出して、また戻してある」

バレッタは頷《うなず》くと、壺のかけ布の紐《ひも》をほどいた。

ポケットから、手術などで使う薄手のゴム手袋を取り出して装着する。

続いて、鼻まで覆うタイプのマスクも着けた。

「うわ、バレッタさん、用意がいいですね」

「えへへ、いつ何があるか分からないので、手袋とマスクは持ち歩いているんです。カズラさん、少し離れていてくださいね」

一良《かずら》が一歩離れると、バレッタはテーブルにハンカチを広げ、壺の中身を少しだけその上に出した。

指でつまみ、少し擦《さす》ってみる。

「……どうです？」

一良《かずら》が問いかけると、バレッタは小さくため息をついた。

「硫黄と何かの混合物のようです」

「ということは、それに火をつければ、少なくとも亜硫酸ガスは出るわけですか」

「はい。混ぜ物は何か分かりませんが、そのうちの1つは何かの金属粉末だと思います」

「……それは、我らが使った兵器と同じ効果があるということか？」

マクレガーがバレッタに問いかける。

「同じ効果かは分かりませんが、有毒であることには違いありません。私たちのものは窒息性の毒ガスですが、それよりも危険な物である可能性もあります。実際に使って試してみないと分かりません」

「ふむ。では、奴らの言う協議というのは……」

「はい。『同等の兵器を持っているから、互いに次の戦いで使用するのは止めにしよう』と持ち掛けてくるのではと」

イクシオスが顔をしかめる。

「毒の兵器なしで、奴らとの決戦に臨まねばならないということか」

「投射兵器の射程距離との兼ね合いもありますから、一概にそうとは言い切れません。ですが、混戦になった際にこれを部隊のただなかに投げ込まれたら、少なくない被害が出る可能性があります」

「ふむ。それは厄介だな。どうするべきか」

「もし不使用を持ちかけられたら、その場では合意しておいて、こちらが危機的状況になったら無視して使ってしまえばいいのではないですか？」

考え込んでいるイクシオスに、リーゼが意見する。

「きっと、相手も同じつもりだと思います。おめおめ負けるくらいなら、何だってやってくるでしょうから」

「しかし、戦いの初めからこれが使えないとなると……」

「バレッタ、カノン砲の射程はどれくらいあるの？」

「500メートルの距離なら、相手が大盾を構えていても後列まで貫通《かんつう》できます」

「命中精度はどう？」

「かなりいいですよ。砲弾の重量を統一したのと、軍事コンパスという道具を作ったので、目標に対しての投射角度と必要な火薬の分量をすぐに判別できるようになってますから」

軍事コンパスとは、三角比を用いた測距道具だ。

大砲の内径と砲弾の重量をあらかじめ決めておき、軍事コンパスによる測距によって投射角度と大砲に込める火薬の分量を割り出すことができる。

地球では、1597年にガリレオ・ガリレイが同様の物を発明した。

バレッタが作ったのはそれと同じ物だが、作り方までは本や百科事典ソフトには記述されていなかったので、自力であれこれ計算してコンパスに目盛りをつけた。

「実戦では、複数のカノン砲で1つの目標に集中砲火を浴びせて、敵の指揮官を1部隊ずつ狙い撃ちにする予定です。指揮官を失えば、被害の出た部隊は下がらざるを得ないと思いますから」

「そ、そう。それはいい戦術だね。カノン砲で狙い撃ち、か」

「はい。敵が接近してきたら『ぶどう弾』という散弾に切り替えます。手投げ式の爆弾や小型の火炎壺もあるので、近接戦でも十分戦えると思います」

リーゼがイクシオスに目を向ける。

「イクシオス様、そういった兵器もあるのですし、毒ガス兵器は使用しなくても大丈夫なのでは。それに、煙を吸い込んだ者には重い後遺症が出るという話ですし、後々のことを考えても積極的には使わないほうがいいように思えます」

「ふむ……確かに、それも一理ありますな」

「はい。敵を打ち破るにしても、これ以上禍根《かこん》を生み出したくないんです。できれば、毒ガス兵器は最後の手段として用いれればと」

「うむ。恨みはなるべく買わないに越したことはありませんからな」

納得がいったのか、イクシオスが頷《うなず》いた。

「しかし、相手方の毒の煙にどんな効果があるのかは知っておきたいですな」

「私もそう思います。バレッタ、明日以降でいいから、ミャギか何かを使って、人間の代わりに煙の効果を試すことってできるかな？」

「はい。後で試しておきますね」

「お願いね。荷馬車を使っていいから、砦《とりで》の外で……マクレガー、なに？　さっきからニヤニヤして」

ニヤつきながら見てくるマクレガーに、リーゼが怪訝《けげん》な顔になる。

「いえ、リーゼ様も統治者らしくなってきたなと思いまして。教育係として、肩の荷が下りた思いです」

「そんな、まだ全然だよ。教えてもらわないといけないことはたくさんあるんだから、長生きしてよね？」

「承知しました。まあ、カズラ様から頂いた食べ物を食べてからは、十代の頃よりも体が軽いくらいです。あと50年かそこいらは、職務に励めそうですな」

「うむ、私も１００歳を超えても現役でいられそうだ。カズラ様のおかげです。ありがとうございます」

イクシオスが一良《かずら》に頭を下げる。

礼を言いながらもにこりともしないのが、なんとも彼らしい。

「あ、いえいえ。これくらいなら、いくらでも。他にも何か困ったことがあったら、いつでも頼ってくださいね」

「ありがとうございます。その時はよろしくお願いいたします」

さて、とイクシオスが立ち上がる。

「私も夕食を食べに屋上へ行ってまいります。マクレガー、一緒にどうだ？」

「そうだな。ひとつ、御馳走《ちそう》になりに行くとするか」

イクシオスとマクレガーが部屋を出ていく。

バレッタがハンカチの上のものを壺に戻し、布を被せて紐《ひも》で縛る。

「これでよしっと……カズラさん、どうかしましたか？」

なぜか遠い目をしている一良《かずら》に、バレッタが小首を傾げる。

「いえ、バレッタさんもリーゼも頼もしくて、俺とは全然違うなぁと改めて感じちゃって」

「えっ⁉　そ、そんなことないですよ！　カズラさんがいないと、私なんてダメダメですし！」

「そうだよ。カズラがいてくれるから、私もバレッタも、今まで頑張ってこれたんだよ？」

フォローを入れるバレッタとリーゼ。

一良《かずら》は黄昏た表情で、乾いた笑みを浮かべる。

「2人とも優しいなぁ。俺より10歳も年下なのに、俺なんかと違ってよっぽど大人だよ」

「そんなことないですって！　カズラさんがいてくれるからこそです！」

「急にどうしちゃったの？　何か心配事でもあるの？」

リーゼが心配そうな顔で一良《かずら》を見る。

「いや……俺、2人に比べて何もできないよなって思ってさ。もっとしっかりしなきゃって、しみじみ思ったんだ」

「……カズラはそう言うけど、私たちからしてみれば、カズラの存在ってすごく大きいの」

リーゼが少し考えて、静かに言う。

「一緒にいるとすごく安心するし、何でも相談できて誰よりも頼りになる人だよ。カズラがいない生活なんて、私、もう考えられないもん」

「私も同じです。私なんて、いつもカズラさんに寄り掛かってばかりですし」

バレッタがそう言って、優しい笑みを一良《かずら》に向ける。

「だから、自信を持ってください。カズラさんが思っている以上に、皆、カズラさんのことを頼りにしているんですから」

「あ、別に思い詰めてるってわけじゃなかったんですけど……ありがとうございます。嬉しいです」

微笑《ほほえ》む一良《かずら》に、バレッタとリーゼがほっとした顔になる。

「さてと、俺はもう一度屋上に行ってマシュマロ焼きを食べてこようかな」

「私も行きます。お夕飯の途中で呼び出されちゃったから、まだ食べたりなくて」

「私も行く。カズラ、ホットチョコレートが飲みたいんだけど、持ってきてある？」

「あるぞ。ついでに、お菓子も持って行くか」

「カズラさん、私、ポテチが食べたいです！」

3人はわいわい騒ぎながら、部屋を出るのだった。


その頃、シルベストリアは騎兵隊の仲間たちとともに、砦《とりで》周辺の偵察任務を終えて北門へと向かっていた。

城門をくぐり、ラタを仲間に預けて宿舎へと向かう。

「シアさん、こんばんは！」

すると、向かいからウッドベルが手を振りながら歩み寄ってきた。

「偵察任務ですか？」

「うん。朝からずっと出ずっぱりだよ。ああ、疲れた」

んー、と背伸びをするシルベストリアに、ウッドベルが「お疲れ様です」と笑顔を向ける。

「どうです？　バルベール軍は見えましたか？」

「んーん。まだ近くには来てないみたい。平穏そのものだよ」

「そうですか。今日はもう仕事は終わりですか？」

「うん。夕食食べて、今日はもう休もうかなって。ウッドは？」

「俺はこれから防壁上の兵器の設置作業ですね。夕食はしばらく後みたいです」

「あれ？　兵器の設置作業って、正規兵がやるんじゃなかったっけ？」

小首を傾げるシルベストリアに、ウッドベルが「いやぁ」と頭をかく。

「昼間、防塁を掘ってる時に手首を痛めちゃって。土木作業は無理だって上官に言って、そっちに回してもらったんです」

「えっ？　ちょっと、大丈夫なわけ？　ウッド、重装歩兵なんでしょ？　手首を痛めたって、長槍持てるの？」

「まあ、数日休めれば大丈夫ですよ。そんなに重傷でもないんで」

「ほんとかなぁ。手首、見せてごらんよ」

「いや、見た目じゃ分からないですよ。筋を痛めただけなんで、腫れてもいないですし」

ウッドベルが差し出した右手首を、シルベストリアが掴んでしげしげと眺める。

確かに、腫れてもいないし熱感もないようだ。

「もう。あなた兵士なんだから、気を付けないとダメだよ。ちょっと弛《たる》んでるんじゃない？」

「はは、こりゃ手厳しい。今後は気を付けます」

ウッドベルは笑うと、防壁に目を向けた。

「しかし、この砦《とりで》はすごいっすね。見たこともない兵器がたくさんありますし、皆、士気も高くて準備万端って感じですよ」

「そうだね。前に砦《とりで》を奇襲された時は散々だったらしいから、『今度は負けないぞ』って皆張り切ってるんじゃないかな」

「なるほど。そりゃあ備えられるだけ備えようってなりますよね……」

ウッドベルが、うんうんと頷《うなず》く。

「敵は大軍みたいですけど、こっちは人数的には大丈夫なんですか？」

「んー。王都とフライス領からの援軍も到着したし、クレイラッツからも援軍は来るし、数的には問題ないんじゃない？それに、こっちは砦《とりで》を持ってるわけだしさ」

「あ、クレイラッツからも来るんですか。」

「さあ？　そこまでは私も知らないけど、次は決戦だからね。けっこうな人数を送ってくるんじゃない？」

「そうですか……この砦《とりで》を落とされたら、こっちは後がないですからね。次の戦いは負けられないですね」

「そうだよ。だから、ウッドもちゃんと怪我《けが》を治しておいてよね？　それと、死なずに生き残ること！　死んだら承知しないからね？」

どん、とシルベストリアがウッドベルの胸を拳で小突く。

「はは、かしこまりました。シアさんこそ、死なないでくださいよ？　こんなに気の合う異性の友達なんて、他にいないんですから。俺が彼女持ちじゃなかったら、求婚してるところですよ」

「ちょっ、あ、あんたはいつも調子のいいことばっかり……」

「いやいや。シアさんに想われてる男が羨《うらや》ましくて仕方がないです。こんないい女、他には――」

歯の浮くような台詞《せりふ》を吐くウッドベルにシルベストリアが顔を赤くしていると、ぱたぱたと若い女が駆けてきた。

ウッドベルの彼女のメルフィだ。

「ウッド！　もう、一緒に夕食を作るって約束したじゃない！」

メルフィがウッドに不満げな顔を向けた後、シルベストリアをじろりと睨《にら》んだ。

敵意丸出し、といった目つきだ。

「シルベストリア様、うちのウッドがご迷惑おかけしました！　ウッド、行くよ！」

「わわっ!?　そんなに引っ張るなって！　シアさん、それじゃまた！」

「ウッド！」

「な、なんだよ。怒鳴るなって」

メルフィに引きずられるようにして、ウッドベルがその場を立ち去る。

シルベストリアはやれやれとため息をつくと、宿舎へと向かうのだった。


翌日の朝。

一良《かずら》、バレッタ、リーゼ、ジルコニア、ナルソン、アイザック、シルベストリアは、十数人の護衛兵とともに砦《とりで》の北門の外に出ていた。

全員、鎧姿だ。

防壁には大勢の兵士たちが上っており、交渉に赴く一良《かずら》たちを見守っている。

エイラとマリーも、門の傍《そば》で控えていた。

「たった5人しかいませんね。しかも、そのうち2人は女性ですし」

一良《かずら》が双眼鏡をのぞきながら言う。

一良《かずら》たちから400メートルほど離れた場所に、5人の人影とラタの姿があった。

鎧姿の男が3人、軍服姿の金髪の女が1人、白髪《しらが》のワンピース姿の女が1人だ。

「ジルコニアさん、あの白髪《しらが》の女の子が、大型投石機を作ったたっていう人ですか？」

一良《かずら》がジルコニアに双眼鏡を渡す。

ジルコニアはそれを目に当て、頷《うなず》いた。

「はい、そうです。名前は確か、フィレクシアと言っていましたね。兵士たちには、フィーちゃんと呼ばれていました」

「ふむ。本当に1人で投石機を考え出したのだとしたら、かなりの頭脳の持ち主ですね。毒ガス兵器も、彼女が作ったのかも」

「かもしれません。あの娘は砦《とりで》攻めの時にも砦《とりで》にいたはずですし、毒ガス弾の効果は直接目にしているでしょうから」

「その隣にいる金髪の女性は？」

「第10軍団のティティス秘書官です。彼女と取引をして、私が捕虜になる代わりに市民と兵士を砦《とりで》から無条件で退去するようにしました。彼女たちの間にいるのが、軍団長のカイレンですね」

「なるほど。ということは、他の2人の男は護衛ですかね」

「かもしれません。私も一度も見たことのない男たちですね」

カイレンたちの傍《そば》には、大柄な短髪の男と、細身の長髪の男がいる。

2人とも、かなり立派な鎧を着ていた。

「アイザック、あなたは大柄な男を見張りなさい。シルベストリアは長髪の男よ。カイレンは、私が見張るわ」

「はっ！」

「承知しました」

アイザックとシルベストリアが頷《うなず》く。

「シルベストリア、体の調子はどう？　剛力はついた？」

「はい。剣や鎧が綿のように軽く感じます」

「そう。もし彼らが妙な動きをしたら、腕でも足でもいいから一刺ししなさい。行動を未然に防げれば、それでいいから」

「お任せください」

シルベストリアが彼方の5人を見つめながら頷《うなず》く。

いつもの朗らかな雰囲気は欠片もなく、完全に戦闘モードだ。

「皆、ラタに乗れ」

ナルソンの呼びかけに、全員がラタに飛び乗る。

一良《かずら》は鐙《あぶみ》に片足をかけて、よっこらしょといった具合で跨った。

「いいか、奴らは休戦協定を破って騙し討ちをするような連中だ。交渉の場とはいえ、絶対に油断するな」

ナルソンが皆を見回し、念を押す。

「行くぞ」

ラタの腹を蹴《け》って駆けだしていくナルソンに続き、皆も一斉にラタを走らせた。

緩やかな丘を駆け下り、カイレンたちの手前20メートルほどの位置でナルソンがラタを止めた。

護衛兵たちが先にラタを下り、続けて他の面々も地面に降り立つ。

ナルソンを先頭に、皆でぞろぞろとカイレンたちの手前5メートルほどにまで歩み寄った。

「ナルソン・イステール殿とお見受けする。俺はバルベール第10軍団長のカイレン・グリプスだ」

赤髪の男が、ナルソンに話しかける。

「いかにも、私がナルソンだ。協議したいことがあると聞いているが？」

「ああ。昨日贈った壺の中身は、確認してくれたか？」

「うむ。毒の煙を出す兵器、と使者は言っていたが」

「そうだ。この間の戦いで、そちらが使ったものと似たような効能を持つ兵器だと考えてもらって構わない。我々も、それを作ることに成功したんだ」

「ふむ。それで？」

「単刀直入に言おう。次の戦いでは、毒の煙の兵器は互いに使わないことにさせてもらいたいんだ」

「理由を聞かせてもらおうか」

「『それ』が、えげつないほどの威力を持っているからだ。あんなものを使い合って戦ったら、戦争が終わった後も後遺症で苦しむ兵士が大勢出る。どっちが勝っても、数十年にわたって禍《か》根《こん》を残すことになるぞ」

「勝手に休戦協定を破って攻め込んで来ておいて、旗色が悪いと見るや兵器の不使用協定だと？　笑わせてくれる」

ナルソンが小馬鹿にしたような表情で鼻で笑う。

カイレンは苦々しげに顔をしかめた。

「兵に余計な苦痛を強いるのは、そちらだって避けたいはずだ。戦いで生き残っても、後遺症が残れば一生苦痛に苛《さいな》まれることになるんだからな。ここは、今後は互いに、毒の煙の兵器は不使用と――」

「ふざけるな！」

カイレンの言葉をさえぎって、ナルソンが怒鳴り声を上げた。

カイレンは言葉を止めただけだが、その両隣にいたティティスとフィレクシアは驚いて肩を跳ね上げた。

一良《かずら》とリーゼも同様で、びくっと肩を跳ねさせてしまった。

バレッタやシルベストリアは、眉一つ動かさずに彼らを見据えている。

「休戦協定を破り、散々我らの兵や市民を殺しておいて、今さら何を言う！　貴様らの言い分など、もはや何一つ信用できるか!」

「ナルソン殿、冷静に考えてくれ。休戦協定を破って砦《とりで》を攻めたのは、アルカディア側の人間が我々の村をいくつも襲って虐殺を繰り返したからだ。まるで、11年前の仕返しだとでもいうようにな」

カイレンが静かに語りかける。

「俺らだって、アルカディアの連中に言いたいことは山ほどある。だが、今回の協議に関しては、それらとは完全に別物として考えてほしい。この戦場に立つすべての兵士たちのために、どうか提案を飲んではくれないだろうか」

「……バルベール側の村が襲われたという話だが、こちらも散々調べたが――」

「ナルソン様、私からもお願いするのです」

ナルソンの言葉をさえぎり、カイレンの隣に立つ白髪《しらが》の女――フィレクシア――が声を上げた。

「あんなものは、外道の使う兵器なのです。前回、砦《とりで》の戦いで毒の煙を吸った兵士たちは、今も息をするたびに胸から変な音を立てていたり、喉が焼かれるように痛いと訴えている人が大勢います。しかも、その人たちは比較的症状が軽い人たちなのですよ」

フィレクシアが懇願《こんがん》するような表情でナルソンに訴える。

「重症の人たちのなかには、砦《とりで》から撤退中に息ができなくて死んでしまったり、苦しさのあまりに舌を噛み切ったり剣で喉を掻き切ったりして自害してしまった人もいます。それ以外にも、街についてから血を吐いて死んでしまったり、生き延びてもほとんど寝たきりになってしまった人もいるんです」

フィレクシアの話に、一良《かずら》が青ざめる。

毒ガスによって後遺症が残ることは一良《かずら》も承知していたが、こうして生々しい話を聞いてしまうと、居たたまれなかった。

「やらなければやられる」とは分かっているが、どうしても後悔の念が湧き出てしまう。

「お願いします。どうか、あの兵器だけは使わないことにさせてください」

「あの、ちょっといいでしょうか」

バレッタがフィレクシアに声をかける。

「あの壺の中身を配合したのは、あなたですか？」

「はい。私が作りました」

「何を配合したのか、教えてもらえますか？」

「私が混ぜたのは、硫黄の粉と焼いた銅の……けほっ、けほっ」

フィレクシアが言いかけ、苦しそうに咳込んだ。

「けほっ、けほっ！　げほっ！」

「お、おい！　大丈夫か⁉」

カイレンがフィレクシアの背を摩《さす》る。

フィレクシアは激しく咳込みながら、口元を両手で覆っている。

「けほっ！　はぁ、はぁ……だ、大丈夫なのです。ごめんなさい」

フィレクシアが顔を上げ、バレッタに目を向ける。

「硫黄の粉と、焼いた銅の粉、それに油と毒草を混ぜたものです。煙を浴びると、目に激痛が走って開けていられなくなります。煙を吸い込むと、息もできなくなります」

ぜいぜいと苦しそうに肩で息をしながら、フィレクシアが話す。

「確認したければ、お渡ししたものに火をつけて、ラタか何かに吸わせればいいのです。今言ったのと、同じことになりますから」

「……あの、もしかして、あなたも砦《とりで》で煙を吸ってしまったのですか？」

バレッタが聞くと、フィレクシアはにっこりと微笑《ほほえ》んだ。

「いえ、私は吸っていないのですよ。ちょっと風邪をこじらせちゃって、こんなことになっているだけです。いつもこんな感じなので……けほっ、けほっ」

フィレクシアが口元に手を当て、再び咳込む。

その手元を見て、バレッタが少し顔をしかめた。

「分かりました。頂いたものの効果は、後で試してみますね」

「はい。くれぐれも煙を吸い込まないように、注意してください。けほっ、けほっ」

「フィレクシア、先に戻って休め。後は俺に任せておけって」

カイレンがフィレクシアに心配そうな目を向ける。

フィレクシアは小さく咳込みながらも、カイレンに笑顔を向けた。

「いえ、大丈夫です。少し咳が出るだけですから。けほっ」

「……そうか。無理そうだったら、すぐに言うんだぞ?」

「はい。けほっ、けほっ」

カイレンはため息をつくと、ナルソンに向き直った。

「ナルソン殿、どうか提案を受け入れてはくれないだろうか」

「ちょっと待って」

それまで黙って聞いていたジルコニアが、カイレンに声をかける。

「さっき、バルベールの村が襲われたことを、『11年前の仕返し』って言ったわよね。11年前にこちらの国境近くの村がいくつも襲われた事件について、あなたは知っているの?」

「ああ。こちらの人間がやらかしたことで間違いない」

「おい、カイレン」

大柄な男が顔をしかめて、カイレンに声をかける。

カイレンは「いいんだ」と言って男を一瞥すると、ジルコニアに目を戻した。

「といっても、元老院の連中は絶対に認めないだろうけどな。関わった連中も散り散りになっちまってるだろうし」

「誰が手を下したのか、知ってるの?」

「ん? 知りたいのか?」

カイレンがにやりとした笑みを浮かべる。

「……今すぐ教えなさい。言わないなら、言いたくなるまで一本ずつ四肢を切り落としてあげるわ」

すさまじい怒気を発するジルコニアに、カイレンの後ろにいる細身の男と大男が剣の柄に手をかけた。

アイザックとシルベストリアも、同時に柄に手をかける。

「うわ、おっかねえな。教えろって言われても、俺だって誰がやったかなんか知らねえよ。そんなに睨《にら》まないでくれ」

カイレンが両手を胸の前にかざして、ジルコニアを制する。

「よし、こうしよう。あと数日で元老院の連中が、ここに到着するんだ。そいつらから、誰がそちらの村を襲ったのかを俺が聞き出してやる。それをそちらに伝えたら、毒の煙の不使用に合意するっていうのはどうだ?」

「分かった。それでいいわ」

「お、おい! なにを——」

「ナルソン、約束は守ってもらうわよ」

勝手に話をまとめるジルコニアをナルソンが諌めようとすると、ジルコニアはそれをさえぎってナルソンを睨《にら》みつけた。

「嫌だとは言わせない。11年前に、自分で言ったことよ」

「……」

ナルソンが顔をしかめて押し黙る。

11年前、ジルコニアに妻となるように話を持ち掛けた際、ナルソンは『故郷を襲った連中を探し出すことに協力する』と確かに約束していた。

結局今まで何一つ進展はなく、ジルコニアも犯人捜しは半ば諦《あきら》めていた様子だったのだ。

2人の様子に、カイレンが、にっと笑みを浮かべた。

「よし、話はまとまったな。それじゃあ、俺たちはこれで——」

「あの、聞きたいことがあるのですが」

話を切り上げようとするカイレンに、一良《かずら》が声をかける。

「ん？　なんだ？　……と、その前に、お前は？」

「文官のカズラと申します」

「……なにを聞きたいんだ？」

「カイレン軍団長、あなたたちバルベールは、どうしてそこまでアルカディアを屈服させることに固執するんですか？」

「どうしてって……あれか、戦争理由ってやつか？」

「はい」

「さあな。俺はただの軍人だし、お偉方の考えてることはよく分からない。まあ、覇権主義ってやつじゃないか？」

「覇権主義……」

覇権主義とは、文字通り世界の覇権を目指して国家が突き進むことをいう。

他国を軍事や外交によって屈服させて領土を拡大したり、自国に有利な協定を結んだりして、自国の影響力を強めていく政策を優先する。

「このご時世、周りの国全部と仲良くってのは無理ってものだ。少しでも隙を見せれば、そこに付け入ろうとすぐに誰かが狙ってくる。こっちが望もうが望むまいが、避けられないことなんだろうな」

「そう……ですか」

「質問はそれだけか？」

「いえ、もう一つだけ。以前、ジルコニアさんを捕虜にした際、市民や兵士をすべて解放しましたよね。そこまでしてジルコニアさんを捕虜にしたい理由が分からなくて」

「ああ、あれか。あれは、できるだけ血を流さずに戦争を終わらせたかったからだよ」

「というと？」

「ジルコニア殿は貴国の英雄だ。我が国に対する戦争の旗印と言ってもいいだろう。簡単に言えば、そちらの国の人間の心を折りたかったんだ」

「心を折ったうえで、併合ないし属国化、ですか」

「まあ、簡単に言えばそんなところだな。結局、全部失敗しちまったけど」

カイレンはそう言うと、背後のラタへと向かった。

「では、ナルソン殿。俺たちはこれで失礼する。また使者を出すから、それまで待っていてくれ」

「……分かった。ただし、その前に戦いが始まったら、この交渉はなかったことにさせてもらうぞ」

「承知した。戦いの前に、必ず使者は送る」

カイレンたちがラタに跨る。

フィレクシアはカイレンに手伝われて、彼の前に座った。

すると、フィレクシアは、はっと思い出したようにバレッタに顔を向けた。

「あ、そうだ！　えっと、そこの金髪で一本結びのかた！」

フィレクシアに呼びかけられ、バレッタが小首を傾げる。

「私ですか？」

「はい！　そちらの毒の煙の兵器は、あなたが作ったのですよね？」

「……いえ、違います。作ったのは他の職人です」

「あれ？　そうなのですか……」

フィレクシアが残念そうな顔になる。

「もしまたお会いする機会があったら、その職人さんに会わせてほしいのです。あと、水車とか荷物を上げ下ろしする機械を考えた人にも会ってみたいのですよ！　けほっ、けほっ」

「こら、あんまり大声出すなって」

「これくらい大丈夫ですって。けほっ、けほっ」

カイレンがラタの腹を蹴《け》り、他の者たちを引き連れて駆け出していく。

フィレクシアはバレッタを振り返り、しばらくの間手を振り続けていた。


数十分後。ナルソンとの会談を終え、カイレンたちは野営地の前へと戻って来ていた。

ここは砦《とりで》からはラタで半刻（約1時間）ほど離れた場所で、カイレンの第10軍団とマルケスの第6軍団はこの場所に軍団要塞《ようさい》を建設する予定だ。

カイレンの意向で、前線からだいぶ離れた位置に建設することとなった。

今も兵士たちが周辺の森林から木材を切り出し、簡易的な柵を周囲に設置している。

「フィレクシア、本当に大丈夫か？」

カイレンはフィレクシアに手を貸してラタから下ろし、心配そうな目を彼女に向けた。

フィレクシアは咳は止まっているのだが、どことなくフラついて見える。

「はい、大丈夫です。ご心配おかけしました」

フィレクシアが明るい笑顔をカイレンに向ける。

「でも、今日はもう休ませてもらうのですよ。また熱が出てしまいそうなのです」

「ああ、そうしてくれ。風呂を用意させるから、温まってから休むんだぞ」

「わわっ、野営地でお風呂ですか！　豪勢ですね！　カイレン様も一緒にどうですか？」

「バカなこと言ってないで、天幕に戻って横になっとけ」

「私はいたって真面目なのですよ！」

フィレクシアが不満顔をカイレンに向ける。

「ティティス、フィレクシアを連れて行ってやれ」

「はい」

「無視⁉　カイレン様、一緒に行きましょうよぉ！」

「俺はラースたちと話があるんだよ。ほら、行った行った」

「もー！」

フィレクシアがぶーたれながら、ティティスに連れられて行く。

「なあ、カイレン」

カイレンがそれを見送っていると、傍《そば》にいた大男——ラース——が声をかけてきた。

「さっきの会談で、お前、11年前の犯人捜しをするって話してただろ？　あれ、本気か？」

「ああ。格好の取引材料だろ。使わない手はないからな」

「ですが、元老院がそう簡単に教えてくれるでしょうか？」

ラッカの問いに、カイレンが頷《うなず》く。

「それは大丈夫だ。もう誰が犯人かは調べがついてる」

「なんですって？　いったい誰なんですか？」

「マルケスだよ」

カイレンが答えると、ラッカとラースは驚いた表情になった。

「なんだと？　それは確かなのか？」

ラースが顔をしかめて、カイレンに聞く。

「間違いない。こっちに転属になる前に、あちこち手を回してマルケスの素性を元部下から洗いざらい聞き出したからな。どいつもこいつも、金を掴ませたらぺらぺらしゃべってくれたよ」

「……あの野郎、礼儀だ何だってうるさいくせに、そんな外道な真似をしてやがったのか」

「みたいだな。だが、そいつらが襲撃結果を報告したら、『そこまでするよう指示した覚えはない』とか言って、報酬《ほうしゅう》を減額したらしいんだよ。そんで、そいつらは頭にきて、余計にあちこちから略奪して回ったたって話だ。女も金目のものも、奪えるものは何でも奪ってさ」

「ひでえ話だな……確か、襲われた村ってのは、どこも皆殺しだったんだろ？」

「みたいだな。そこまでやったってのに、結局アルカディアは挑発に乗ってこないわ、開戦直後にナメてかかって第6軍団はズタボロにやられるわで、話にならねぇよ」

カイレンの話に、ラッカがため息をつく。

「余計にアルカディアの戦意を高めただけ、ということですね。そして、ジルコニアという旗印まで生み出してしまったと」

「ああ。砦《とりで》を奇襲した時にも感じたけど、あいつらの戦意は半端じゃないぞ。なにせ、軍事訓練を受けていない市民が自ら立ち向かってきたんだからな。こっちの国じゃ考えられない話だ」

「……なあ、ジルコニアのことなんだが」

カイレンとラッカの話を聞いて、ラースがふと思い出したように言う。

「ん？　何だ？」

「あの女、聞くところによるとかなりの使い手なんだろ？　軍団長自ら最前線で切り合ってたって聞いたが」

「らしいな。恐ろしく強いって話だ」

「ふむ。今度、一騎打ちでもふっかけてみるか」

ラースの言葉に、ラッカが顔をしかめる。

「兄上、それはやめたほうがいいですよ。たとえ彼女を殺しても、余計に敵の復讐《ふくしゅう》心を燃え上がらせるだけです」

「んなことねえだろ。あの女さえ殺しちまえば、アルカディアの連中は戦意を喪失《そうしつ》するんじゃないか？　奴ら、戦場ではジルコニアを心の拠り所にしてるんだろ？　なにせ、『常勝将軍』とまで呼ばれてるんだからさ」

「かもしれませんが、逆効果の可能性も十分あります。殺したら殺したで、あちらの国では神格化して崇拝の対象にされるのは確実ですよ。それに、別の兵士を送り出してくるかもしれないじゃないですか」

「大丈夫だって。何年か前に戦った北の蛮族《ばんぞく》だって、続けざまに出てきた3、4人をぶち殺したら戦意がガタガタになってたしさ。あちこちで同じことをやったが、どれも似たり寄ったりだったぞ。アルカディアだって、たいして変わりゃしねえよ」

つまらなそうに吐き捨てるラース。

ラッカの第13軍団とラースの第14軍団は、以前、カイレンの第10軍団とともに、国境を越えて押し寄せる北の部族と戦っていたことがあった。

その折、ラースは何度も敵の将軍に一騎打ちを呼びかけ、代わりに出てくる兵を切り殺した。敵将が出てきてもそれは同じで、もし敵将が出てこない場合は「臆病者！」と兵たちが大合唱して敵軍の士気を低下させていた。

剛の者であるラースだからこそ、できる芸当だ。

「どうだ、カイレン。いい考えだろ？」

「……いいや、ダメだ。ジルコニアには、一仕事してもらわないといけないからな。さっさと殺されちゃ困るんだよ」

「一仕事？　いったい何をするつもりだ？」

「マルケスを始末してもらうのさ」

さらりと言うカイレンに、ラースとラッカがぎょっとした顔になる。

「始末って、いったい何のためにだよ？」

「ちょっとな。ま、お前らは気にすんな」

「カイレン、それはないでしょう。私たちの間に、隠しごとはなしですよ」

「そうだぞ。ガキの頃からの仲じゃねえか。いいから、とっとと白状しろ！」

ラッカが不満げな顔をカイレンに向け、がしがしとラースがカイレンの頭をこねくり回す。

「ちょ、ラース、やめろって！」

「いいから吐け、このアホが！　俺らは兄弟も同然だろ！　今までだって散々迷惑かけやがって。言えないことなんて、何もないだろうが！」

「わ、分かったって。ほら、頭離せ。あーあ、髪がぐちゃぐちゃだよ、もう……」

カイレンが手櫛で髪を整え、2人に目を向ける。

「国境付近の村がいくつもアルカディアの奴らに襲われた事件があっただろ。マルケスの奴、どうやら俺の仕業だって感づいたみたいでさ」

「……おい、ちょっと待て。あれって、お前の自作自演だったのか？」

「カイレン、あなたという人は、また……」

ラースとラッカが困惑した顔になる。

「いや、そんな顔すんなよ。前にも似たようなことはやっただろ」

「……ティティスの嬢ちゃんは、知ってるのか？」

「いいや、俺がやったなんて、夢にも思ってないはずだ」

「万が一にもティティスさんにバラされないように、マルケスを殺してしまおうということですか？」

顔をしかめるラッカに、カイレンが鋭い目を向ける。

「そうだ。ティティスは俺の生きがいだ。何かあってからじゃ遅いんだよ」

「気持ちは分かりますが、いくらなんでも――」

「ったく、そんなに大事にしてるなら、さっさと嫁にしてやれよ。いつまでも待たせてちゃ、嬢ちゃんが可哀そうだぞ」

ラッカの言葉をさえぎり、ラースが呆れたように言う。

「い、いや、それとこれとは話が別だろ」

「何が別なんだよ。いいか、この戦争が終わったら、お前ら即日結婚しろ。式が終わったら、俺が2人とも裸にひん剥《む》いて、窓のない部屋に押し込んでやるから」

「おま、物事には順序ってもんが――」

カイレンが言いかけた時、ティティスがこちらに歩いてくる姿に3人は気づいた。

皆、慌てて口をつぐむ。

「カイレン様。フィレクシアさんが、『カイレン様を連れてこないと風呂に入らない』と駄々をこねてどうにもなりません。説得してください」

「あれま。ったく、あいつはしょうがねえな」

疲れた顔で言うティティスの下へと、カイレンは苦笑しながら歩み寄る。

「そんじゃ、俺は行ってくるわ。2人とも、そういうわけだから、よろしくな！」

「ラース様、ラッカ様、失礼いたします」

カイレンとティティスが野営地の中へと歩いていく。

「……カイレンの奴、まさか自国民まで手にかけてたとはな」

何やら話しながら去って行く2人の背を眺め、ラースがつぶやくように言う。

「ティティスの嬢ちゃんと一緒にいるようになってから、そういう手は避けるようになったと思ったんだけどな……マルケスより、よっぽど外道じゃねえか」

「そうですね……目的のためとはいえ、いくらなんでもやりすぎです。事が公になったら、縛り首では済みませんよ」

ラッカがため息交じりに言う。

「だな……。しかし、国内を浄化する、みたいなことをカイレンは言ってたが、いったいどうやるつもりなんだろうな？ 戦争が終わったら、今度は政争に飛び込むつもりなのかね」

「……」

「ん？ どうした？」

考え込んでいるラッカに、ラースが小首を傾げる。

「……まさか、そのためにカイレンは元老院議員たちが戦地に来るように仕向けたのでは、と」

「あ？ どういうことだよ。説明しろ」

「この戦いに乗じて、議員たちを手にかける……は、さすがにないですよね」

「あるわけないだろ！ そんなことしてみろ、どう取り繕《つくろ》ったって、カイレンがやったって丸分かりだろうが。いくらなんでも、考えすぎだって」

「ですよね。毒殺するにしても、今やっては誰が仕組んだかバレバレですし」

ラッカがカイレンたちへと目を戻す。

カイレンが何か冗談でも言ったのか、ティティスが笑顔を見せていた。

「どちらにせよ、乗りかかった船です。最後まで付きあってあげましょう」

「はあ……そのうち、俺らも巻き添え食って酷《ひど》い目に遭《あ》いそうだけどな」

楽しそうにしているカイレンたちを眺めながら、ラッカとラースはため息をつくのだった。


同時刻。

砦《とりで》から遠く離れたグレゴリアでは、街全体が大変な騒ぎに包まれていた。

「お、おい！　どうすんだあれ⁉　なにがどうなってるんだ⁉」

「な、なんてこった……」

無線連絡係として中心街の高級宿屋に滞在していたグリセア村の若者2人が、窓の外に広がる光景に慌てふためく。

街の中心にある大広場には数千、数万の人々が詰めかけていた。

広場の中心には大きな台座が作られており、その上では猿ぐつわをされて両腕を後ろ手に縛られた数十人が膝をついている。

彼らの傍《そば》では、豪奢な身なりの中年男が大声で人々に語りかけていた。

「聞け、市民たちよ！　この売国奴どもは、イステール領と共謀し、バルベールに寝返ってアルカディアを滅ぼそうと画策したのだ！」

中年男――ニーベル・フェルディナント――が、群衆に向かって怒りの形相で言い放った。

転章

グレゴリアでニーベルが市民たちに演説をしている頃。

バルベール北方の国境線を超えた先の森の中にある、とある野営地では、イスに腰掛けている初老の男の前にアロンドが跪いていた。

男の隣には長い黒髪の若い女が槍《やり》を手に控えており、アロンドと一緒に跪いている老人と数人の男たちを睨《にら》みつけている。

老人は、ルーソン家に古くから仕えている教育係だ。

男たちは、アルカディアからアロンドに付き従ってやってきた、ルーソン家の使用人だ。

アルカディアから逃亡してからずっと、彼と行動を共にしてきていた。

老人は怯《おび》え切った顔で震えているが、アロンドは力強い視線を初老の男に向けている。

アロンドの周りには、不揃いな鎧や毛皮を纏った大勢の男たちが彼らを睨《にら》みつけていた。

「なかなか面白い話を聞かせてくれるじゃないか」

初老の男が、アロンドに静かに語りかける。

口では「面白い」などと言ってはいるが、顔はまったく笑っていない。

「はい。今、バルベール軍はアルカディアへ大軍を差し向けており、北の国境線はがら空きです。攻め込むならば、今しかありません」

アロンドが言うと、初老の男は『ふん』と鼻で笑ってみせた。

「アルカディアを裏切ってバルベールの元老院に潜り込み、信用を得て確かな地位を築いた後、今度は我らガーランド部族同盟にバルベールへの攻撃を持ち掛ける、か。実に面白い。貴様は演劇家でもやったほうがいいんじゃないか？」

「ゲルドン様、私の話したことは真実です！　けして、あなた様を罠にはめようなどと考えているわけでは……ぐっ⁉」

アロンドが膝を立てて叫ぶように言うと、傍《そば》にいた男に槍《やり》で思い切り背中を殴られた。

あまりの痛さに、アロンドは地面にべしゃりと顔を叩きつけてしまう。

初老の男——ゲルドン——はそれを眉一つ動かさずに見ると、傍《そば》に控えている兵士に顎《あご》で指示し、酒の注がれた杯を持ってこさせた。

「貴様の言ったことが真実だったとしてだ。我らがバルベールに攻め入って、そのまま首都まで陥落せしめることができたとしよう」

ゲルドンが酒を一息にあおり、がん、と杯で乱暴にイスのひじ掛けを叩く。

「我らは、それで満足しないとは思わないのか？　貴様らの国も、他の南の国々も、いずれは我らの手のものになってしまうのだぞ？」

「げほっ！　げほっ！」

アロンドが激しくむせ返りながら、地面から顔を上げる。

「……ゲルドン様、アルカディア王国は今、滅亡の危機に瀕しております」

そして、必死の形相でゲルドンに訴えかけた。

「バルベール人は冷酷《れいこく》です。戦いに敗れたが最後、民はすべて奴隷《どれい》にされ、王族や貴族は皆殺しにされるでしょう。彼らは、あなたがたのような話が通じる相手ではないのです」

アロンドは両手をつき、額を地面に擦《こす》りつけた。

「部族同盟がバルベールを攻め滅ぼした後は、私が命をかけてアルカディア王家を説得し、必ずやゲルドン様の満足いく条件で講和を結ぶと約束いたします！　どうか、我らをお救いください！」

「貴様らの国がどうなろうと、私の知ったことではない」

ゲルドンが冷酷《れいこく》に言い放つ。

アロンドの隣に跪く老人が、絶望した表情をアロンドに目を向けた。

アロンドは表情を変えず、ゲルドンを見据えている。

「だが、面白い話ではある。今まで散々苦い思いをさせられてきたバルベールの連中を始末できるのならな」

「ゲルドン様！　それならば――」

「貴様の話に確証が持てれば、乗ってやらんでもない」

ゲルドンはそう言うと、傍《そば》にある小テーブルの上に積み上げられた紙束から1つを掴み上げた。

そこには、アロンドがバルベールにいる間に把握《はあく》した各軍の配置や、各地の街の位置が詳細に記されている。

他にも、元老院の名簿の複製や、首都の食糧事情を記したものまでが用意されていた。

「ここに書いてあることがすべて本当のことなのか、判別がつかん。貴様がバルベールの送り込んだ間者《かんじゃ》だとしたら、まんまと罠にはめられることになるな」

「そのようなことはありません！　それは、私が命がけでバルベール元老院から盗み出した情報なのです！」

「だから、それが本当なのかが分からんと言っているのだ」

ゲルドンはそう言うと、腰から小ぶりなナイフを引き抜いた。

ぽい、とアロンドの前に、それを放り投げる。

「アロンド、といったな？」

「は、はい」

「その短剣で腹を突いて、真横にかっさばいてみせろ。そうすれば、貴様の言ったことを信じてやろうじゃないか」

「っ！」

アロンドの顔が強張《こわば》る。

「どうした。祖国を守りたいんだろう？　さっさとやらんか」

「ゲ、ゲルドン様！　私が代わりに……ぐあっ⁉」

その様子を見ていた教育係の老人がナイフに手を伸ばすと、傍《かたわ》らにいた男が槍《やり》の石突きで老人の手を突いた。

メキッ、と嫌な音が響き、老人が苦痛にうめき声をあげる。

「お前には話していない。アロンド、ほれ、さっさとやれ」

「……」

アロンドが額に脂汗を浮かべて、震える手をナイフに延ばす。

「アロンド様、いけません！　おやめください！　ぎゃっ⁉」

老人が叫ぶように言うと、彼の手を石突きで突いていた男が槍《やり》を捻った。

アロンドはナイフを掴み、ぶるぶると震えながら刃を見つめる。

ギラリと鈍く黄金色に輝く青銅の刃に、自身の顔が映り込む。

アロンドはわずかに目を細め、その顎《あご》から汗が滴った。

「あっはっは！　どうした、ナイフの使いかたも分からんのか？　こう、脇腹に思い切り突き立てて、そのまま横に動かせばいいだけなんだがなぁ！」

ゲルドンが笑いながら腹を裂く仕草をしてみせると、周囲を囲む者たちが一斉に笑い声を上げた。

さっさとやれ！　と皆が騒ぎ立てる。

「そうだ、こうしよう！」

ゲルドンはそう言うと、アロンドの隣に跪いている老人や男たちに目を向けた。

「そのナイフで、そこの連中全員の目を潰してみせろ。そうすれば、貴様ら全員、生きたまま解放してやらんでもないぞ？」

その言葉に、老人以外の者たちが「ひっ」と悲鳴を上げた。

皆が一斉に、アロンドに怯《おび》えた目を向ける。

「好きな方を選んでいいぞ？　どうだ、慈悲深いだろう！　わっはっは！」

再び大声で笑うゲルドン。

アロンドはぐっと歯を噛みしめると、ゲルドンに目を向けた。

「……ゲルドン様、1つ約束してください」

アロンドがゲルドンに目を向ける。

「ん、なんだ？　言ってみろ」

「何年かかっても構いません。私が死んだ後、彼らを五体満足のまま、アルカディアに送り届けてくださいませんか？」

アロンドが言うと、ゲルドンは笑みを消した。

「……いいだろう」

「アロンド様！」

老人が驚愕《きょうがく》の目をアロンドに向ける。

「すまないな。アルカディアに戻ったら、ナルソン様に俺が謝っていたと伝えてくれ」

アロンドは老人に微笑《ほほえ》むと、目をつぶって歯を食いしばった。

そして、ナイフを逆手に持ち直し、思い切り自身の腹に突き立てた。

そのままナイフを横に滑らせようとして、目を開く。

ナイフの刃が、柄の中に引っ込んでいた。

「あっはっは！　腰抜けかと思ったが、やるじゃないか！　こりゃあ傑作だ！」

ゲルドンが大笑いしながら立ち上がり、周囲の者たちに目を向ける。

「どうやら、このバカが言っていることは本当のことらしいぞ！　各部族長に族長会議を開くと伝えろ！　国境を越えて、バルベールの土地を奪い取るぞ！」

周囲を取り囲む者たちから大きな歓声が上り、皆があちこちへと散らばって行った。

アロンドが茫然とした表情を、ゲルドンに向ける。

「ん？　何だ、そんな顔をしおって」

ゲルドンがくっくと笑い、アロンドを見下ろす。

「い、いえ……これは？」

アロンドが刃の引っ込んだナイフに目を落とす。

「お前のような奴が来た時のために、用意してあるのだ。少し力を加えてやれば、刃が柄に引っ込む仕組みになっている」

「そ、そうだったのですか。こんなものが……」

アロンドがナイフに目を落とす。

ゲルドンは心底愉快そうに、笑い声を上げた。

「よくできているだろう？　だが、言っておくが、刃は本物だぞ。目玉くらいなら切り裂けるからな」

その言葉に、アロンドの脇で跪いている者たちが震えあがった。

もしアロンドが彼の話に乗っていたら、今頃全員が目を潰されていたのだ。

「とはいっても、東方の連中が使っていた物の鹵獲品《ろかくひん》だがな。まったく、あいつらは本当に悪知恵ばかり働く」

「東方、ですか？」

「うむ。まあ、そんなことはどうでもいい。ウズナ」

ゲルドンが隣に控える女に目を向ける。

女は20歳そこそこといった年齢に見え、すらっとした体つきと長く美しい黒髪、凛々しい顔立ちが印象的だ。

ゲルドンを始めとした他の者たちに比べ、やや肌の色が濃く見える。

先ほどから鋭い目つきで、アロンドをじっと見据えていた。

「こいつらを小屋に閉じ込めておけ。あと、そこの爺さんに手当てもしてやれ」

「……何で私が？」

ウズナと呼ばれた女が、嫌そうな目でゲルドンを見る。

「お前、手が空いてるだろ。いいから、とっととやれ」

「……」

ウズナは顔をしかめ、アロンドたちに歩み寄った。

「立って」

ウズナにうながされ、アロンドたちが立ち上がる。

「ついてきて」

不愛想にそう言い、さっさと歩いて行くウズナ。

アロンドたちは互いに顔を見合わせ、黙って彼女について行くのだった。

番外編　その一筆に命を込めて

ある日の夜。

風呂を出た一良《かずら》は、お湯を作りに調理場へとやってきた。

時刻はすでに23時を回っており、ナルソン邸で働く使用人たちは夜勤者に切り替わっている。

一良《かずら》が火を興そうと竈《かまど》の灰を火かき棒で掘り起こしていると、ふと食堂の方から気配を感じた。

料理の受け渡し口にそっと近づき、食堂をのぞき込んでみる。

「はあ……どうしよう。困ったなぁ……」

見知った若い侍女《じじょ》が1人、ため息をつきながらテーブルを拭《ふ》いていた。

よほど困っているのか、何度も重たいため息をついている。

「ミリアさん、こんばんは」

「ひゃあっ!?」

突然声をかけられて、ミリアと呼ばれた侍女《じじょ》は肩を跳ねさせて素っ頓狂な声をあげた。

「あ、カズラ様！　びっくりした……」

「すみません。驚かせちゃいましたか」

一良《かずら》が食堂へと入る。

「ため息をついていたみたいですけど、何か困りごとですか？」

「いえ、その……顔料が見つからなくて、困ってしまって」

「顔料？」

「はい」

再び、はあ、とため息をつくミリア。

「どうしても欲しい色の顔料が見つからなくて。街であちこち探しているのですが、どうにもならないんですよね……」

「そうなんですか。その顔料は、お化粧に使うんですか？」

「いえ、絵の具を作るのに使うんです」

「絵の具？　ミリアさんって、絵を描くんですか？」

意外な情報に、一良《かずら》が少し驚いた顔になる。

「はい。お休みの日に、趣味で少しだけ。たまに貴族様にお呼ばれして、壁画を描いているんです」

「えっ!?　それはすごいですね！　どんな絵を描くんですか？」

興味津々、といった様子で、一良《かずら》が聞く。

「風景画とか、人物画を少しだけ。子供の頃から趣味で描いていたら、あちこちお呼ばれするようになっちゃって」

「へえ。貴族に呼ばれて絵を描くって、相当なものじゃないですか。ひとつ試しに……あ、今って仕事中ですよね。忙しかったりします？」

「ここの掃除をした後は、明け方までジルコニア様のお部屋の前で待機することになっていますが……」

「なるほど。それじゃあ、ジルコニアさんも呼んでお茶にしません？　いろいろ話を聞いてみたくて」

「え、ええっ⁉　で、ですが……」

突然の提案に、ミリアが困惑顔になる。

「まあまあ。絵の具のことなら力になれると思いますから、その駄賃替わりだと思って。どうです？」

「か、かしこまりました」

戸惑《とまど》いながらも、ミリアが頷《うなず》く。

一良《かずら》はよしと頷《うなず》くと、ジルコニアを呼びに食堂を出るのだった。


数分後。

一良《かずら》は廊下を進み、ジルコニアの部屋へとやってきた。

コンコン、とノックをして名乗ると、すぐに扉が開いた。

ジルコニアはまだ私服姿で、風呂には入っていないようだ。

「ジルコニアさん、こんばんは。今、大丈夫ですか？」

「はい、大丈夫です。何か緊急事態ですか？」

真剣な表情でジルコニアが言う。

「いいえ、侍女《じじょ》のミリアさんと今からお茶をすることになって。ジルコニアさんもどうかなと思って」

一良《かずら》が答えると、硬かったジルコニアの表情が、ふっと緩んだ。

「そうでしたか。カズラさんが私の部屋を訪ねてくることなんて今までなかったので、びっくりしちゃいました」

「そういえばそうですね。驚かせちゃってすみません」

「いえいえ、大丈夫ですよ。行きましょうか」

2人並んで、薄暗い廊下を進む。

廊下には所々に警備兵が立っており、一良《かずら》たちが通り過ぎるとぺこりと頭を下げていた。

「でも、ミリアとお茶なんて珍しいですね。急にどうしたんです？」

歩きながら、ジルコニアが一良《かずら》に聞く。

「それが、少し困りごとがあるとかで。お茶でも飲みながら、詳しく話を聞くことになったんですよ」

「困りごと、ですか？」

「はい。なんでも、彼女は趣味で――」

事の顛末を一良《かずら》が話して聞かせると、ジルコニアは「なるほど」と頷《うなず》いた。

「ミリアにそんな特技があるなんて知りませんでしたね。侍女《じじょ》をしながら、画家もやっていたんですか」

「俺も完全に初耳でした。あ、ちょっと俺の部屋に寄って行ってもいいですか？」

「はい、いいですよ」

そうして雑談しながらしばらく歩き、一良《かずら》の部屋に到着した。

部屋に入り、一良《かずら》は部屋の隅《すみ》の段ボール箱へと向かう。

「ええと、確かここに画用紙が……」

「カズラさん、明かりは消しても大丈夫ですか？」

「え？」

一良《かずら》が振り返ると、ジルコニアが照れくさそうな顔でもじもじしていた。

「その……明るいところで脱ぐのは恥ずかしくて……」

「い、いや、何の話をしてるんですか」

「え？　警備兵に怪しまれないように、あんな話をして私を連れ出したんじゃないんですか？」

「違いますよ！　急に何を言ってるんですかっ！」

一良《かずら》が顔を赤くして言うと、ジルコニアが楽しそうにくすくすと笑った。

「ふふ、冗談です。本当、カズラさんは面白いですね」

「……あのですね、ジルコニアさん。俺も一応、男なんですよ？　本当にその気になって襲い掛かられたらって、考えないんですか？」

やれやれといったふうに一良《かずら》が言うと、ジルコニアはきょとんとした顔になった。

そして、「いいこと思いついた」といった顔でにやりと笑い、一良《かずら》に歩み寄ってその胸に両手を添える。

「えっ⁉　ちょ、ちょっと⁉」

「ふふ、襲っちゃいます？　私はいいですよ？」

息がかかるほどの至近距離で艶っぽく言われ、一良《かずら》が生唾を飲んで固まる。

その雰囲気に、さすがのジルコニアも「これはまずい」と気がついて、慌てて身を離した。

なんとも言えない微妙な空気が、2人の間に流れる。

ジルコニアも一良《かずら》も、顔が真っ赤になっていた。

「え、ええと……その、ごめんなさい。やりすぎました……」

「……もうやっちゃダメですよ」

「は、はい」

ジルコニアが答えた時、コンコン、と部屋の扉がノックされた。

2人は同時に肩を跳ね上げさせ、扉へと目を向ける。

「カズラ様、エイラです。いらっしゃいますでしょうか?」

「あっ、はい! 今開けます!」

一良《かずら》が扉に駆け寄って開けると、エイラが立っていた。

「カズラ様、調理場に行ったらミリアが——」

エイラは言いかけて、部屋の中で顔を赤くしているジルコニアに気が付いた。

同じように一良《かずら》の顔も赤くなっていることに気が付いて、引きつった顔で一歩下がった。

「ああっ!? エイラさん、ち、違うんですよ! ジルコニアさん、違いますよね!?」

「は、はい! エイラ、本当に違うから!」

「あ、大丈夫です。私、何も見ていませんので。カズラ様は、お1人で部屋におりました」

酷《ひど》く冷静な声で言うエイラ。

いつの間にか、顔つきがプロの侍女《じじょ》のそれになっていた。

「だ、だから! 本当に違うんですって!」

「大丈夫です。口が裂けても、ナルソン様やリーゼ様には言いませんので」

「だーから——!」

その後、一部始終を一良《かずら》とジルコニアはエイラの前で一から再現してみせて、何とか誤解を解いたのだった。


一良《かずら》たちが食堂に戻ると、ミリアが席に着いて待っていた。

彼女は立ち上がり、ジルコニアに深く一礼する。

「ジルコニア様、夜分遅く申し訳……あの、どうかいたしましたか？」

酷《ひど》く疲れた顔をしている一良《かずら》とジルコニアに気づき、ミリアが小首を傾げる。

「ううん、何でもないの。全部私が悪いの……」

「え？」

「ミリアさん、気にしないでください。はあ……」

一良《かずら》も席に着き、陶器のコップにコーヒーのドリップパックをセットする。

夜勤のミリアには眠気覚ましにコーヒーがいいだろうと、用意してきたのだ。

「あの、これは？」

初めて見るドリップコーヒーを、ミリアが不思議そうな顔で見る。

「これはコーヒーという飲み物でして。まあ、見ていてください」

一良《かずら》がドリップパックにお湯を注ぐ。

ふんわりとした香ばしいコーヒーの香りが広がり、皆が「おー」と声を漏らした。

角砂糖の入った陶器の器を、皆の真ん中に置く。

氷式冷蔵庫から出したミャギのミルクが入った銀のポットも一緒だ。

また、エイラが深夜のお茶会用にと持参した、手作りのフルーツクッキーが盛られた皿も並んでいた。

ちなみに席順は、一良《かずら》の隣がジルコニア。対面がミリア。その隣がエイラだ。

「俺の国から持ってきたものなんで、この辺じゃ手に入らないものです。はい、どうぞ」

ミリアは一良《かずら》からコップを受け取り、その香りに表情を綻ばせた。

「すごくいい香りですね……ありがとうございます。私なんかに、こんな……」

「いえいえ、気にしないでください。苦みの強い飲み物なんで、お好みでこれ、砂糖っていうんですけど、入れて飲んでくださいね。ミャギのミルクも合うと思います」

一良《かずら》は皆にコップを配ると、自身も一口コーヒーを飲んだ。

一良《かずら》はブラック派なので、砂糖とミルクはなしだ。

コーヒーを飲むのは久方ぶりで、とても懐かしい味と香りにほっと息をついた。

「苦いけど美味《おい》しいわね。私、これ好きかも」

ジルコニアがちびちびとコーヒーを飲みながら、嬉しそうに微笑《ほほえ》む。

彼女はたっぷりのミルクと角砂糖を7個か8個は入れていたので、苦いというよりは甘ったるくなっていそうなのだが。

「本当、美味《おい》しいですね。クッキーによく合います」

エイラもコーヒーが気に入ったようで、頬《ほほ》を緩めている。

「えっと、ミリアさん。さっきの話の続きなんですが」

「もぐもぐ……ふぁ、ふぁい！」

ポリポリとクッキーを食べていたミリアが、口元を押さえて返事をする。

「あ、ゆっくり食べていいですよ。喉に詰まらせても大変なんで」

「んぐんぐ……す、すみません」

口の中のものを飲み下し、ミリアが恥ずかしそうにする。

普段、彼女が一良《かずら》と話す時はとても気さくな感じなのだが、ジルコニアが一緒にいると少し緊張してしまうようだ。

「顔料ですけど、街で手に入るものって、どんなものなんです？」

「山から採掘される緑色とか青色の鉱石や、赤茶色の泥《どろ》などが一般的ですね。王都から入ってきたものも稀《まれ》に売っているのですが、かなり高額です」

「なるほど。種類によってまちまちな感じですか。王都からのものって、色合いが良かったりするんですか？」

「はい。すごく鮮やかな青色が出る鉱石とか、綺麗《きれい》なオレンジ色が作れる珊瑚などがあります。私も少しだけ持っていますよ」

「おお、なんだか本格的だ……で、欲しい顔料っていうのは？」

「明るい黄色が出る顔料が、どうしても欲しいんです。でも、街で売っている鉱石とか花などで試してみたのですが、納得のいく色合いが出せなくて」

ミリアが言うと、ジルコニアが意外そうな顔になった。

「まるで本職の画家みたいなことを言うのね。今までに、どんな仕事をしたことがあるの？」

「ええと……大きなところでは、北の商業区画にある銀行の待合室の壁に描かれている冬の風景画を1年前に描きました。リーゼ様が面会をしている貴族様も何人か、お呼ばれして壁画を描いたことがありますね」

ミリアが答えると、エイラが「えっ⁉」と驚いた声をあげた。

「そんな大きなお仕事まで頼まれてたの？　趣味で少しだけ絵を描いてるって、前に言ってたと思うんだけど」

「うん、趣味で請け負ってるだけだよ。本業は侍女《じじょ》だし、絵だけで食べていけるとも思えないから」

絵描きは安定したお仕事じゃないからね、とミリアが付け足す。

「ふむ。欲しい色合いの顔料が手に入らなくて困ってるということは、すでにどこからか仕事の依頼が入ってるってことですか？」

一良《かずら》が聞くと、ミリアは暗い顔で頷《うなず》いた。

「はい。東地区の豪商のお屋敷で、玄関ホールに春の花畑の壁画を描くようにと依頼を受けてしまっていて。仕事始めが3日後なので、どうしようかと……」

「み、3日後？　マジか……」

絵の具が足りないならば日本から買ってきてしまえばいいと一良《かずら》は考えていたのだが、3日後に描き始めるのでは日数的にかなり厳しい。実質、今日はもう終わりなので、明日から数えて2日後には作業が始まる計算だ。

街に出回っている鉱石から探すにしても、ミリアがあちこち探しても見つからないというのでは、一良《かずら》に見つけることができるとはとても思えない。

「はい……なので、どうしようかと」

「ふうん……手に入る顔料で作った黄色じゃダメなの？　別に、『こういう色で描け』って指定されてるわけじゃないんでしょう？」

ジルコニアが言うと、ミリアは真剣な表情になった。

「それはそうなのですが、依頼を受けたからには、納得のいく仕事がしたいんです。材料が手に入らないからという理由で、半端な仕事をするわけにはいきませんので」

「そう……カズラさん、どうしましょう？」

「うーん……」

「あの、カズラ様」

一良《かずら》が「今からバイクを飛ばして日本に行くか」と考えていると、エイラが声をかけてきた。

「ここはいつものように、バレッタ様のお知恵をお借りしてはどうでしょう？」

「バレッタさんですか。確かに、彼女なら何かいい案を出してくれるかもしれないですね」

「はい。あと、リーゼ様にも相談してみては。リーゼ様は顔が広いですし、石材職人に話を通していただければ、何かいい顔料が手に入るかもしれません」

「えっ⁉ そ、そんな、私なんかのために、そこまで大事には……」

慌てるミリアに、一良《かずら》が微笑《ほほえ》む。

「いやいや、困った時はお互い様ですよ。いつもミリアさんにはお世話になっていますし、協力させてください」

「カズラ様……ありがとうございます」

ミリアが恐縮《きょうしゅく》して頭を下げる。

「ねえ、ミリア。一つ何か絵を描いてみてくれない？ どんなものか、興味があるの」

ジルコニアがテーブルに置かれている画用紙を、ミリアに差し出す。

「えっ。い、今ですか？」

「うん。手の込んだものじゃなくていいから」

「かしこまりました……って、何ですかこの紙⁉ すごいですね⁉」

ミリアが画用紙を手にして、驚愕《きょうがく》の表情になった。

皮紙や植物を編んで作られたものとは、見た目も手触りも全然違っていた。

「これ、どこで手に入るんですか⁉」

「それは、イステール家で極秘に作った試作品の紙なのよ。一般には出回ってないから、言いふらしちゃダメよ？」

ジルコニアがなんとも適当な説明をすると、ミリアは「そうなのか」と納得した様子だった。

まだ製紙業には手を出していないので、折をみて事業展開を検討してみてもいいな、と一良《かずら》が内心頷《うなず》く。

「あとこれ、鉛筆っていうんだけど、これも試作品なの。使ってみてくれる？」

「はい……うわ、木の中に炭の塊《かたまり》が入っているんですか。これはいいですね……」

はー、とミリアは感心しながらも、鉛筆を手に画用紙に向かう。

「ええと、何を描けばいいでしょうか」

「エイラを描くのはどうかしら」

「えっ、私ですか⁉」

まさか自分に振られるとは思っておらず、エイラが戸惑《とまど》った声をあげる。

「うん。私やカズラさんを描くより、気負わなくていいかなって。どう？」

「はい、ではそれで……エイラ、少しこっちを向いてくれる？」

「う、うん」

「あ、別にずっと同じ姿勢でいなくてもいいよ。コーヒーを飲みながらで大丈夫だから」

硬い表情のエイラをモデルに、ミリアが鉛筆を走らせる。

今までミリアが請け負った仕事の話をぽつぽつ聞きながら20分ほどそうしていると、ミリアが「できました」と画用紙を一良《かずら》とジルコニアに向けた。

「どれどれ……うお、めちゃくちゃ上手い！」

「本当。綺麗《きれい》に描けてるわね……」

見事な仕上がりに、一良《かずら》とジルコニアが感心する。

似顔絵は胸から上を描いたもので、写実的で実に上手に描かれていた。

絵の中のエイラは薄く微笑《ほほえ》んでおり、実際にモデルをしていた時のような硬さは取り除かれている。

エイラも絵を見せてもらい、「おお」と目を見開いていた。

「こういった絵に、色が塗られるわけですか」

「色を塗るというか、色で描く感じですね」

「色で描く、ですか。下書きとかってするんですか？」

「いえ、私は下書きなしでやっています」

「なるほどなぁ……これは、なんとしてでも顔料を手に入れなくちゃなりませんね。明日は朝一で、バレッタさんとリーゼに相談することにしましょう」

「私も、後で軍部で家族に石材店の人がいないか探してみるわ」

「カズラ様、ジルコニア様……ありがとうございます」

　こうして、その日は解散となったのだった。


　翌朝。

　いつものように皆で朝食を食べながら、一良《かずら》は顔料の話題をバレッタとリーゼに振ってみた。

　顛末をかいつまんで説明すると、リーゼが不満げな顔になった。

「もう！　またこっそりそんな話をしてたの？　この前ドライフルーツを作った時だってのけ者だったじゃない！」

「い、いや、今回も本当に偶然そういう話になっただけだって。夜遅かったし、起こすのも悪いと思ってさ」

「むー。お母様は呼び出したくせに」

「だから、それもたまたまだって」

　ぶーぶー文句を言うリーゼを一良《かずら》が宥めていると、考え込んでいたバレッタが顔を上げた。

「カズラさん、必要な色は、明るい黄色だけでいいんですよね？」

「はい、それだけが足りないって、ミリアさんは言ってましたね」

「それなら、何とかなるかもしれないです」

「えっ！　本当ですか⁉」

喜びの声を上げる一良《かずら》に、バレッタが頷《うなず》く。

「はい。百科事典に、鉛《なまり》と酸化錫《すず》を混合して焼成させると、『鉛錫黄《えんしやくおう》』という明るい黄色の顔料を作ることができると書いてありました。今から作れば、間に合うかもしれません。有毒なので、取扱には注意が必要ですけど」

「そ、そうですか。あの、もしかしてバレッタさんって、百科事典の中身を――」

「あ、はい。だいたいは覚えてると思います」

「すげえ……あの百科事典、確か全巻で2万5千ページくらいあったような……」

「でも、有毒な顔料って、そんなのを使って大丈夫なの？」

一良《かずら》が戦慄《せんりつ》していると、リーゼが心配そうな顔をバレッタに向けた。

「絵に近寄ったら体調が悪くなる、とかだったら、さすがにまずいと思うんだけど」

「いえ、粉末を吸引しなければ大丈夫です。それに、体に入れたり触れたら即死する、といったようなものではないので」

「そっか。でも、別の材料で作れる、毒性のない黄色はないのかな？」

「ありますけど、使うのが明後日となると、材料探しから始めないといけないので……鉛《なまり》と錫《すず》ならたくさんありますから、すぐに製作に取り掛かれます」

バレッタが説明すると、黙って話を聞いていたナルソンが「ふむ」と彼女に顔を向けた。

「バレッタ、その顔料はおそらく、かなりの儲《もう》けが見込める品になるだろう。作り方は極秘にして、誰にも話さないようにしてくれ」

「分かりました」

こうして早々に問題解決の糸口が見つかり、一良《かずら》とジルコニアはほっと息をついたのだった。


「バレッタさん、その顔料作りは、全部任せちゃって大丈夫ですかね？」

食事を終え、自室へと向かって廊下を歩きながら一良《かずら》がバレッタに話しかける。

「はい。何とか作ってみますね」

「お願いします。俺は今から、顔料探しに日本に行ってこようと思うんで」

「えっ。今からですか？」

「ええ。もしものための保険に、用意しておこうかなと。万が一その顔料が作れなかったとしても、俺が持ってくれば数日遅れで作業はできますから。バイクでかっ飛ばして行くんで、早ければ明日の夜には帰ってこれますよ」

「でも、ここから村までバイクでって、危ない気が……それに、昼間にバイクで走るのは、さすがにまずい気がします」

「む、確かに……そしたら、行きは護衛と一緒にラタに乗って行って、帰りは夜にバイクで1人で戻ってきますよ」

「えー、やっぱり危ないよ。獣……は出ないにしても、帰り道で追剥《は》ぎに遭《あ》ったら大変だよ？」

「そうですよ。もし何かあったら……」

心配そうにリーゼとバレッタが言う。

そんな2人に、一良《かずら》は「いやいや」と笑って見せた。

「万が一追剥《は》ぎと遭遇《そうぐう》したとしても、あんなやかましい乗り物が暗闇《くらやみ》の中すごい勢いで走って来たら、近寄ろうなんて思わないですよ」

「でも、やっぱり危ないよ。私も一緒に行く」

「私も行きます！」

「い、いや、大丈夫だって。それに、バレッタさんが来ちゃダメでしょう。誰が顔料を作るんですか」

「で、でも……」

「リーゼも、バレッタさんがさっき言ってた別の顔料の材料を聞いて、探しておいてくれよ。もしかしたら見つかるかもしれないしさ」

「それはいいけど……カズラが心配だよ」

でもでも、と渋るバレッタとリーゼ。

「カズラさん」

すると、後ろで話を聞いていたジルコニアが声をかけてきた。

「私が一緒に付いて行きましょうか？　誰が襲ってきても守ってあげますよ」

ジルコニアが言うと、リーゼとバレッタがものすごく嫌そうな顔で振り返った。

「お母様が一緒だと、別の意味で心配だからダメです」

「え？　心配って何が……」

ジルコニアがふと一良《かずら》と目が合い、昨晩のことを思い出して少し顔を赤くする。

「……お母様？」

「う、ううん。なんでもないの。そうだ、アイザックとハベルを一緒に行かせましょう！　カズラさん、それでいいですね⁉」

「あ、はい。じゃあ、それで」

「では、さっそく2人に伝えてきますので！　屋敷前の広場で待っていてください！」

一良《かずら》の返事を聞くやいなや、ジルコニアは踵《きびす》を返して去って行った。

リーゼとバレッタが、疑うような目を一良《かずら》に向ける。

「な、何だその目は⁉　俺、何もしてないぞ⁉」

「本当に？　お母様、何だか顔を赤くして慌ててたけど？」

「カズラさん、まさか……」

「本当に何もないですって！　っていうか、前にも似たようなことありましたよね⁉　最近多くないですかこれ⁉」

そんなこんなで、一良《かずら》は疑いの目を向けるリーゼとバレッタから逃げるようにして自室に戻ると、そそくさと出立の用意をして広場へと向かったのだった。


2日後の夜。

一良《かずら》はアイザックとハベルとともに、真っ暗な森の中の街道をイステリアへと向けてバイクで爆走していた。

闇《やみ》を照らすのは、バイクのヘッドライトの明かりのみ。

地面には所々に大きな石が飛び出していたりするのだが、オフロード用バイクは余裕の走りを見せている。

「カズラ様、そろそろ待ち合わせ地点です！」

並走するアイザックが、大声で一良《かずら》に呼びかける。

2人とも鎧姿だ。

銀色に輝く鉄鎧とバイクという構図は違和感があるが、不思議と格好よく見える。

「よし、速度を緩めましょうか」

3台は速度を緩め、ゆっくりと森の中を進む。

すると、正面で手を振る近衛兵の一団を発見した。

エンジンを切り、荷馬車にバイクを積み込む。

「いやぁ、やっぱりバイクは速くていいですね。ずいぶん早く帰ってこれました」

馬車に乗り込み、一良《かずら》がほっとした様子でアイザックとハベルに話しかける。

アイザックは袖《そで》をまくり、腕時計を見た。

以前、一良《かずら》がプレゼントしたものだ。

「ですね。これなら、23時にはイステリアに着けそうです」

「おお、まだそんな時間ですか。って、ハベルさん、こんなところを撮らなくても……」

ハンディカメラを取り出して撮影を始めたハベルに、一良《かずら》が苦笑する。

「いえ、これも思い出ですから。こんな機会、滅多にありませんし」

「それはそうですけど……ハベルさん、いつもカメラ回してますよね。そんなに撮影が好きですか？」

一良《かずら》が聞くと、ハベルはカメラを回したまま小さく笑った。

「はい。これは本当に面白い道具ですね」

「カズラ様、こいつ、訓練そっちのけで撮影ばかりしているんです。少し叱ってやってください」

「はは。まあ、思い出の記録が残ることはいいことですし、このままでもいいかな」

一良《かずら》が言うと、ハベルがにやりとした笑みを浮かべた。

「アイザック様、諦《あきら》めてください。カズラ様のお墨付きです」

「カズラ様まで……はぁ」

そんな話をしながら馬車は進み、イステリアへと到着した。

街なかを抜け、ナルソン邸へと向かう。

景気がいいせいか、夜遅いにもかかわらず、街の飲食店は多くの客で賑わっていた。

馬車がナルソン邸の広場に到着すると、玄関からマリーが駆けてきた。

さっと、ハベルがカメラを彼女へと向ける。

「カズラ様、おかえりなさいませ！」

「あれ、マリーさん。まだ起きてたんですか？」

「はい。カズラ様が帰ってくるのを待つようにと、エイラさんから申し付けられていて」

「エイラさんが？」

一良《かずら》がきょろきょろと、エイラの姿を探す。

「あ、エイラさんなら、夕方頃からバレッタ様たちと一緒に、ミリアさんの仕事場に絵の具を届けに行っています」

「おお、作れたんですね！……って、戻って来てないってことは、バレッタさんたち、まだ向こうにいるんですかね？」

「はい、おそらくは」

「そっか。じゃあ、俺も行こうかな。東地区、でしたっけ。場所は分かります？」

「はい、場所は――」

マリーから場所を聞き、御者へと伝える。

「それじゃ、行ってきますね。マリーさんはもう休んでいいですよ」

「かしこまりました。……あの、兄さん、撮るのはやめてほしいのですが」

ひたすら撮影を続けているハベルを、マリーが困った顔で見る。

「俺のことは気にしなくていいぞ」

「気になるから言ってるんです」

「まあまあ、いいじゃないか」

「よくないです……」

「え、ええと、アイザックさん、バイクの後片付けをお願いしますね」

「かしこまりました。ほら、ハベル、いい加減撮影はやめろ」

「いや、もう少しだけ――」

何やら揉めている兄妹とアイザックを残し、一良《かずら》は再び馬車に乗り込んだ。

しばらく馬車を走らせ、一良《かずら》はミリアが仕事をしているという豪商の邸宅にやってきた。

邸宅はぐるりと高い塀に囲まれており、かなりの広さがあるようだ。

門番に事情を話し、門を開けさせて中へと入る。

「よっと……うわ、でっかい家だなぁ」

馬車から降り、いかにも「金持ち」といった豪奢な建屋を一良《かずら》が見上げていると、玄関の扉が開いてエイラが駆けてきた。

「カズラ様！」

「エイラさん、こんばんは。絵の具、出来上がったんですって？」

「はい。バレッタ様たちが工房に籠って徹夜で頑張ってくださって、今日の夕方にやっと完成したんです」

「て、徹夜ですか。そりゃまた頑張りましたね……2人は中ですか？」

「はい。でも、静かにお願いいたします」

エイラは唇に指を当てると、玄関へと向かった。

2人がそっと邸内へと入ると、広々としたホールの奥で、ミリアが壁に向かって一心不乱に筆を振るっていた。

左手には木のパレットを持っていて、そこには複数色の絵の具が乗せられている。

床には、絵の具が入ったたくさんの陶器の鉢が置かれていた。

「おお、結構進んでるんですね」

白い壁には、横幅四メートルほどの範囲に、遠目に雪山を望む鮮やかな緑色の草原と青空が描かれていた。

ミリアはそこに、黄色の絵の具で次々と花をつけ足していく。

広大な菜の花畑のような風景画を描こうとしているようだ。

かなり集中しているようで、一良《かずら》が入ってきたことにも気づいていない。

「今朝からずっと、食事もとらずに作業をしているようなんです」

そっと、エイラが小声で話す。

「朝からずっとですか。すごい集中力ですね……えっと、バレッタさんは？」

「そちらに」

エイラが傍《そば》にある柱の向こうをのぞき込む。

一良《かずら》が見てみると、バレッタ、リーゼ、ジルコニアが3人並び、壁に背を預けてすやすやと眠っていた。

エイラが掛けたのか、3人にはそれぞれ毛布が掛けられている。

「ありゃ、寝ちゃってますね。ジルコニアさんも一緒だったのか」

「はい。3人で夜通し、絵の具を作ろうと工房で頑張っていたみたいで。少し前まで作業を眺めていたんですけど、眠気に耐えられなくなっちゃったみたいです」

くすっとエイラが微笑《ほほえ》む。

「そっか。俺も日本で絵の具は買ってきたんですけど、必要なさそうですね」

「そうですね。ミリア、バレッタ様たちの作った黄色の絵の具を見て、『すごい!』って大喜びしていましたし。この仕事で使うだけの量はあるみたいなので、大丈夫かと」

「それはよかった。そういえば、この家の御主人は?」

「外出中とのことで、戻られるのは明日の夜になるそうです」

「そっか。日本でルイボスティーのお高めなやつを買ってきたんですけど、今から飲みませんか? 調理場を貸してもらえれば、ですけど」

一良《かずら》が言うと、エイラは嬉しそうに微笑《ほほえ》んだ。

「わあ、ありがとうございます! ミリアも少し休憩させたほうがよさそうですし、声をかけましょうか。お屋敷の人に、お湯を作らせてもらえるようお願いしてきますね」

その後、一良《かずら》たちは3人でお茶休憩をとった。

ミリアは完全に周りが見えていない状態になっていたらしく、声をかけられて初めて今が深夜だと気が付くという有様だった。


そして、翌朝。

「う……あ、あれ?」

「バレッタさん。おはようございます」

呻《うめ》きながら目を覚ましたバレッタに気づき、一良《かずら》が声をかける。

「あっ、カズラさん！　ごめんなさい、私、寝ちゃってたんですね……」

「ですね。よく寝てました」

「んにゅ……カズラ？　どこ？」

「うーん……こ、腰が」

バレッタに続き、リーゼとジルコニアも目を覚ました。

ジルコニアは変な姿勢で寝てしまったせいか、腰を押さえて呻《うめ》いている。

「あっ！　すごい！」

バレッタが壁に描かれている絵に気づき、驚きの声を上げた。

昨晩まではなかった鮮やかな黄色の花畑が、目の前に広がっていたからだ。

いまだに作業を続けていたミリアはその声に気が付いて、バレッタを振り返った。

「バレッタ様、おはようございます！」

「おはようございます！　すごいですね！　こんなに綺麗《きれい》な花畑が、たった一晩で……！」

バレッタが弾んだ声で言うと、ミリアはにっこりと微笑《ほほえ》んだ。

「ふふ、ありがとうございます。でも、これが塗り終わった後に、あと4回は重ね塗りをしないといけないので、完成にはもうしばらくかかりますね」

「4回もですか。大変なお仕事なんですね……」

心底感心した様子で、バレッタが壁画を眺める。

リーゼとジルコニアも立ち上がり、「おー！」と壁画を見て驚きの声を上げていた。

「ミリアさんって、お休みはいつまでですか？」

作りかけの壁画を眺めながら、一良《かずら》が聞く。

「5日後までです。一カ月分のお休みを、まとめて取らせていただいているので」

「なるほど。お休み中に終わりそうですか？」

「はい、このペースで進めれば、最終日のお昼くらいには終わらせられそうですね」

「最終日に？　それって今日みたいに徹夜で作業をして、ってことですよね？　体、大丈夫なんですか？」

心配そうに一良《かずら》が言うと、ミリアはすぐに頷《うなず》いた。

「大丈夫です！　絵を描いている時は、眠気も何もかも気にならないので！」

「そ、そうですか。後で元気になるお薬をあげますから、一応飲んでおいてくださいね」

その後、一良《かずら》たちはしばらくミリアの作業を見学した後、ナルソン邸へと戻ったのだった。


それから5日後の午後。

一良《かずら》、バレッタ、リーゼ、ジルコニア、エイラの5人は、馬車でミリアが壁画制作をしている豪商の邸宅に向かっていた。

あれから一良《かずら》たちはそれぞれの仕事にかかりきりで、一度も邸宅を訪れていない。

今朝になって、邸宅の使用人から「壁画がそろそろ完成しそうだ」という連絡を受けて、皆でやって来たのだ。

「どんな仕上がりになってるんだろう。楽しみだね！」

「5日前の時点でも、すごく綺麗《きれい》でしたよね。完成したらどうなるのか、想像できないです」

リーゼとバレッタがわくわくした顔で、一良《かずら》に話しかける。

「ですね。重ね塗りで発色をよくするって言ってたけど、どんな感じになってるんだろ。エイラさんは、あれから何度か見に行ったんですっけ？」

対面に座るエイラに、一良《かずら》が話しかける。

一良《かずら》の両隣にリーゼとバレッタ、向かいの席にエイラとジルコニアという席順だ。

「はい。昨日と一昨日《おととい》の朝、差し入れを持っていきがてら、見てきました。今までに見たどの壁画よりも鮮やかな色合いで、すごく綺麗《きれい》でしたよ」

「そんなにですか！　それは楽しみですね！」

「はい。それと、お仕事先の御主人様が、すごくミリアによくしてくださって。休憩用の客室とか、食事やお風呂まで用意してくださっているみたいなんです」

「へえ、それはすごいですね。いい人の仕事に当たったのか」

「あ、いえ。ジルコニア様が見学に来たことが理由のようですよ。ミリアが、ジルコニア様と知り合いだと知って驚いていたようなので」

「ああ、なるほど。確かに、領主夫人が見学に来るなんて、普通はあり得ないですもんね……ジルコニアさん、どうです？　描けました？」

対面で画用紙と鉛筆を手に固まっているジルコニアに、一良《かずら》が声をかける。

移動がてら、「私も何か描いてみようかしら」と言ったジルコニアに、一良《かずら》が画用紙を渡したのだ。

お題は「ミャギ」で、その姿を思い出しながら描いてみようということになった。

「……」

「ジルコニアさん？」

「……やっぱり、お絵描きはやめておきましょう。馬車が揺れすぎて、描けたものじゃないですし」

死んだ魚のような目で、ジルコニアが言う。

どうやら、酷《ひど》い仕上がりになってしまったようだ。

「いやいや、せっかく描いたんですから、見せてくださいよ。絶対に笑いませんから」

「うー……すんごく下手くそですよ？　本当に笑いませんか？」

「笑いませんって。ほらほら」

「うー……」

ジルコニアが嫌そうにしながらも、くるりと画用紙を皆に向ける。

「「「ブフォッ⁉」」」

画用紙いっぱいに描かれたUMA（未確認動物）のような奇怪な生き物のイラストに、他の4人が盛大に噴き出した。

ミヤギとは地球のヤギのような見た目の生き物なのだが、ジルコニアが描いたそれは、ぱっと見では日本妖怪の「くだん（人の顔をした牛）」である。

何をどう間違ったらこんなデザインになるのか、といった出来栄えだ。

「あっ⁉　も、もう！　だから嫌だって言ったのに！」

画用紙から顔を背け、口元を押さえてプルプルしている4人の姿に、ジルコニアが顔を赤くして憤慨する。

「くくっ……す、すみません！　想像以上に前衛的だったもので！」

「お、お母様、それはいくらなんでもっ……ぷぷっ」

「ふ、2人とも、そんなこと言ったら失礼ですよっ！　……っ、ふ、ふふ」

「もおお！　そんなに笑うなら、自分たちも描いてみなさいよ！　ほら！」

「は、はい！　……ふ、ふ」

ジルコニアが突き出すようにして、バレッタに画用紙を差し出す。

バレッタは笑いをこらえすぎて頬《ほほ》を痙攣させながらも、それを受け取るのだった。

十数分後。

豪商の邸宅に到着し、一良《かずら》たちは馬車を降りた。

するとすぐに、玄関からこの家の主人の中年男が駆け寄ってきた。

「これはこれは、ジルコニア様！　わざわざおいでいただき、ありがとうございます！」

「……」

揉み手をして挨拶《あいさつ》をする主人に、ジルコニアが魂の抜けたような顔を向ける。

あれからバレッタとリーゼにも絵を描かせたのだが、2人ともかなり上手く、突き抜けて下手だったジルコニアは傷心していた。

「あ、あの、ジルコニア様？」

「え？　……ああ、ごめんなさい。出迎えご苦労様」

「は、はい。つい先ほど、壁画が完成したところでして。どうぞ、こちらへ」

主人に案内され、皆で玄関ホールへと入る。

ホール内は、大勢の見物人がひしめき合っていた。

今までにない明るい色合いの壁画の話を聞きつけて、画家や近隣住民たちが見物にやってきているのだ。

「おい、ジルコニア様がいらしたぞ！　どいてくれ！」

主人の呼びかけで、人々が慌てて脇に寄って道を空ける。

すると一良《かずら》たちの眼前に、鮮やかな黄色い花々が咲き乱れた春の景色が現れた。

「わあ……」

「綺麗《きれい》……」

バレッタとリーゼが、その美しさに感嘆の声を漏らす。

白い壁面に描かれた風景画は、前回見た時よりもはるかに美しいものになっていた。

花々の黄色は明るく鮮やかで、所々に雲の浮かんだ青空は抜けるような深い青だ。

遠目に見える山は真っ白な雪をその頂きに備え、夏を目前にした春の花畑のような美しい景観が広がっていた。

「おー、これはすごい！」

「綺麗《きれい》ですね……」

一良《かずら》とエイラも、その美しさに見とれてしまう。

ジルコニアも感心して壁画を見つめていたのだが、ふと隣に控えるこの家の主人に顔を向けた。

「どう？　絵の出来栄えには満足できたかしら？」

「は、はい！　実に素晴らしいものが出来上がって、満足しております！」

「よかったわ。ミリアはどこにいるかしら？」

「それが、壁画の完成と同時に座り込んで寝てしまって。客室に運ばせて、横にならせておきました」

主人に案内され、ジルコニアが客室へと向かう。

部屋に入ると、服のあちこちを絵の具で汚したミリアが、ベッドですやすやと眠っていた。

「よく寝てるわね……あの娘、ここにずっと泊まり込んでいたの？」

「はい。四六時中、壁画に向かいっぱなしでした。休むようにとも言ったのですが、ほとんど寝ずに仕事を続けていたようでして」

「そう……。あの娘が起きるまで、寝かせておいてあげてくれる？　後で着替えも持ってこさせるから、お風呂にも入れてあげてほしいのだけれど」

「はい！　それはもちろん！」

しゃちほこばって返事をする主人に、ジルコニアがにっこりと微笑《ほほえ》む。

「お願いね。謝礼は後で持ってこさせるから」

ジルコニアが言うと、主人は驚いた顔になった。

「えっ!?　い、いえ、そこまでしていただかなくても大丈夫ですので！」

「いいのよ。あんなに綺麗《きれい》な絵を見ることができたんだもの。見物料として、取っておいて」

「ははっ！　ありがとうございます！」

こうして、ミリアの大仕事は無事に完了した。

この壁画は「イステール家が見物料を払ったほどの名画」として評判になり、ミリアは若き天才画家として、一躍名をはせることになったのだった。

数日後。

ナルソン邸の執務室では、一良《かずら》とナルソンが新作顔料について話し合っていた。

評判を聞きつけてミリアの絵を見に訪れた画家たちが、壁画に使われていた黄色の鮮やかな色合いに驚き、ぜひ売ってほしいとイステール家に何人も頼み込んできているのだ。

「やはり評判になりましたか。これは、一儲《もう》けできそうですな」

よしよし、とナルソンが満足そうに頷《うなず》く。

「ですね。バレッタさんはいくらでも量産できるって言ってますし、がんがん作って売りまくっちゃいましょうか。そのうち、他領とか王都にも売り込めるでしょうし」

「そうしましょう。しかし、わずか数日でこれほど評判になるとは……ミリアの描いた壁画はそんなに素晴らしい出来なのですか？」

「すごかったですよ。あんなに綺麗《きれい》な壁画、俺も初めて見ましたし」

「ふむ。屋敷の侍女《じじょ》に、そのような才能を持っている者がいたとは。いやはや、驚きました」

ナルソンの言葉に、一良《かずら》はふとジルコニアの絵のことを思い出した。

あの個性的なミャギの絵を思い出してしまい、笑いがこみ上げてしまう。

「ん？　カズラ殿、どうしました？」

「い、いえ……この間、ジルコニアさんにミャギの絵を描いてもらったんですけど、それがまたすごくてですね」

「ほう。ジルも絵が上手なのですか。それは知りませんでした」

「あ、いや、上手というか――」

一良《かずら》が言いかけた時、部屋の扉が開いて、ジルコニアが入ってきた。

「はい、ナルソン。鉱石産出量の資料を持ってきたわよ」

「うむ、すまんな。ところでジル、お前、絵が上手いそうじゃないか。カズラ殿から聞いたぞ」

「……」

「そんな特技を持っているなんて知らなかったよ。どうだ、ひとつ何か描いてみせてくれないか?」

ジルコニアが一良《かずら》をジロリと睨《にら》む。

「え、ええと。俺、ちょっと用事が……」

「そういえば、カズラさんはまだ絵を描いていませんでしたよね。一緒に描きましょうか」

立ち去ろうとする一良《かずら》の肩をがっしりと掴み、ジルコニアがドスの利いた声で言う。

「下手だったほうが、流木虫の燻製をお椀《わん》一杯分一気食いすることにしましょう。絵の題材はミャギにしましょうか」

「ちょっ、本気ですか⁉　あの臭い芋虫を一気食いって、洒落《しゃれ》になりませんよ⁉」

恐ろしい提案をしてくるジルコニアに、一良《かずら》が引きつった声を上げる。

「ええ、本気です。絵の判定員は屋敷の侍女《じじょ》たちにしましょう。ナルソン、皆を応接室に集めて」

「わ、分かった」

ジルコニアの有無を言わさぬ迫力に押され、ナルソンは頷《うなず》いた。


その後、応接室にて、一良《かずら》とジルコニアのお絵描き対決が行われた。

一良《かずら》はそれなりにミャギの特徴をとらえた絵を描き上げ、これならば勝てると確信していた。

だが、採決が挙手制だったため、殺意の波動を纏うジルコニアに恐れをなした侍女《じじょ》たちは全員が彼女の作品に投票してしまい、一良《かずら》の抗議空しく満場一致でジルコニア画伯の勝利が確定してしまった。

すぐさま流木虫の燻製が部屋に運び込まれ、一良《かずら》はジルコニアに睨《にら》みつけられながら、いくら仲良くなっていても彼女を怒らせてはならない、と後悔しつつ、流木虫を一気食いしたのだった。

あとがき

こんにちは、こんばんは。すずの木くろです。

皆様のおかげで、本作も11巻目を発売することができました。ありがとうございます。

今回のお話、あれも書かねば、これも書かねば、とひたすら加筆していたら、番外編含めて100ページくらい加筆することになってしまい、挿絵などと合わせて合計400ページくらいになってしまっているかと思います。いくらなんでも分厚すぎですよね……申し訳ないです。次回からはもう少し何とか調整できるよう頑張ります。

今巻の番外編ですが、普段あまり登場しない、ナルソン邸で働く侍女さんをメインにしてみました。侍女兼画家のミリアさん、実は今巻の番外編だけの登場では終わらなかったりします。

今年3月から本作のスピンオフ漫画「マリーのイステリア商業開発記」がWEB雑誌の「がうがうモンスター」と「ニコニコ静画」にて連載されることになりまして、その中で準レギュラー扱いで登場することになっています。

担当してくださる漫画家はひめき先生。とても丁寧で美しく可愛らしい漫画を描いてくださるかたで、すずの木はウキウキしております。ミリアさん、どんなデザインになるんだろう。

ストーリーは、文庫7巻の番外編「マリーさんは830万アル稼ぎたい」を第1話として始まります。2話目では、ドライフルーツの一件でナルソンがマリーに商売の才能を見出し、新たな商売を始めて金儲けをやってみろ、といったところから話が広がっていきます。
マリーを中心として、一良やバレッタはもちろん、番外編で登場した侍女のミリアやシェリーといった侍女が出張ります。
本編ではあまり描かれていない侍女さんたちを中心に、明るく楽しく進んでいくお話です。
ぜひぜひ、チェックしてみてくださいませ！

というわけで、あらためまして、「宝くじ～」シリーズ、11巻目を発売することができました。

いつも応援してくださっている読者様、素晴らしいイラストで本作を彩ってくださっている黒獅子様、素敵な装丁デザインに仕上げてくださっているムシカゴグラフィクス様、本編コミカライズ版を連載してくださっているメディアファクトリー様、漫画家の今井ムジイ様、スピンオフ「マリーのイステリア商業開発記」を担当してくださっている漫画家のひめき様。本作担当編集の橋本様。ありがとうございます。これからも頑張りますので、今後とも何卒よろしくお願いいたします。

２０２０年2月　すずの木くろ

MONSTER bunko

宝《たから》くじで40億《おく》当《あ》たったんだけど異《い》世《せ》界《かい》に移《い》住《じゅう》する⑪

2020年3月3日　第1刷発行

著者　すずの木《き》くろ

発行者　島野浩二

発行所　株式会社双葉社
〒162-8540　東京都新宿区東五軒町3-28
電話　03-5261-4818(営業)
　　　03-5261-4851(編集)
http://www.futabasha.co.jp
(双葉社の書籍・コミック・ムックが買えます)

印刷・製本所　三晃印刷株式会社

フォーマットデザイン　ムシカゴグラフィクス

ISBN978-4-575-75264-9　C0193
Printed in Japan

Mす01-11